GOBOOKS
& SITAK
GROUP©

GOBOOKS
& SITAK
GROUP©

三日月書版

三日月書版

暮音 4

I have no choice. Pain keeps gnawing at my blood and bones, and jealous eating away my soul.
Please dig out my eyes, pierce through my heart, and burry my dead body into the deep, dark underworld.
If I have not and would never hold your favor, then all I left would be death.

墨竹

illust. 瀨川あをじ

...es and loves

三日月書版
輕世代 FW347

暮
Contents
音

Lies and loves

I have no choice. Pain keeps gnawing at my blood and bones, and jealous eating away my soul.
Please dig out my eyes, pierce through my heart, and burry my dead body into the deep, dark underworld.
If I have not and would never hold your favor, then all I left would be death.

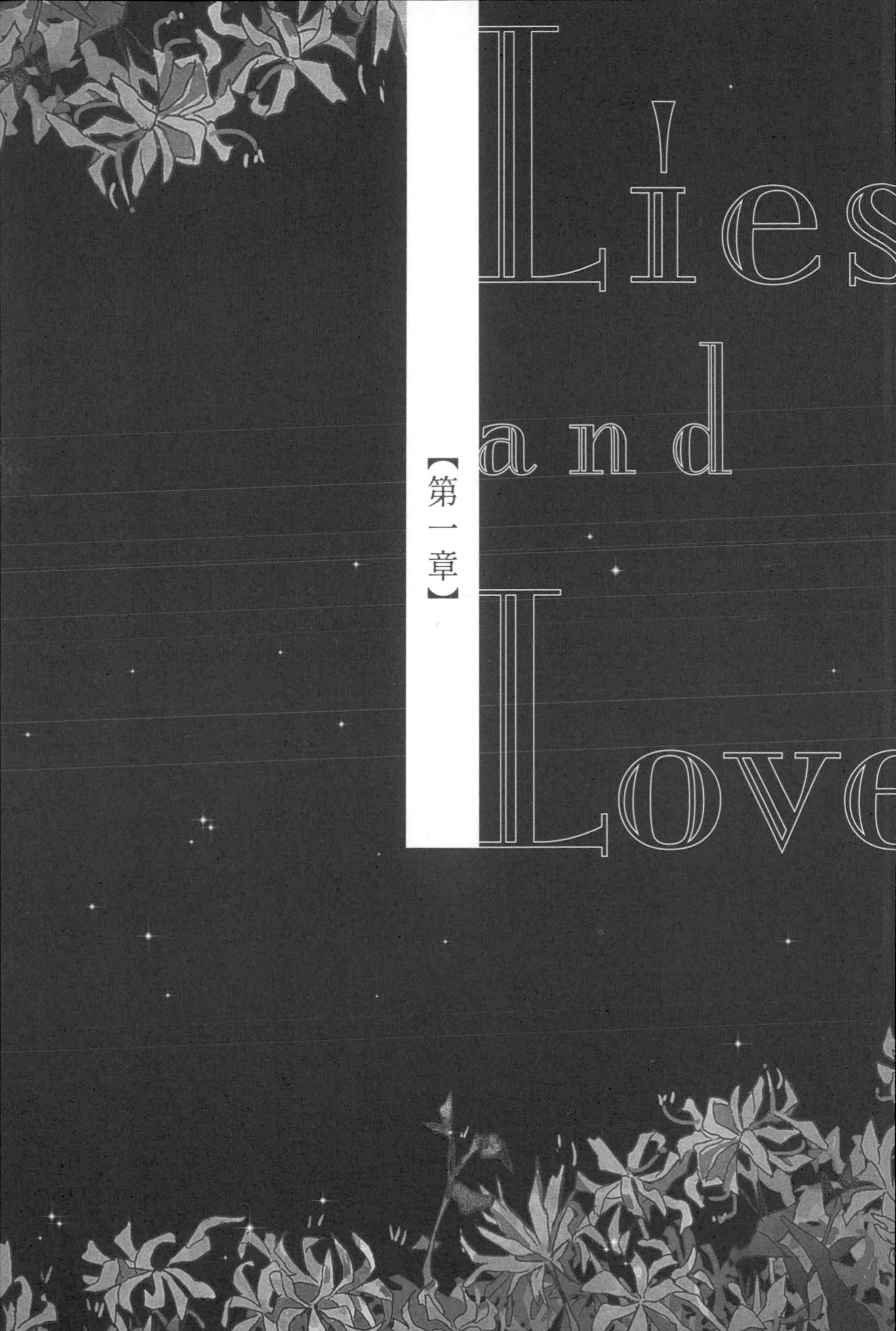

【第一章】

Lies and Love

「妳是誰家的孩子？」暮疑惑地看著那個奇怪的孩子：「還有，妳到底在說什麼？」

那孩子朝暮招了招手，暮慢慢地走到她的面前。

「沒關係。」那孩子從背後拿出一朵豔麗的花朵，遞給了她：「妳很快就會知道了。」

「黃泉花？」暮彎才剛彎下腰把花接到手裡，原本完整的花驀地散開，眾多花瓣被風吹動，朝她飛了過來。

眼中只看到一片奪目的鮮紅，暮嚇了一跳，本能地用手擋在眼前。等她再次睜開眼睛的時候，那個孩子已經不知所蹤。除了漫天飄揚著紅色花瓣的黃泉花海，什麼都沒有。

只是幻覺。那長長的道路、安靜的樹林還有消失了的孩子，都只是夢魔的小小把戲。考驗、試煉、玩笑，隨便魔神喜歡用什麼詞語形容他的拿手好戲。這種在神界通常被稱作幻術的法術，向來是他愛用的手段。

魔神最喜歡利用幻覺擾亂他人的內心，然後從中尋找樂趣。這一點，暮非常清楚，或者應該說，從一開始她就清醒地意識到，自己與其說是被魔神帶到了夢域的某處，更有可能是被困在了幻術製造的環境之中。

唯一出乎暮意料之外的，是自己竟然會被幻覺影響。

幻術是需要利用內心的弱點才能製造出幻覺的法術。就像在心靈的縫隙裡種下製造混亂的種子，這種法術的首要條件就是尋找「縫隙」，也就是當內心存有迷茫，幻術才能真正發揮效力。

但暮不同於那些脆弱的人類，她是神界中數一數二的法術高手，這種在她看來只能用來惡作劇的法術，對她根本不可能有什麼作用。但有好幾個瞬間，她居然以為那個孩子是真實存在，甚至是在什麼地方見過的。難道說，又是那個禁術……

輕微而有規律的腳步聲靠近她，暮有些不太自然地轉過身。

「您好，暮大人。」出現在暮身後的少女拉起裙襬，朝她屈膝行禮：「歡迎來到黃泉之城。」

「黃泉之城？」暮遠遠地看見花海後那棟白色的建築：「這裡就是黃泉之城嗎？」

「當然。」少女側過身，為她讓出一條道路：「神司大人在等您呢。」

門外站著一個人，是在暮被帶進這個會面的房間之前，就已經站在那裡了。

暮向來沒什麼好奇心，所以她也沒有開門或詢問，只是站在窗前看夕陽把一切映得通紅，看四處穿梭的紅色花瓣如同點點飛散的星火，看那像是正在被烈焰焚燒的天空。

「如果妳想見她，為什麼還不進去？」直到夢神司的聲音從門外傳來。

「不用了。」那聽起來是一個陌生的年輕女性：「我受夠了當騙子的感覺，那只會讓我更難受。」

「妳已經為她做得夠多了。」夢神司的聲音非常柔和：「就算任何人都無法被原諒，妳也會是例外的那一個。」

「算了吧。」聽那口氣，那人竟像是在嘲笑可怕的魔神：「我們每一個人都很卑劣，誰都不值得被原諒。」

「但這就是命運，我們知道命運有多不公平。」夢神司非但不生氣，甚至更加溫柔起來：「而且，事情也並不是妳想的那麼糟糕。」

「什麼叫不是我想的那麼糟糕？可能在那個時候就結束一切，對她來說才真的不算糟糕。」

接著腳步聲響起，另一個人似乎離開了。

「暮，妳終於到了。」夢神司推開門走了進來。

暮朝他點了點頭。

「妳想問我什麼？」夢神司注意到她欲言又止的表情。

「你相信命運嗎？」她被那句話觸動了，就是那句提到命運、提到公平的話。

「命運由無數歧路組成，我們用一次又一次的選擇來決定自己該前往什麼方向。不過很可惜，出於自身或種種外在因素的影響，我們通常無法選擇最想走的道路。」夢神司站在她身邊，凝視著她的側臉：「就是因為這樣，才會有『生命總有遺憾』或『命運總是喜歡捉弄人』這樣的說法。」

「沒有遺憾的生命會有趣嗎？」暮嗤笑一聲：「要我說，什麼都能夠擁有未必是一件好事。」

夢神司陷入沉默，直到暮回過頭看了他一眼，他才開口：「我能問妳一個問題嗎？」

「請問。」暮點點頭。

「如果我告訴妳，妳今天所做的選擇，已經改變了妳今後的命運，而且一切正開始朝著不太樂觀的方向發展。」夢神司的目光中充滿若有所思：「妳會怎麼做呢？」

「每個人都該為自己負責，一味怪罪於命運只是怯懦的表現。如果做了錯誤的選擇，下一次不要再重蹈覆轍就可以了。後悔或遺憾不能改變任何事情，那又何必念念不忘？」暮毫不猶豫地回答：「選了就是選了，不能後退那就前進，我想怎麼做就怎麼做，所以我從來不信命運。」

「我就知道妳會這麼說。」夢神司有些無奈地搖了搖頭：「在某些方面，妳和諾帝斯倒是有驚人的相似之處。」

「您不該在我面前議論天帝大人，再怎麼說我也是他的下屬。」話是這麼說，但暮的語氣卻像是在開玩笑：「或許我應該向您挑戰，以表現出我對他的忠誠。」

「總會有那麼一天的，我們不用著急。」夢神司說著，也笑了出來。

「說到這個。」暮低下頭，看著手裡紅色的花：「我非常想知道，您是用了什麼辦法讓我被幻術迷惑的？」

「該怎麼說呢？」夢神司伸出手，輕輕撫過那些嬌嫩的花瓣：「或許妳該問問自己，為什麼明知道不是真的，卻還是被那些幻覺困擾。」

「我就是想不明白……」

「正因為意想不到，生命才充滿驚奇。」夢神司答非所問：「真實和虛幻之間的距離，往往比妳想像的要接近許多。」

「我想我不該問您這個問題。」她放棄了追問的念頭：「我並不想在這裡打擾太久，麻煩請您再給我一朵幻惑花，我就能回去交差了。」

「幻惑花？」夢神司搖了搖頭：「我這裡沒有那種東西。」

「怎麼可能？」暮以為他是在開玩笑：「這裡不是黃泉之城嗎？」

「是誰告訴妳這裡有幻惑花呢？」夢神司用手示意窗外：「這座黃泉之城，只能長出最後的花朵。」

「最後的花朵……」暮一愣：「什麼意思？」

「死亡就是最後的終點，黃泉花代表著結束。」夢神司問她：「妳覺得夢想是能夠在死亡的土壤中生長出來的東西嗎？」

「那幻惑花……」

「當然是長在最初開始的地方。」

「那是什麼地方？」

「迷霧森林。」

「迷霧森林？」暮呆住了：「你是說……」

「是的。」夢神司輕輕點頭：「那裡就是最初開始的地方。」

「它在哪個方向？」

「我會送妳過去的。」夢神司看了看昏暗下來的天色：「不過，恐怕得等到下一個日出的時候。」

「為什麼要等到明天？」暮也說不清自己為什麼會這麼心急：「現在去不行嗎？」

「因為我不喜歡在夜裡去那種地方。」夢神司輕輕拍了拍手掌：「妳在這裡住一晚，明天一早就可以出發了。」

「神司大人，您找我嗎？」他剛說完，暮見過的那個少女就出現在門外。

「可是我……」

「愛麗絲，帶暮大人去她的房間吧。」夢神司沒有給暮說話的機會：「她累了，需要好好地休息一下。」

暮正跟著愛麗絲經過一條走廊，忽然像是有什麼東西促使她停下腳步。

「我們到了。」走在前面的愛麗絲也停了下來。

暮完全沒聽到愛麗絲在說什麼，她的全部注意已經被牆上的那幅畫像吸引住了。因為光線還算充足，她能清楚看到畫像的全貌，那上面畫了一對並肩站立在一起的年輕男女，而那個男人……

「那是天青先生。」聽愛麗絲的口氣，似乎對這位「天青」沒什麼好感：「我到現在還是不明白，他到底有什麼好的？」

「天青？」暮把這個名字念了幾遍：「他不是叫蘭斯洛嗎？」

雖然畫上的人留著一頭長髮，但暮一眼就認出了他。

「誰知道呢？」愛麗絲用鼻子哼了一聲：「總之暮音小姐就叫他天青。」

畫上站在蘭斯洛身邊的少女，有著烏黑的頭髮和紫色的眼睛。暮見過她，在聖石的記憶裡見過，那個時候，她好像被諾帝斯殺死了。

「他們是戀人？」暮第一次有機會仔細打量蘭斯洛的愛人：「似乎不怎麼像……」

她之所以會這麼說，是因為畫上人物的表情。

那位小姐把頭靠在蘭斯洛的肩上，目光卻迷茫地看著遠處，蘭斯洛雖然專注地看著她，但神情和目光都十分冷漠，根本不像看著自己的愛人。與其說這是一對戀人，倒不如說他們是兩個站在一起的陌生人。

「我想誰都說不清楚。」愛麗絲嘆口氣，似乎不想再繼續這個話題了，她轉身推開前面的那扇房門：「您今晚就住在這個房間吧。」

「您可以先休息一下。」進了房間後，愛麗絲很有禮貌地告退：「等晚餐準備好了，我再過來請您。」

暮徑直走到陽臺，站在那裡看著幾乎轉眼就變成一片黑暗的天空。

宛如黑色絲絨的夜空，綴滿了閃閃發光的星子，連到處飛舞的花瓣都被柔和清冷的月光映得透明起來。她總感覺在什麼地方見過這樣的景色，不是在蒼穹城，那裡的天空總有厚厚的雲層；也不是在聖城，在那裡誰有心思抬頭欣賞夜空？

像是在更遙遠的過去，在已經遺忘的某個時間某個地方，她也曾經這樣抬頭看著夜空。只是過去了太久，她想不起那時自己的心情是不是和現在一樣——

「……」

暮飛快地轉過頭，她面前是另一座空蕩蕩的陽臺，並沒有人在那裡，也沒有人喊她。直到現在，她還是只有一個人。暮想自己或許是累了，畢竟時時刻刻都像緊繃的弓弦，本來就是一件很辛苦的事情。

她慢慢走回房裡，先是在床上失神地坐了一會，最後閉起眼睛慢慢地側躺下來。床很大，就算把手完全伸直還是什麼都碰觸不到。

這天晚上，暮又做了那個夢。那個沿著迴旋的臺階往上攀登，最後墜落到黑暗裡的夢。只是這次有些不同，在往下跌落的時候她不再暈眩，所以隱約看到了一些人。

有很多的人，暮看不清他們的臉，卻能夠感覺到他們都在看著自己。那些人就站在臺階上，站在近到一伸手就能抓住她的地方。他們看著她往下墜落，卻沒有任何人伸出手。

「妳昨天晚上睡得不好嗎?」坐在對面的夢神司打斷了她的回憶。

「神司大人。」暮睜開眼睛:「如果說神族開始不斷做夢,那是什麼原因?」

「因為精神非常穩定,所以神族很少做夢。」夢神司撫摸著手上深藍色的戒指:「如果開始頻繁做夢,大多是因為精神渙散,也就是即將死亡的預兆。」

「死亡?」聽起來好像有點糟糕。

「不過,也有例外。」夢神司交疊雙腿,暮感覺他隱藏在面具之後的臉似乎帶著不懷好意的笑容。

「什麼例外的情況?」她皺了下眉頭:「又是和我受的傷有關嗎?」

「涉及禁止使用的咒術,多少會留下無法磨滅的痕跡。何況情感和記憶是那麼難以掌控的東西。」夢神司像是另有所指:「如果是我,就絕對不會浪費力氣去做這種沒好處的事情。」

暮沉默下來。

「希望我們所看到、所知道的,並不是完全的真實。因為永遠無法醫治的病痛只有一種。」夢神司又開始不知所云,他指著自己的胸口說:「不論如何地掩飾或補救,只有留在心裡的傷痛會跟隨一生。」

知道夢神司的意思並不是實質的傷害,但暮還是按住了自己受傷的位置。隱隱約約地,手掌下的部位開始有些疼痛,就像今天早上醒過來的時候一樣。雖然她很清楚胸口的傷早已結痂,卻不明白為什麼還是一直疼痛。那種感覺就好像外表癒合，內在卻不停地腐爛。

「我們到了。」馬車在這個時候停了下來，夢神司為她推開車門：「這裡就是迷霧森林，永恆不變之地。」

白色的挺拔樹木，金黃色的樹葉，到處都是茫茫水霧。暮走下馬車，打量著這片詭異的樹林。

「我只能把妳送到這裡，至於能不能找到幻惑花，就是妳自己的事情了。」

「多謝神司大人。」她回過頭，對夢神司說：「我回去之後，一定會向天帝大人稟告您給予的幫助。」

「期待著下一次的見面。」夢神司朝她點了點頭，然後對著駕車的人說：「我們回去吧。」

「再見，暮……大人。」那人也對暮告別：「妳保重，千萬要……」

一路過來，暮還是第一次聽見那個坐在車夫位置上、全身遮蓋著黑袍的傢伙和自己說話。雖然聲音被刻意壓低，但暮總覺得在什麼地方聽過。

「妳是誰？」雖然這麼問，但暮已經確定她是黃泉之城裡那個神祕的女人。

暮問完這句話之後，就看到她握著韁繩的手因用力而微微發抖，手指上的藍色寶石折射出幽暗銳利的光芒。

「好了。」夢神司輕聲地說：「我們該回去了。」

馬車慢慢轉過頭，在那黑色的斗篷下，滑出一縷捲曲的黑髮以及一聲悠長空洞的嘆息。

車子很快消失在瀰漫的霧氣之中，暮莫名其妙地搖了搖頭。

神族至高的統治者，怎麼會和一個人類結下仇恨？

那時諾帝斯所表現出來的態度，已經遠遠超出了厭惡或輕蔑，完全可以說得上敵視了。

人類對諾帝斯來說，一直都是可有可無的種族，作為他們的一員，蘭斯洛是憑藉著什麼，讓諾帝斯對他另眼相看？

這一切，和諾帝斯殺死的那個「魔王的女兒」又有什麼關係？

暮停下腳步，閉起眼睛舒了口氣。

這段時間以來，超出她掌控和意料之外的事情實在太多了。多到她都感覺自己像被捲進了一個無法擺脫的漩渦，怎麼掙扎也無法從裡面掙脫出來，反而越陷越深。她一點也不情願，但依然不由自主地和這些陰謀祕密扯上關係，背後彷彿有一隻無形的手在操縱著一切。

諾帝斯最擅長的就是操縱我們這些傀儡……

就算這是真的，但暮還是不願意深入細想。身為最不能背叛他的蒼穹之王……等一下，為什麼最不能背叛他？為什麼……為什麼……疑問開始的時候只有一點徵兆，但很快就徹底占據了暮的腦海。

她曾經利用過各種手段，只是為了得到「帕拉塞斯」這個名字。她最不缺乏的就是野心，可是她對諾帝斯卻付出了超乎尋常的忠誠。

就算是表面上做出一些看似有違忠誠的事情，但在她心裡，卻始終沒有想過要背叛諾帝斯。而她也從來沒有意識到這種忠誠有什麼不對，似乎「忠於諾帝斯」對暮而言就是那麼理所當然的事情。

暮，這是不對的，妳要好好想一想。

有個聲音在她耳邊不停呢喃著，讓她頭痛欲裂。

眼前盡是重疊的影像，她只能靠在身旁的樹上，用力揉著額角等待疼痛過去。但是和她預料的相反，隨著時間過去，疼痛非但沒有減輕，反而更加劇烈起來。直到她再也無法站立，蹲下來把自己蜷縮成一團。在她以為自己會就此死去的時候，有一個人把她從地上拉了起來，用力地摟進自己懷裡。

「暮音、暮音！」有聲音喊她，讓她稍好一點的頭痛又變得更厲害了。

「不……」雖然她昏昏沉沉的，但依然知道對方認錯人了：「我不是……」

「是妳？」對方飛快地拉開她，讓她又一陣暈眩：「妳怎麼了？」

「蘭斯洛你這個該死的白痴！」在失去意識之前，暮用力抓著那傢伙的手臂，咬牙切齒地說：「你要是再敢晃我，我非殺了你不可！」

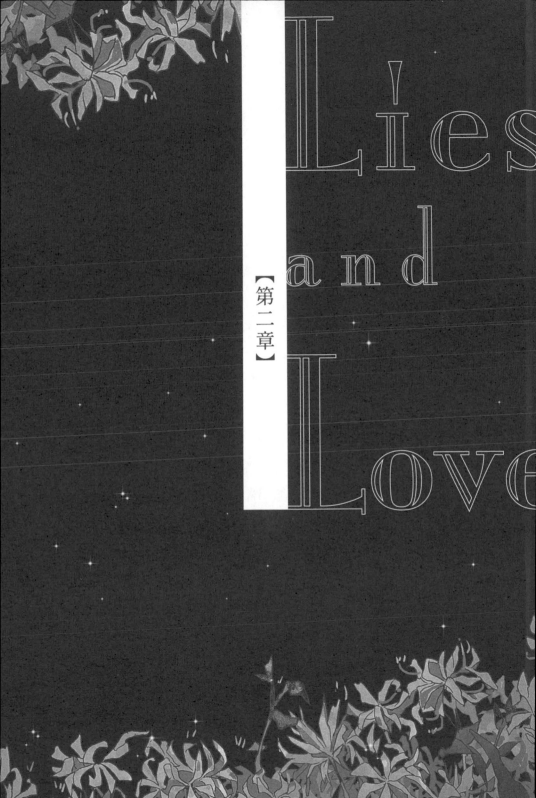

【第二章】

Lies and Love

「比我預計的還快。」

「蘭斯洛……」起初，她以為那個說話的人是蘭斯洛。直到她發現逐漸清晰的視線裡，是一個陌生的人坐在自己面前。

「蘭斯洛呢?你又是誰?」看對方像是在和自己說話，於是她疑惑地問:「你認識我嗎?」

「這並不重要。」那個人的眼睛緊緊地閉著:「只要妳認識我就可以了。」

「夜那羅……」暮近乎無意識地說。

「是的，在這個時間裡，我就是『最終』。」

「夜那羅」在神界語言裡，的確有著這樣的含意。暮驀地一驚，從從躺著的地方坐了起來。

周圍似乎到處都是水，他們像是在無邊海洋中的某處。四周漆黑一片，只有在離她很近的地方，有一些不怎麼明亮的光芒在不停閃爍。

層疊的花瓣和美麗的枝葉散發出淡淡的金色光芒，光芒的來源，是夜那羅手裡拿著的一朵花。

「幻惑花。」暮是第一次看到傳說中的幻惑花。

「幻惑花就好比夢想和生命，都是世上最虛幻的東西。」花和夜那羅的頭髮還有他指間的寶石，都是相同的金黃色。所以當夜那羅把幻惑花在手裡輕輕轉動的時候，光芒也會隨著他的動作不停地減弱加強，「可是到了終結的時刻，不論曾經怎樣美麗輝煌，也只能化為烏有。」

夜那羅說完之後，把那朵燦爛的幻惑花遞給了暮。暮只是看著他和他手裡的花，並沒有伸手去接。

「妳來這裡，不就是為了尋找最初和最終嗎？怎麼現在反而退縮了呢？」夜那羅揚起嘴角對暮微笑：「只要有開始，就會有結束，沒有什麼值得害怕的。」

暮盯著他的笑臉，慢慢地從他手裡接過了那朵幻惑花。

「最初看到的光芒，最終聽到的聲音，這些其實並不重要，重要的是最後的結果。」夜那羅閉著眼睛，但暮知道，那並不是他看不見，而是有其他原因。「這是妳和她的戰爭，也是我和『他』的戰爭。當分出勝負時，勝利者得到一切，失敗者就失去所有。同樣地，那也決定了我和『他』在下一個時間裡的命運……」

「等一等。」暮終於打斷了夜那羅，她不明白那些「他和他」「她和她」什麼的究竟是什麼意思：「你到底在說什麼？」

「我太心急了。」夜那羅忽然嘆了口氣，像是在自言自語：「可能是『他』作弊的緣故，所以我才會這麼焦慮。又或者那些過去的時間已經讓我逐漸失去等待的耐心。」

「很抱歉，我不知道你在說什麼，但你給了我幻惑花，我還是十分感激。」暮決定不去理會這個奇怪的人，她站起來朝四周張望：「我想我該走了，我要怎麼離開這裡？」

「是我該說抱歉，我現在不該和妳說這些。」夜那羅也站了起來，他腳踝上的金飾悠然作響：「我帶妳出去，請跟我來吧。」

夜那羅朝黑暗深處走去，依靠著微弱的光芒，暮看他踏上開著蓮花的水面。隨著他的步伐，一盞盞燈火亮起，暮這才看清腳下和暗沉水面融為一體的黑色長廊。

她跟著夜那羅，走在這條不知通向何方的水中長廊上。當她朝前方窺望，毫無邊際的黑暗讓她感到不安和惶恐。

「這是離開的路嗎？」她忍不住問：「要走多久？」

「不要心急，我們現在走的就是來時的道路，它就像來時那麼長。」夜那羅在前面不緊不慢地走著：「還有就是……在我們走到盡頭之前，妳可以告訴我妳有什麼願望嗎？只要是妳的願望，我想我能夠盡量地滿足妳。」

夜那羅的聲音一直很平和寧靜也很冷淡，但這一句話卻說得柔溫且充滿了感情。

「願望？我沒有什麼願望。」暮覺得很迷惑：「我只不過想回到我來的地方。」

「妳來的地方？」夜那羅突然停了下來。

「怎麼了？」亦步亦趨跟在他身後的暮嚇了一跳，連忙收住腳步：「為什麼停下來了？」

「妳真的想好了嗎？」夜那羅微微轉過頭，透過泛著朦朧光輝的金色長髮，暮能夠看到他輪廓深邃的側臉：「對妳來說，那並不是最好的選擇。」

「什麼才是最好的選擇？」

「最好的……」夜那羅似乎被她問住了，想了想才說：「妳問得很好，沒有任何人有權力為妳做出判斷，什麼是好的或什麼是不好的。」

「把我帶回原來的地方，如果能直接離開夢域就更好了。」

「那個地方並不是很近，我想我們要抓緊時間了。」夜那羅轉過身，把手朝她伸了過來：「來吧，我們去妳來的地方。」

暮看了他一會，才上前一步握住了他的手。夜那羅的手出乎意料地溫暖，在她出神的時候，夜那羅一手拉著她，另一隻手在空中做出了美妙而舒展的動作。

一點點光亮從四周的燈火和暮手中拿著的幻惑花上分離出來，飄往夜那羅的指間，慢慢融進了他戒指上的金色寶石之中。寶石散發出璀璨的光芒，隨著夜那羅的動作，在昏暗中劃出了複雜美麗的圖形。

光芒漸漸形成了漩渦，不斷地從四周吸收著力量。這樣的法術，暮從來沒有見過，甚至連聽都沒有聽說過。她只能大致看出，夜那羅似乎在書寫著某種語言，一種她從未見過的語言。

使用她不知道的語言，在結構並不穩定的夢域施展法術，這個夜那羅究竟是什麼人？

「這並不是一段輕鬆的旅程。」夜那羅說這些話的時候，動作也停了下來：「妳要記得，不論發生什麼事，都不能放開我的手。」

他話音剛落，原本飄浮在半空的光芒忽然全部墜落，在水面上形成一條往前延伸的狹窄道路。

「什麼聲音？」暮聽到那一頭隱約傳來的聲響：「有人在笑嗎？怎麼聽起來像是一個孩子？」

那是帶著純真稚氣的笑聲，就像是有一個孩子在他們看不到的地方放聲歡笑。

「等我們走過去就知道了。」夜那羅首先踏上了光芒鋪成的道路：「來吧。」

「等一下。」暮有些懷疑：「你確定那是我來的地方？我來的時候，並沒有看到什麼孩子……」

想起被困在幻術中的時候，曾經見過的那個古怪孩子，說到後來，暮的語氣又不確定了。

夜那羅並沒有回答，只是朝她笑了一笑。

「好吧。」暮揚了揚眉毛：「我沒有理由不相信你，不是嗎？」

她往前邁出一步，眼看著就要踏上那條——

「站住。」一個冰冷的聲音從暮的背後傳來：「妳哪裡都不准去。」

暮愣住了，她連忙收回已經跨出去的那隻腳，朝自己身後看去。

一種強烈許多倍的光亮在他們身後出現，讓那條光芒鋪成的道路在一瞬間消失無蹤。一扇大門在不遠處緩緩敞開，明亮的光就是從門外照射進來的。而瞇著眼睛努力適應強光的暮，模糊地看見在半開的門外，站著一個幾乎和光芒融為一體的身影。

「天帝大人？」暮一度以為是自己看錯了，她怎麼也沒有想到，諾帝斯居然就這麼站在自己面前：「您怎麼會……」

「放開他。」天帝大人的心情似乎並不是很好，從他說話的聲調就能聽得出來。

暮為諾帝斯的突然出現感到困惑，因此沒有立刻回應他的命令，直到夜那羅稍稍用力地握了一下她的手，她才反應過來。

「抱歉。」她把自己的手從夜那羅手裡抽了出來，本能地向對方道歉。

「沒關係。」夜那羅笑著點頭，好像對諾帝斯的出現一點也不感到意外：「是我太魯莽了。」

感覺到諾帝斯望著自己的冰冷目光，暮反射性地皺了一下眉頭。

「別皺著眉頭。」夜那羅像是能夠看見一般：「那會讓妳的心變沉重。」

「你怎麼會……」就算他的眼睛能夠視物，那也應該……

一陣柔和的微風從門外吹來，暮心裡驀地一驚，連忙伸手去摸，卻什麼都沒有摸到。原本貼合在臉上的——

「不見了？」任暮再怎麼冷靜，這一刻也開始六神無主。她用手捂著自己的臉，慌張地問夜那羅：「怎麼會……」

她的面具，那個掩蓋著她的外表、自從戴上之後就再也無法取下的面具竟然不見了！

「這樣不好嗎？」夜那羅用手指輕輕拂開她散落的頭髮，從她的額頭一路輕撫到臉頰：「看，妳是永遠無法被改變和隱藏的。」

暮順著他的動作慢慢低下頭，即將在水中看見自己的影子——

「夠了！」夜那羅的手指被一股力量彈開，暮也被身不由己地扯離原地。

等她回過神的時候，發現自己已經在諾帝斯的背後，甚至連視線也被諾帝斯的身影完全遮擋住了。

「夜那羅，你什麼時候也變得這麼愛多管閒事？」諾帝斯用暮聽來代表著危險的語調說道：「別以為這裡是你的地盤，我就不敢對你怎麼樣了。」

「天帝大人，我想你是有所誤解。」夜那羅笑著說：「我這個小小的神殿祭司，怎麼也不想觸怒萬神之王啊。」

「無所不知的大祭司夜那羅，什麼時候變得如此謙卑了？」諾帝斯跟著笑了出來：「你一直拒絕在創始神殿為我正名，現在怎麼又願意這樣稱呼我了？」

諾帝斯身上散發出來的冰冷氣息讓暮不太舒服，她往後退了一步，但幾乎是立刻地，她的手腕就被諾帝斯抓住了。

「我不願意主持儀式，並不代表我不承認您的身分。」夜那羅從水面走回長廊：「我有不能那麼做的原因，請您諒解。」

「談不上原不原諒，既然你有苦衷，我當然不能勉強，何況事情早就已經過去了。」諾帝斯不冷不熱地說：「但我不知道你現在所做的一切，又是為了什麼『苦衷』呢？」

「或許您可以把這看成是出於同情。」

「同情？」諾帝斯哼了一聲：「真是個不錯的理由。」

夜那羅沒有再接他的話，暮看著他轉過身，慢慢往和他們相反的方向走去。

在長廊的盡頭，似乎是一個不大的平臺，從這裡就能看得一清二楚，而這條她以為沒有盡頭的黑色長廊，也並不是真的無窮無盡。那種沒有邊界的無垠空間，只是黑暗讓一切在她腦中延伸的結果。

「也許他這麼做也不是毫無益處的。」雖然夜那羅背對著他們，但暮卻知道他這句話是對自己說的：「至少他給了妳與強者鬥爭的信心。」

「跟我走。」諾帝斯拉著她，退出了那扇奢華的金色大門。

緩緩合上的大門裡面，夜那羅白色的身影漸漸被黑暗吞噬。

「暮。」看她還在回頭張望，諾帝斯用力握著她的手腕，銀色的指套幾乎要撕裂她的皮膚：

「別再惹我生氣了。」

臺階綿延直下，看不清楚是通往什麼地方。兩旁矗立的女神雕像面無表情地相對而立，一個舉起黑色長劍指向對方，一個舉著耀眼的光球準備向前拋擲。

「這是什麼地方？」暮一邊抬頭看著，一邊踉蹌地跟隨著諾帝斯的腳步：「那個夜那羅又是什麼人？」

「妳不需要知道。」

「天帝大人，你到底是什麼意思？」暮暗暗用力，卻怎麼也掙脫不開：「我到底做錯了什麼？」

「妳永遠也學不會順從嗎？」諾帝斯拖著她，沿著臺階往下走：「我就知道，妳除了惹麻煩，一點用處都沒有。」

暮一愣之後用力地站在原地，不肯再移動一步。

「妳到底想……」諾帝斯回過頭，原本想要斥責的話卻沒有說出口。

「天帝大人，請您放開我。」暮不明白自己聽到這一句話，不是感覺受到侮辱而是心裡陣陣地刺痛，痛得她幾乎無法忍受：「我自己會走。」

「暮，妳覺得自己沒有做錯，對嗎？」諾帝斯的怒火像是頃刻間就消失了：「妳不知道發生了什麼事，不知道會有什麼樣的後果，所以我不應該責怪妳，對不對？」

「如果您願意把話說清楚，我或許就會明白自己錯在哪裡了。」暮毫不相讓地和他對視：

「您這樣突如其來地怪罪，是誰都無法接受。」

兩個人就這麼相互瞪著，僵持在那裡。

「妳質問我，還朝我喊叫。」諾帝斯緩慢地問著她：「為什麼會這樣呢？」

「我沒有朝您喊叫，那也不是質問。」但她不能否認，自己的態度的確算不上恭敬：「不過我不記得您有要求過，我連毫無理由的指責都需要接受。」

「說得不錯，我不需要只會盲目服從的部下。」諾帝斯用他冰冷的手指，抬起了暮的臉頰，讓她面對著自己：「但是暮，妳不能把這當成違背我的藉口。」

「我按照您所要求的做了，您讓我來取祭品我也來了。」暮直直地看著諾帝斯的眼睛：「我誓言對您付出忠誠，到目前為止，我認為自己沒有違背諾言。」

「妳向來信守承諾，這一點我比誰都清楚。」諾帝斯的目光深邃而不可捉摸：「可是為什麼我覺得，妳的忠誠已經岌岌可危？」

「如果您這樣覺得，我也沒什麼話好說。」暮不想再看著這雙眼睛，她垂下目光：「或許是因為您要求忠誠，卻從不相信任何人的忠誠，包括我在內。」

「聽起來我像是個暴戾無能的統治者。」諾帝斯微微抿了下嘴角：「妳到底和別人有什麼不同？為什麼到了現在……」

「諾帝斯。」一個聲音打斷了他輕聲的囈語。

諾帝斯和暮往聲音傳來的方向看去。

從雲霧裡走出來的蘭斯洛，那種冷漠的神情和目光，就和畫上一模一樣。暮一失神，又被拉到了諾帝斯身後。

「天青。」也許是那幅畫給她的印象太過深刻，暮脫口說出了愛麗絲告訴自己的這個名字。

「妳喊他什麼？」

「妳喊我什麼？」

雖然她的聲音不大，但諾帝斯和蘭斯洛幾乎同時朝她喊了起來。暮從諾帝斯背後探出頭，她先是看了看臉色陰沉的諾帝斯，然後又轉向一臉呆滯的蘭斯洛。

「我在黃泉之城看到了你的畫像，愛麗絲說你叫……那個名字。」暮頓了一下，又把目光移回諾帝斯臉上：「如果我搞錯了，那很抱歉。」

這個名字好像很有問題，看天帝大人的臉色這麼難看，她聰明地選擇不再重複。

「暮？」蘭斯洛的臉色也沒有好到哪裡去，甚至更糟。

「怎麼了？」見蘭斯洛死死地盯著自己，眼睛裡充滿了驚恐，暮不由得皺了一下眉頭：「有什麼不對嗎？」

諾帝斯低下頭，對著她冷冷一笑。

「天帝大人？」這個笑容讓暮心裡的不安越發濃重：「這是……」

諾帝斯舉起手輕輕一揮，在兩人四周圍繞起一道道銀色的光芒。

「不！」蘭斯洛衝上臺階，往他們這裡衝了過來，伸出手似乎想要抓住她的樣子：「暮——」光芒徹底隔絕了聲音，暮只看到蘭斯洛的嘴巴在動，沒有聽到他後面說了什麼。不過她也管不了蘭斯洛說了什麼，愣了一下之後，她立刻抓住諾帝斯的手。

「天帝大人！」她已經顧不上禮不禮貌的問題：「為什麼要用法術？」

「妳擔心我把他殺了？」諾帝斯看著她：「妳放心吧，上次我都放了他一條生路，現在就更不會殺他了。」

「那和我有什麼關係？」暮瞪著他：「您不知道在這裡使用法術，很可能會引發危險嗎？」

「妳……是在擔心這個？」雖然只是一閃即逝，但諾帝斯依然流露出驚訝的情緒：「不是擔心我要對他……不利嗎？」

「您在說什麼？」暮不耐煩地呼了口氣：「我有什麼理由擔心那些？」

「是沒有理由，妳有什麼理由要擔心他呢？」諾帝斯又對她笑了一笑，不過這個笑容和剛才那些在本質上有很大的區別，甚至完全可以用「心情很不錯」來形容：「妳放心，這裡和夢域其他地方不同，這種程度的法術不會有什麼影響的。」

暮勉強扯動嘴角，用來回應天帝大人這種突如其來、原因不明的好心情。她轉過頭，隔著閃動的光芒看向蘭斯洛。他就站在暮的面前，他們距離很近，她能清楚看到蘭斯洛臉上的表情。

「他是怎麼了?」暮疑惑地問著身邊的諾帝斯。

「驚喜?又或者是絕望?」諾帝斯用一種高高在上的語調回答:「誰會知道他現在的想法呢?」

「他在說什麼?」暮看到蘭斯洛朝自己說話,卻聽不到他說什麼:「他好像想和我說話。」

「妳想知道嗎?」諾帝斯垂下眼睛,一直盯著暮的反應:「如果我不希望妳知道呢?」

暮抬頭看著他,他也凝視著暮的眼睛。

「如果您不希望我知道的話,」雖然暮不清楚他這麼說的原因,但覺得自己還是順從他的意思比較好:「我當然不需要知道。」

從諾帝斯臉上的笑容,暮能看出他對自己的回答非常滿意。

「那好。」接著,諾帝斯把一樣東西遞給她:「戴上吧。」

一個柔軟的白色面具,兩邊還有一些銀色的裝飾。這件東西暮再熟悉不過了,她看到之後,反射性地把手放到了自己臉上。

「暮。」諾帝斯沒有用命令的口氣,因為他知道暮不可能拒絕這個要求:「妳知道這是什麼。」

「力量、地位和我的一切。」暮把面具拿到手裡,然後自嘲地笑了一下:「原來我所需要和能夠擁有的,只是一件看起來不怎麼樣的東西。」

「妳不該這麼說。」諾帝斯看著她閉起眼睛，看著她把面具貼合在臉上，看著面具和她的臉融為一體之後，才非常緩慢地說：「只要妳站在我身邊，我能給妳所有妳想要的東西。」

「我要的東西？」暮笑著搖頭：「說實話，連我也不知道自己想要什麼……」

諾帝斯毫無預兆地伸出手，把她摟到自己懷裡。

「妳不用知道。」諾帝斯輕柔優美的聲音在她耳邊，就像念著某種令人暈眩的咒語：「只要我知道就足夠了。」

暮靠在諾帝斯胸前，四周被光芒環繞，似乎再也沒有什麼能夠傷害到她。她長長地吸了一口氣，覺得胸中還是隱隱約約地疼痛。光幕之外的蘭斯洛已經不再激動，只是靜靜地站在那裡，目光是那麼痛苦、那麼地……悲傷。

【第三章】
Lies and Love

神界，聖城

暮站在那扇窗前，時而遠望時而低頭，臉上毫無表情，不知道在想些什麼。

她這樣站在那裡已經有一段時間了，薇拉好幾次想要開口喊她，又怕她生氣，最後只能默默地退到一旁。

「薇拉。」

「啊！」薇拉差點以為自己聽錯了：「您叫我嗎？」

「去整理。」她語調平靜地說：「我們要走了。」

「整理？整理什麼？」薇拉往前走了幾步：「要去哪裡？」

「當然是回西方邊界。」暮低下頭，看著自己飄蕩在風裡的長髮：「通知所有人，就說我們明天一早離開。」

這烏黑的頭髮好令人陌生。

「但是——」薇拉驚訝地叫了出來，隨即又壓低聲音：「可是……可是天帝大人的婚典就要開始了，您在這個時候忽然離開，那也太……」

「那又怎樣？」暮把凌亂的長髮理到身後：「難道說我不在，天帝大人的婚典就無法進行了？」

「天帝大人不會同意的。」這時候，薇拉開始覺得自家的族長大人，也許不像自己一直以為的那麼好說話。

「為什麼他會不同意？他有什麼理由不同意？」暮轉過身：「他讓我來我就來了，他讓我找祭品我也去找了，搞了這麼多事情出來，我已經厭煩透了。」

「我……我也不知道，只是感覺天帝大人不會同意您在這個時候離開。」被她咄咄逼人地質問，薇拉更加慌張了：「反正都待了這麼久的時間，也不差這幾天嘛！您又何必急著要走，萬一天帝大人生氣了……」

「我做什麼他都覺得不順眼，我早就已經習慣了。什麼不要惹他生氣，天知道我哪裡惹到他了。」暮對這些話嗤之以鼻：「他只需要我們這些下屬奉獻忠誠、奉獻力量，讓他能安穩地坐在最高處，這樣就可以了不是嗎？如果說要撐場面的話，就算我走了，還有雅希漠和埃斯蘭在，不是也足夠了嗎？反正他要娶的那個公主，不過就是個……」

「暮大人！」這毫無顧忌的話把薇拉嚇得半死，甚至嘴唇都發白了。但暮非但沒有收斂，還越發滔滔不絕、肆無忌憚起來。薇拉簡直是尖叫著打斷了她：「您在說什麼呢！」

「我在說什麼？」暮冷笑了幾聲：「我只是在說實話而已。」

「大人！這裡是聖城！天帝大人的耳目無所不在的地方！」薇拉扯著頭髮，感覺自己快要瘋了：「您不知道什麼叫禍從口出嗎？這些話萬一傳到天帝大人那裡，都可以讓您死一萬了！」

「薇拉。」暮的聲音忽然變冷：「妳眼裡還有我嗎？」

「問題不在這裡！」

「問題就在這裡。」暮揚起嘴角：「既然天帝大人決定把我當成白痴，我也只能認了。問題是，能不把我看在眼裡的，僅止於我們那位至高無上的天帝大人，並不包括妳，我忠心耿耿的貼身女官。」

「大人……」薇拉的眼睛裡流露出恐懼。

「妳在害怕什麼？我不想多說什麼了。」暮閉了一下眼睛：「現在，我讓妳去整理東西準備離開，妳去還是不去？」

「是……」薇拉縮了一下肩膀：「我馬上去準備。」

要不是薇拉越來越不懂得察言觀色，她也不至於說得這麼露骨。

「我剛才忘記和您說了。」薇拉走到門邊小聲地說：「您回來之後，埃斯蘭大人和雅希漠大人都來過，說是想要和您見面，但我看您心情不好就不敢打擾。」

埃斯蘭大概是來探聽消息的，至於雅希漠的目的……

她吩咐薇拉：「妳先幫我把雅希漠大人請過來吧。」

雅希漠走進暮的房間，層疊垂落的紗帳讓光線有些昏暗，隱約能看到有人坐在房間中央的椅子上。

「暮？」他試探著喊了一聲。

「薇拉，妳下去吧。」暮舉手讓跟隨進來的薇拉退了出去：「我和雅希漠大人有事要談，不希望被人打擾。」

「暮。」薇拉退出去之後，雅希漠慢慢朝坐著的暮走了過去：「我聽說妳在夢域受了傷，沒事吧？」

「為了取回重要的祭品而受傷，看來他是打定主意讓我變成最大的功臣呢。」暮輕聲笑著：「還真是讓人不知所措的恩寵。」

「暮？」雅希漠疑惑地從背後打量著她：「妳怎麼了？」

「你說這個？」暮仰起頭，看著黑色的長髮從自己肩上滑落：「是啊，這是怎麼了呢？雅希漠大人，你有沒有合適的答案，來解釋我所遇到的這一切呢？」

「如果妳願意告訴我發生了什麼。」雅希漠走到她的面前：「從我來到聖城，就覺得這場突如其來的婚典處處透著蹊蹺。而妳，暮，妳在這之中，到底扮演了什麼樣的角色？」

說到這裡他突然停了下來，驚訝地往四周看去。

「妳是怎麼做到的？」他看到四塊純淨透明的晶石被放置在四周的地板上，把他們所在的這一小塊地方圍在中間：「這是……結界？」

「創始神殿的『思禱之間』之所以能夠拒絕一切法術侵入，很大程度上必須歸功於建造時所使用的材料。」暮知道他為什麼這麼吃驚，於是稍微解釋了一下：「這當然不能和『思禱之間』相比，但畢竟使用了同樣的東西作為媒介，所以在小範圍內想要防止被意念探知還是多少有些作用的。」

「我早就聽說帕拉塞斯家族的後裔個個能力不凡，今天總算是見識到了。」雅希漠目光中滿是讚賞：「在聖城之內居然能使用結界，還有什麼是妳做不到的？」

「我能做的事絕對沒有你想的那麼多。」暮扯了一下嘴角：「不過還是要謝謝你的誇獎，自從我繼承了這個名字之後，還是第一次被人當面稱讚，更別說是被你這樣地位高貴的人物讚美了。」

「妳真的是這一代帕拉塞斯的繼承者？」三眾聖王之中的蒼穹之王，居然會是這一代的帕拉塞斯，如果不是聽到她自己承認，又有誰會相信呢？不過就算聽她親口說出來，雅希漠還是覺得難以想像：「這真是令人難以置信的事情！」

「很不可思議嗎？」暮抬頭看著他，暗沉的眼睛裡帶著嘲笑：「就好像我既是蒼穹之王也是帕拉塞斯，又或者雅希漠大人你明明是浩瀚之王，卻和精靈族有著斬不斷的複雜關聯……有些事情總是很難說清楚，你說是嗎？」

雅希漠略微尷尬地一笑作為回答，看樣子並不想把話題引到自己身上。

「我也希望有人能告訴我，到底發生了什麼。」暮也沒有窮追猛打，她指了指自己對面的椅子，示意雅希漠坐下：「一切都是從接到天帝大人的邀約開始，才變得奇怪的。一些原本陌生的人，一些原本和我無關的事情，突然堆放到我面前，爭先恐後地要和我扯上關係。只怕不論我說給誰聽，誰都會覺得這是荒謬的奇聞。」

「天帝大人的行為的確很令人費解。」雅希漠在她對面坐了下來：「我們三個都明白天帝大人在顧忌什麼，所以這麼多年來從不私下往來。但是現在天帝大人顯然要有所動作，如果到了這個時候，我們還是一如既往互不關心，恐怕……」

「這一點，恐怕雅希漠大人你比我和埃斯蘭要體會得更加深刻。至於我們是否私下動作或者結為盟友，現在來說都還為時過早。」暮打斷了他：「我也不想拐彎抹角，總之，我可以把我所知道的事情告訴你，但是作為回報，我希望雅希漠大人您也不要對我有所隱瞞。」

「是我失言了。」雅希漠像是完全沒有聽懂她的諷刺，只是微笑著問：「好吧，如果要相互坦誠，那麼我們該從哪裡開始呢？」

「的確有太多的話題可以談論，反正時間還早，我們也不用著急。」暮雙手交疊著撐在下顎：「或者……就從你對我時時會有的奇怪態度說起，我們談一談你那個和我『很像』的朋友，又或者是你那位非常信任的部下，他到底犯了什麼嚴重的過錯？為什麼連你也保住不住他，最後連城主的位置都丟了呢？」

「我以為妳會先問我菲娜的事情。」雅希漠靠在椅背上，表情有些無奈：「畢竟妳在天帝大人面前隻字未提關於她的事，對我和對精靈族來說都是很大的幫助，我一直想找機會好好向妳道謝。」

「你不用謝我。」暮抬起手制止他：「天帝大人未必不知道，不過他不問也就表示他不想追究，而我不提也只是不想平白惹來麻煩，這裡面不存在什麼幫助之類的問題。」

「不論這其中到底有多少曲折，但妳救了菲娜是千真萬確的事實。」雅希漠知道她不想在這個問題上牽扯太多，所以也就沒有再說下去，轉而回答她提出的疑問：「至於妳問我的，我認識的那個人和清泉城主的過錯，它們之間的關係倒是千絲萬縷，完全可以當成一個問題來看。」

「是嗎？」

「可是暮大人，妳為什麼要問這些？」雅希漠疑惑地問：「上次我提到的時候，妳好像並沒有什麼興趣。」

「現在不一樣了。」她問這些當然不是因為好奇：「我想我應該吸取教訓，免得重蹈別人的覆轍。」

「是應該小心一點。這件事是天帝大人的隱諱，要是不小心觸及，恐怕會惹上很大的麻煩，我和吉亞就是活生生的例子。」雅希漠苦笑幾聲：「當初我們遇到暮音的時候，從來沒有想到事情會發展成今天這個樣子。」

暮在心裡對自己說了一句「果然如此」。

那個魔王的女兒、蘭斯洛的情人，雖然已經死去，但仍然像一個無處不在的幽靈，任何事情都和她扯上了關係。

「吉亞比我更早地遇見暮音，那時根本沒有人預見到……」

「最後消失在天帝大人居住的宮殿？」聽完之後，暮了然地點點頭：「如果我早知道那個地方發生過這麼多的事情，就不會蠢到一直往那裡跑了。」

「我一直很好奇，那天晚上在吉亞和菲娜離開之後，到底發生了什麼？」雅希漠盯著她：「我只知道，本來關閉的宮殿忽然開啟，天帝大人竟然在夜半時分一個人先行回到了聖城。」

「是啊，我被發現了。」暮垂下的目光掃過自己的肩膀：「這是個教訓，我太自以為是了，其實一切都在他的掌控之中。」

「天帝大人始終防備著每一個人，就連看上去極為信任的妳也一樣。」雅希漠露出了深思的表情：「不過他對妳已經很不同了，我敢說要是換成別人，這件事絕不會這樣輕描淡寫地算了。」

「輕描淡寫？從某些方面來說或許是吧。」暮抬起頭：「請允許我這麼說，他似乎是想把我放在三眾聖王的頂端，也就是放在最容易引發衝突的那個位置上。他的安排，真是巧妙又足夠高明。」

「這就是妳最終要和我坐下來談的原因了吧？」雅希漠微微前傾，拉近了自己和暮之間的距離，像是想製造更加緊張的氣氛：「天帝大人想讓我們之間的矛盾衝突變得激烈，然後一步一步地讓『三眾聖王』這個名詞從神界慢慢消失。」

「總有一天會消失的。只要他還是天帝，還是整個神界的統治者，什麼三眾聖王根本就沒有存在的必要。」暮對這個關係到切身利益的假設完全不以為然：「讓我們之間明爭暗鬥也好，讓三眾聖王消失也好，甚至他娶了異族的王妃也好，都只是為了要加快這個過程。他最終的目的，也就是要讓整個神界只剩下唯一的種族罷了。」

「真是一針見血。不過妳說得也太輕鬆了吧？妳以為到了那一天，妳的下場會比我們好到哪裡去嗎？」雅希漠的臉色隨著她說的話慢慢改變：「就算他不會對風族下手，但妳從他最有力的臂膀變成了最大的阻礙，他又會怎麼對付妳呢？妳別忘了，妳始終是三眾聖王之一，在他心裡妳和我們一樣，是註定要被犧牲的對象！」

「何必這麼激動呢？雅希漠大人，我今天找你來，絕不是想要向你展示自己的優越。」暮看著他陰鬱的臉色，無奈地嘆了口氣：「恰恰相反，我的處境遠比你所說的還要糟糕。」

「這話怎麼說？」雅希漠愣了一下。

「雅希漠大人，難道你以為他對我另眼相看，是為了讓自己出身的風族成為神界唯一的種族，並讓你們和你們的種族從神界消失嗎？」

「難道不是這樣？」雅希漠的表情極為肅穆。

「雖然你多少猜測到了天帝大人的意圖，但還是想得太簡單了。」暮冷冷地哼了一聲：「我原先的想法和你一樣，但最近所發生的事情足以讓我改變看法。我開始覺得自己和你們的立場其實一樣……不，應該說風族的立場其實和其他種族是完全相同的。」

「妳是說……」

「三大種族的血脈如果能夠彼此融合，最強的神族就能夠誕生。」暮用手撫摸著自己臉上貼合的面具：「只有到了那個時候，神界才可能真正凌駕於其他世界之上，得到絕對的統治權。」

「這怎麼可能做得到呢？」雅希漠緊緊皺起眉頭：「暮，這種猜測太過荒謬了！」

「當然不是一朝一夕能夠完成，但也不是沒有成功的先例可循。至少我們知道，魔界也曾經存在著眾多的種族，但是到了今天，他們卻只剩下一個種族和一位族長，『魔族』和他們的『魔王』。當然，也許這和魔族貪婪好鬥的本性有關，也許這一切都是無意識之下的產物。可是他們比起過去強大了無數倍，以至於能和空前強盛的我們互相抗衡，這也是不能否認的事實。」

「只有諾帝斯一個人注意到了融合所帶來的變化，也許他並不是一個溫和仁慈的君主，但他是一位有著遠見卓識的君王。這一點你、我還有埃斯蘭，或者其他的什麼人都無法與之相比。」暮看著雅希漠額頭滲出的冷汗，不無輕蔑地說著：「我們不妨問一問自己，這些年來，各族都一味貶低那些血統不純正的後代，也始終不鼓勵本族和他族血脈混雜，更深一層的原因，難道不是不想有一天喪失了『族長』的頭銜，失去了現在所擁有的地位嗎？」

「暮，妳不該這麼說。妳和我同樣身為族長，應該能夠瞭解這個身分給予我們的責任遠遠大於權力。」雅希漠的目光銳利起來：「妳所說的一切終究只是妳自己的猜測，儘管我並不清楚天帝大人到底想要做些什麼，可是他不會不明白，動搖了我們三大神族，就等於動搖了整個神界的根基，他不會想冒這麼大的風險。」

「雅希漠大人，你既然以睿智聞名整個神界，就不該因身分而限制自己的視野。你真的認為我所說的，都只是危言聳聽的猜測嗎？何況……」暮刻意停頓了一下：「諾帝斯要是一個因循守舊、害怕承擔風險的人，那麼今天的三眾聖王就不會存在，神界也根本不會是現在的神界了。」

有很長一段時間，雅希漠都沒有開口說話。他兩眼盯著地面，一滴又一滴的汗水接連從他額頭滑落。

「我們始終低估了他的野心嗎？還是從一開始，他就是這麼打算的？」過了好一會，他才長長地呼了口氣，聲音沙啞地說：「在他成為天帝開始，或者說，他鼓動我們和他一起反叛上一任天帝的時候，那時他說他要創造一個全新的神界，我們這些舊時延續下來的神族不屬於『全新』的範圍之內，當然也是必須被毀滅的存在……」

「說毀滅也許不太確切。」雅希漠的反應比暮預期的還要強烈，她想自己或許說得太過嚴重了：「他所做的一切，不過是想讓神界更加強大，這難道不是你的心願嗎？」

「不。」出乎她的意料，雅希漠竟然不贊同地搖頭：「我從前任族長手裡接過重任的時候，只承諾讓族人享有富足和平的生活，而不是讓神界凌駕於所有世界之上。我不惜背叛了優柔寡斷的上一任天帝，也無非是希望神界能有一個足以和魔王抗衡的統治者，讓和平能夠長久延續下去。」

「讓神族更加強大，然後不就有了更長久的和平嗎？」

「在那之前，我們必須要付出什麼呢？」雅希漠站了起來，表情是暮從沒見過的堅定：「暮，這不只是血脈融合的問題，而是要讓整個神界都陷入動盪不安的危險之中。」

「那你決定怎麼做？」暮仰起頭看著他。

「這已經不是我一個人能決定的，我要好好想想，然後再決定是否要尋求幫助。」雅希漠轉過頭，透過窗戶往外看去：「暮，我真希望自己今天沒有來見妳，也沒有聽見妳預言的一切。」

暮坐在那裡，低著頭沒有說話。

【第四章】
Lies and Love

雖說是為了慶祝而舉辦，但晚宴依然在一片安靜祥和的氣氛中開始了。

當然，天帝大人的晚宴如果辦得太熱烈歡欣，只會更令人難以接受。高雅、和睦、輕聲談笑是一貫的風格，而且也會一直持續下去。幸好天帝大人並沒有親自出席，看來他也知道這種場合自己不要出現才是最合適的。如果他在場的話，可能除了高雅和睦還有僵硬的笑容，連輕聲談話都不會有了。

不過在這富麗堂皇的宮殿裡看一群人堆滿假笑，還要和他們說言不由衷的溢美之詞，也實在是一件很無趣的事情。

「暮大人。」終於有人把話題轉到了她的身上。

暮轉頭看去，卻發現自己根本不認識說話的人是誰，於是隨便地應了一聲。

「明明只是來參加婚典卻要到處奔波，暮大人真是辛苦了。」那人做出敬酒的動作：「您對天帝大人的忠誠，實在是令我們這些人感到羞愧萬分。」

「不用這麼客氣。」暮雖然不知道這傢伙在說什麼，但為了不失禮也只能開口敷衍：「我只是盡自己的責任罷了。」

「不過，聽說暮大人這次為天帝大人的婚典準備祭品，在中途又受了傷？」這個暮不認識卻有一點眼熟、很可能是外城貴族的傢伙好像不太友善：「雖然說暮大人不是有意，但一再讓天帝大人的婚典染上血腥，也有些不太妥當吧？」

這話一說出口，用來宴會的大廳忽然之間安靜了下來，而跟隨暮一同參加宴會的侍從們更是個個變了臉色。

「這傢伙挺有趣的！」就連埃斯蘭都一臉感興趣地向身邊的人打聽：「你們誰認識他？」

「好像是外城拉圖赫家的少爺，前陣子剛剛接替他的父親繼承了外城大祭司的位子，是外城炙手可熱的人物。您忘了嗎？上次我們去外城赴宴就是受了他的邀請。」他身邊的侍從回答：「天帝大人為上次暮大人受傷的事情好像對他有所怪罪，還有傳聞說這次婚典也不再由他主持。也許他心裡覺得不服，才想要在這種場合折辱一下蒼穹之王吧。」

「天帝大人是故意把這些沒用的外城貴族都寵成沒腦子的傻瓜嗎？」埃斯蘭搖著頭，嘴裡還嘖嘖有聲：「這種話連我都會再三考慮該不該說，可是他就這麼隨意地說出來了，這位大祭司真是勇氣可嘉，簡直到了令人驚嘆的地步！」

「不過在這種場合，對方又是有地位的人物，要是處理不好會很麻煩的，暮大人也不至於當場發怒吧？」

「我還想說是怎麼回事？原來是算準了這一點，心懷怨恨的大祭司才敢借機羞辱蒼穹之王啊！」埃斯蘭摸著自己的下巴：「但願這位聰明又勇敢的大祭司知道什麼是適可而止，雖然堂堂蒼穹之王不太可能和他一般見識，但我們的暮大人畢竟不是被欺負了還會說謝謝的濫好人，要是真的惹火了她，這位大祭司往後的日子恐怕會很難過了！」

「拉圖赫大祭司是嗎？」暮也從侍從的口中知道了對方的身分，她伸手制止了身後的騷動：「這次來聖城參加婚典，接二連三出了不少事情，不過幸好天帝大人寬宏大量沒有追究，我現在才可以和大家在這裡舉杯慶祝。」

「不過提到這些事，我正好要對在座的諸位道個歉。因為給大家添了不少麻煩，我也一直感到很不安，還請諸位見諒。」

她提到諾帝斯是為了息事寧人，想提醒對方注意身分場合，卻沒想到這正好踩中了那位大祭司的痛腳。

「既然暮大人不介意，我也不轉彎抹角了。」聽她提到天帝，大祭司心裡的怒火燒得更加旺盛：「我不是要針對您，但玷汙了神聖的婚典，會為天帝大人和他的王妃招來不幸，我想暮大人也不希望有什麼不好的事情發生吧？」

什麼神聖的婚典？什麼招來不幸？娶一具屍體這種事情，本來就沒有什麼幸福可言吧？不過，這位大祭司不只是口頭占據上風就滿意了，似乎還另有目的的樣子。

「有這麼嚴重嗎？」她開始對這種咄咄逼人感到惱火，但也不願意就此破壞氣氛：「敢問大祭司，我要怎麼請罪，才能得到創始神的原諒呢？」

「如果用鮮血沾染重要而神聖的儀式，冒犯者必須奉獻出一半的光明作為祭品，表示對不敬的賠罪。」

聽到大祭司說出這樣的要求，幾乎所有人都不約而同地倒抽一口冷氣。

「你說什麼？」暮沒反應過來，但聽在別人耳裡，卻像是她已經被重重觸怒了。

她身後的侍從已經站了起來，像是等她一聲令下，就要衝過去讓這個頭腦不清醒的大祭司好好清醒清醒。

「啊！糟糕了！」雖然這麼說，但埃斯蘭臉上的表情完全就是幸災樂禍：「看來我們的大祭司雖然勇敢，但實在不怎麼聰明，更不知道什麼是適可而止。」

「埃斯蘭大人。」身後的侍從輕聲地提醒他：「您別笑得這麼大聲。」

大家都很安靜，雖然埃斯蘭的笑聲也不是很大，但還是隱約傳遍了大廳。

「現在誰有空管我笑得大不大聲？」埃斯蘭邊說邊笑：「你們聽到了嗎？他居然要暮的一隻眼睛，這傢伙是不是有什麼毛病啊？」

「暮大人絕對不可能因為這幾句話就拿自己的眼睛作為祭品，所以拉圖赫大祭司的目的也未必是想讓暮大人少一隻眼睛。」

「但這麼一來，暮就下不了臺了。不論她當眾拒絕或立刻翻臉，都會變成神界的一大笑話，這傢伙還真是惡毒啊。不過來參加宴會倒是挺值得，我還以為會被悶死呢！」埃斯蘭又是一陣大笑，可是笑了一會又忽然停了下來。他疑惑地挑起眉毛：「怎麼好像有些地方不太對勁……啊？難道說雅希漠他沒有來嗎？」

「雅希漠大人當然來了，您剛才不是還過去和他打了招呼？」

「廢話！我當然知道他來了！」埃斯蘭瞪了一眼那個多嘴的侍從，然後才把視線投向另一邊的雅希漠：「就是他來了我才說奇怪的嘛！」

雅希漠向來對暮關懷有加，照理來說這種場面他早就應該出來打圓場了。可是直到現在，他依然坐在那裡冷眼旁觀，像是看熱鬧的陌生人一樣。

「我是不是錯過了什麼呢？」埃斯蘭曲起手指敲了敲自己的下巴。

「給我坐下！」暮微微側過頭，訓斥著自己身後的那些侍從：「也不看看這是什麼場合，就隨隨便便學別人跳出來搗亂，真是不知道天高地厚的蠢貨！」

任何人都能聽得出來，暮這句話不是在責罵自己的侍從，而是借此諷刺「不分場合跳出來搗亂」的「別人」。

礙於那些關於烈焰之王性情暴躁的傳聞，更因為不想同時得罪兩位聖王，大祭司只能當自己聽不見那刺耳的笑聲。他的臉色變得更加難看，心裡的怨恨也越發深重了。

「當然，如果天帝大人覺得您不需要這麼做，那您當然就不需要這麼做了。」他開口諷刺：「天帝大人對暮大人的眷顧，大家向來是有目共睹的。」

「這真是不錯的提議，可是我有另一個更好的主意。」暮站起來，慢慢地走到大祭司面前：「只是不知道可不可行，還要請您給予寶貴的意見。」

「什麼主意？」暮的態度讓大祭司有些琢磨不透，他抬起頭有些得意又有些緊張地看著面前的暮，心裡想著：三眾聖王之名被傳得神乎其神，不過是被刻意誇大，其實又有什麼了不起的？至於這個蒼穹之王，如果不是仗著天帝大人……

「我是想問問大祭司。」暮低下頭，在他耳邊輕聲說：「如果把你這位大祭司當成獻給創始神的祭品，由你替我當面向創始神賠罪，不知道能不能讓我的罪過完全消失呢？」

她的聲音很柔和，也不像在說什麼可怕的話，但內容卻讓大祭司冒出一身冷汗。

「暮大人，妳這句話什麼是意思？」他轉過頭瞪著暮，卻對上了一雙漆黑暗沉沒有半點生氣的眼睛。

「你說是什麼意思呢？」暮對他笑了一笑，然後用只有他一個人能聽到的音量對他說：「你可以開始後悔了。」

她手裡不知道什麼時候多出了一把匕首，接著那把匕首無聲無息地滑過了大祭司的脖子，鮮紅的血液隨著尖叫一起噴了出來。

暮說著說著就拔出刀割開別人的喉嚨，埃斯蘭當然十分驚訝，但更令他驚訝的，卻是他自己的想法。這下事情鬧大了，要是拉圖赫死了，暮恐怕要倒大楣了……

有問題，有問題，這種反應很有問題！為了這個瘋起來比自己還不顧後果的女人，他居然有點緊張，甚至還不只是「有點」。

「埃斯蘭大人？」看他好像不是很吃驚，只是嘴裡「有問題有問題」地碎念著，他身後的侍從試探地問道：「有什麼問題？」

「我怎麼知道！」他不耐煩地喊了一聲，把侍從嚇了個半死。

大廳裡已經亂成一團。

其實也不是所有人都亂成一團，浩瀚之王雖然吃驚地站了起來，烈焰之王不知為什麼大叫了一聲，但至少三眾聖王這邊的人都還算鎮定。和他們形成鮮明對比、真正能用亂成一團來形容的，則是那些習慣了養尊處優、和血腥殺戮無緣的外城貴族們。

一時間驚呼和慌亂產生的各種聲音充斥了整座大廳，直到一個並不響亮的聲音壓下了所有嘈雜的雜訊。

「安靜。」那個讓人不由自主想要服從的聲音說：「請不要慌張。」

原本開啟一半的大門往左右敞開，一個全身散發著光芒的身影從外面走了進來。

「天帝大人！」所有人都彎下腰對他行禮。

「好了，誰能告訴我這裡出了什麼事？」天帝大人的目光掃過大廳，每個人都覺得他是在盯著自己。

雅希漠和埃斯蘭也各自離開了自己的位子，走到離他較近的地方。

「天……天帝大人！」一個外城貴族用驚魂未定的聲音回報：「是蒼穹之王，她……她……」

「她怎麼了？」天帝的目光立刻越過人群，找到引起混亂的罪魁禍首之後像是鬆了口氣：「她不是好好的嗎？」

這一句話、一個動作之後，沒有人會懷疑天帝大人偏愛蒼穹之王遠勝過其他的臣民。這樣一來，自然沒有人敢多說什麼，大家都默契地保持著沉默。

「怎麼都不說話？」天帝隨意地指著一個人：「你來說。」

「是……是……」那人吞吞吐吐了一陣子，才說了一句：「暮大人她……她把拉圖赫大祭司……殺死了。」

「殺死了」那三個字說得很輕，幾乎沒什麼聲音。

「什麼？」諾帝斯像是沒聽清楚：「你說誰殺了拉圖赫？」

「準確地說，暮大人用匕首割開了拉圖赫大祭司的喉嚨。」埃斯蘭補充了一句。

大家自動讓出一條通道，讓天帝大人能看到還拿著匕首的蒼穹之王，以及她身邊倒在桌上的大祭司。這時暮已經擦乾淨那把匕首，把血跡斑斑的白布隨手扔到大祭司俯臥的腦袋上，那畫面讓每個人覺得殘酷卻又十分美麗。

誰也不知道是因為殘酷而美麗，還是因為美麗而顯得更加殘酷，更說不清是美麗多一點還是殘酷多一點。總之，蒼穹之王是個非常非常危險的人，這一點是毋庸置疑的。

諾帝斯朝身邊看了一眼，跟著他進來的異瑟就往受害者那裡走了過去。

「到底是怎麼了？」諾帝斯皺起眉頭：「為什麼會發生這種事情？」

「天帝大人。」緊接著異瑟的聲音傳來：「拉圖赫大祭司好像沒事。」

大家的目光終於從凶手身上離開，再次轉移到受害者身上。

異瑟已經把大祭司從桌上扶了起來，讓他靠到椅背上，透過這樣的姿勢可以讓人看到他脖子上的傷口並不是很深，甚至連血都流得不多，大多數都沾染在那塊白布上了。

「大祭司傷得並不是很重，只是受到驚嚇所以暈倒了。」異瑟用那塊布按住大祭司脖子上的傷口：「傷口不是很深，只是劃破了表面的皮肉。」

造成這麼大的慌亂，人人都以為他被殺了，結果只是受了輕傷暈倒而已。

「我可沒說暮大人把大祭司殺了，我只是說她割開了大祭司的喉嚨。」當然也有早就看得清清楚楚，卻惟恐天下不亂的，比如埃斯蘭。別人用疑惑的目光看著他時，他為自己辯解說：「『割開了』和『殺死了』，這兩者之間可是有很大區別的！」

「不嚴重就好。」諾帝斯安撫了一下在場的眾人：「暮大人只是開了個有些過分的玩笑，大家別當真。」

天帝大人都已經開口，這不是一場玩笑還能是什麼，還有誰敢把這件事當真？

「抱歉。」蒼穹之王手裡還拿著匕首，卻若無其事地說：「讓大家受到驚嚇，完全是我的過錯。」

那種樣子，讓人忍不住從心底裡冒出寒氣。

異瑟叫人抬走昏倒的大祭司，擔架經過門口的時候，被埃斯蘭攔了下來。

「我說大祭司。」埃斯蘭一臉關切地俯下身，在大祭司耳邊悄悄問他：「難道就沒有人提醒過你，在三眾聖王裡不論得罪哪一個，都千萬別得罪蒼穹之王嗎？你都說天帝對她偏心了，又何必這麼勇敢地冒著生命危險，非要測試那顆心偏得有多厲害呢？」

拉圖赫閉著的眼睛微微顫抖，埃斯蘭惡劣地笑了起來。

大家都自覺地散了，宴會當然到此為止，結束時的氣氛一如開始那樣高雅和睦，只是少了輕聲談話，連僵硬的笑容好像也蕩然無存。

從滿堂賓客一下子減少到只剩兩個人，大廳顯得格外空曠。

「暮，妳過來。」諾帝斯坐到了宴會中一直空著的座位上，朝站在另一邊的暮招了招手。

暮不是很情願地靠近幾步，低垂的眼睫盯著他從扶手一直延伸到地面上的寬闊衣袖，就像是一個犯了錯卻又不肯承認的孩子。至少諾帝斯眼裡看到的暮，就是這個樣子的。

「我不是說過了，不要動不動就皺眉頭。」天帝大人今天的心情似乎不壞：「妳從什麼時候開始變得這麼容易生氣？一言不合就往別人的脖子劃上一刀，這不像是妳會做的事情啊。」

「或許是因為最近心情不好，也可能被某些人的喜怒無常傳染了吧。」暮已經收好匕首，身上也沒有任何痕跡能證明剛才行凶的人是她：「何況我也沒有真的把他怎麼樣，您不是也說了，我只是和他開了個玩笑。」

「妳在想什麼，暮？」可惜諾帝斯似乎不願意放過她：「能告訴我是為什麼嗎？」

暮看了他一會，然後在距離他很遠的地方找了張椅子。

「他說要我一隻眼睛，作為您婚典的祭品。用這種血淋淋的祭品獻祭，想必您是不會同意的。」她嘆了口氣：「連您的喜好都不清楚，這種大祭司根本沒有存在的必要。我只是給他一個教訓，讓他知道說錯話會有什麼樣嚴重的後果。」

「暮。」諾帝斯不慍不火地提醒她：「我要聽實話。」

「您憑什麼認為我沒說實話呢？」

「就算妳說的是實話。」諾帝斯沒有和她爭辯：「意圖謀殺大祭司可不是什麼輕微的罪行，如果妳有心提醒或教訓他，為什麼不挑其他時間、其他地點去做呢？沒有太多人看到的話，對妳會比較好吧？」

「您是在教我怎麼做壞事嗎？」她吃驚地盯著諾帝斯。

「我只是想教會妳怎麼保護自己。」像是被暮的表情取悅了，諾帝斯的笑容更加深刻幾分：「也許妳說得很對，我對這個無能又遲鈍的大祭司很不滿意，希望妳這次的『教訓』能讓他今後變得更機靈一點。」

諾帝斯朝她招了招手，她就連人帶椅子地被拖過半個大廳，一直被拖到了他的面前。

天帝的座位高出許多，諾帝斯把身體靠在扶手上，從上方俯視著她。只是看著，也不說話，甚至連眼睛都不眨。暮被這種沉默的凝視盯得渾身不自在，卻偏偏不能向對待別人一樣一腳把人踹開。

「說了不許皺眉。」諾帝斯撫摸著她的眉心，就像要隔著面具撫平她眉間的褶皺：「我最近開始懷疑，妳可能永遠也不會像他們一樣對我恭敬溫順。」

「天帝大人。」寒冷穿透面具傳遞過來，她一把抓住諾帝斯的手指：「您是不是覺得我應該在您面前更謙卑一點？」

「我是那麼希望，但我也很清楚妳做不到的。」諾帝斯反握住她的手，用一種奇怪的目光看著她的手腕：「在神界，有無數的臣民對我奉獻他們的順從和謙卑，多妳一個或者少妳一個也不算什麼，我想我已經放棄這個希望了。」

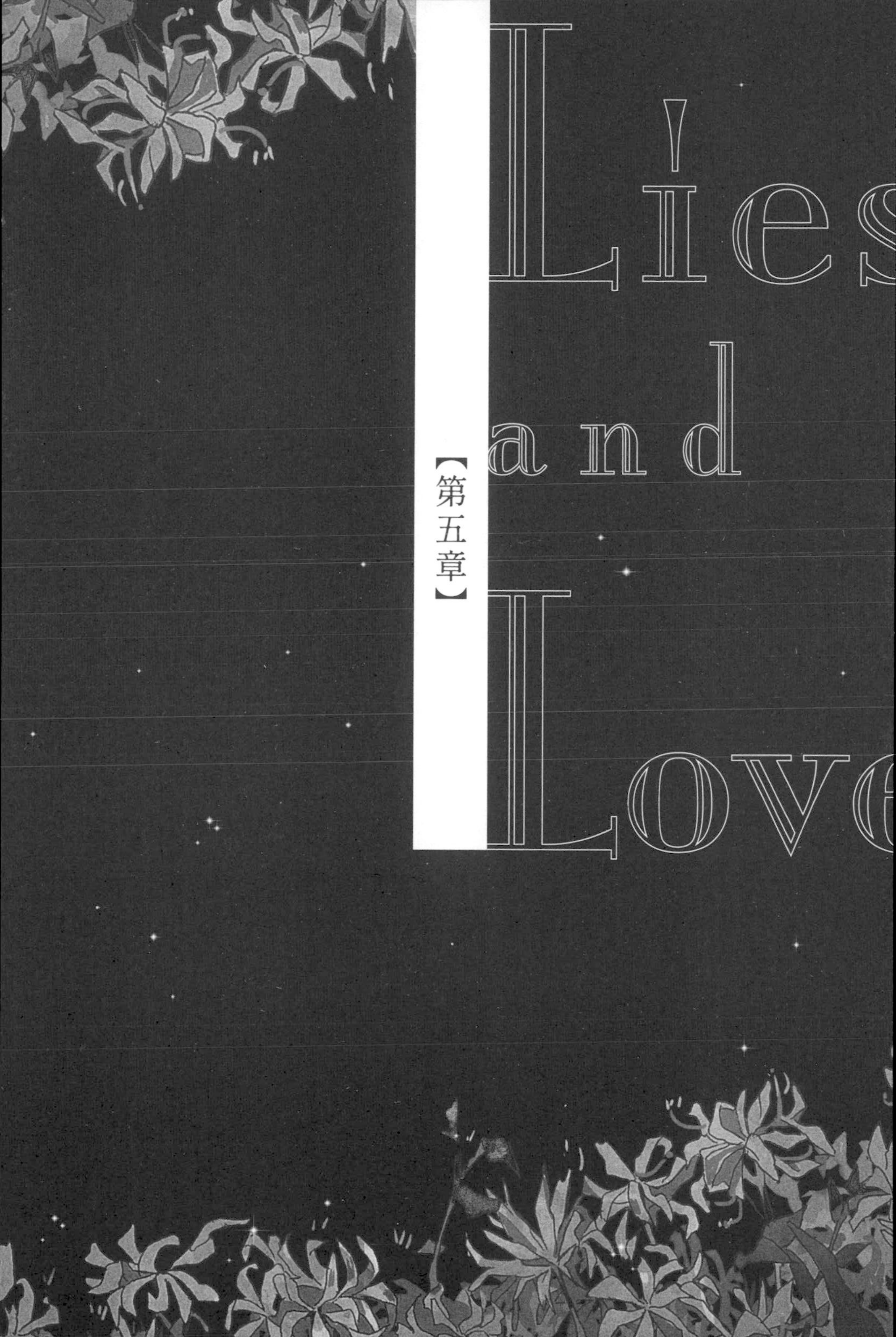

【第五章】
Lies and Love

冰冷的感覺從他握著的地方流淌進來，順著血液的流動慢慢湧向心口，暮打了個冷顫，手也略帶抗拒地掙扎了一下。

「最近我總想到一些已經過去的事情。」諾帝斯慢慢地放開她：「真奇怪，以前我從來不會想起過去，但近來卻總是有意無意地想到，想到的還都是那些微不足道的小事。」

「是嗎？」她猜不透諾帝斯的用意。

「有很多更值得記住的事情，但我想起的只是很細微的部分，就好像一句話、一個動作，甚至只是一種表情、一個眼神。」諾帝斯略微離得遠了一點，轉而用一種遙遠的神情看著她：「暮，妳還記得過去的那些事情嗎？我是指在成為蒼穹之王之前。」

「成為蒼穹之王之前？」暮愣了一下才回答：「我當然記得，有些事是怎麼都無法忘記的。」

「和我說說吧。」諾帝斯用尖銳的銀色指套撩起她的長髮，然後慢慢鬆手，看著那些纖細的黑色從指間滑走：「我想聽妳說說過去的那些事情。」

「沒什麼好說的。」暮有些僵硬地拒絕了他的提議。

「怎麼會沒什麼好說的？」諾帝斯似乎對她的頭髮很感興趣，不斷地拿到手中然後放開：「就說說妳從過去學到了什麼，或者為了成為帕拉塞斯妳所付出的那些東西。」

「那並不是您想像中的那麼有趣。」暮的眼睛更加黯淡了一點：「無非就是怎麼得到自己想要的東西。」

「怎麼才能擁有想要的一切……」諾帝斯輕聲地嘆了口氣，對她伸出自己的手，溫柔的目光裡充滿憐憫：「我們永遠無法忘記的，不是嗎？」

被這樣的目光看著，暮的心忽然有些疼痛。

「雖然不能忘記，但那些都已經過去了。」她急忙垂下視線盯著那隻朝自己伸來的手，無意識地說著：「已經過去了……都是過去的……」

諾帝斯把她從椅子上拉起來，摟進自己懷裡。

「暮……」

暮的臉頰貼在他的胸前，耳中聽見的聲音就像從他內心深處傳來的一樣。

「天……」她剛想要開口說話，諾帝斯在她肩上的手就像要把她揉碎一樣用力收緊。那些尖銳的指套可能刺進了她的皮膚，她咬牙忍住疼痛，雖然她也不知道自己為什麼要忍耐。

「沒有改變。」諾帝斯微側著頭，下巴輕輕蹭過她頭頂的髮絲：「不論經過多長的時間，不論遭遇了什麼，好像只有妳……只有妳永遠都不會改變，不會為了任何事而改變。為什麼呢？真是奇怪……」

暮慢慢抬起頭，諾帝斯正俯看著她，也許是因為光線的關係，那雙綠色眼睛深邃得近乎黑色。兩人對望著，時間就像是凝固在了這一刻。

「天帝大人。」暮只用一句話，就徹底打破了曖昧的氣氛：「薇拉已經向您報告過了嗎？」

諾帝斯眨了一下眼睛，再睜開時瞳孔已經是一片青翠。

「我想離開聖城。」暮語氣平靜地要求著。

「婚典結束之後吧。」諾帝斯微笑著說：「我希望妳能留下來。」

「不，天亮之後就走。」意識到自己的語氣太強硬，暮又壓低聲音補充了一句：「我已經離開邊界太久，怕戰局會有什麼變化。」

「我們神族的戰士這麼沒用？」諾帝斯訝異地問：「難道說只是少了妳一個，他們就連怎麼戰鬥都不知道了嗎？」

「天帝大人！」

「如果我不讓妳走，妳能離開嗎？」

暮沒有回答，諾帝斯慢慢鬆開了握住她肩膀的手。

「暮，妳要聽話。」諾帝斯戴著指套的右手原本輕柔地順過她的長髮，此刻卻忽然收攏，把她拉到自己面前：「在婚典結束之前，我不許妳離開聖城半步。」

兩人之間的距離忽然近到呼吸可聞，近到暮能清晰看見諾帝斯半掩住眼睛的每一根睫毛。

「到底是為什麼？」暮疑惑地問：「您到底為什麼這麼堅持要我參加婚典？」

諾帝斯用手指輕撫過她抿緊的嘴角，緩慢地對她說：「因為我希望。」

「這是理由嗎？」暮把頭往後仰：「天帝大人，這算是威脅嗎？」

「這怎麼能算是威脅呢？」諾帝斯又把她拉近了一點，說話時吐出的氣流她都能感覺得到：「妳就把這當成必須接受的邀請，我可以這麼要求的，是不是？」

「對，您當然有權力命令我。」她強忍住怒火，用壓抑的聲音回答：「不論您要求什麼，我都只能照做。」

諾帝斯嘴唇一動，似乎想再說些什麼，但最後卻忽然站了起來，抓著她的手把她摔到身後的椅子上。

「異瑟！」他揚高了聲音朝外面喊：「進來！」

大門從外面打開了一條縫隙，內廷總管異瑟走了進來。

「天帝大人，暮……大人？」異瑟看到這樣的情景也有些愣住了，不過他很快就恢復鎮定：「您有什麼吩咐嗎？」

「從這一刻開始，直到婚典結束為止，多留意出入內城的人員。」諾帝斯回過頭看了暮一眼：「特別是蒼穹之王和她身邊的人，你要好好替我注意。」

「是。」異瑟低頭彎腰，越發恭敬地回答：「我知道了。」

「暮，妳也許有辦法一個人離開，但在那之前，妳最好能確定我不會遷怒到別人的身上。」諾帝斯語氣溫和地告誡她：「妳要記住，妳不只是妳自己，妳還是整個風族的聖王。」

看著倒在椅子上的暮收緊拳頭，諾帝斯揚起嘴角，轉身往門外走去。異瑟滿臉疑惑地看了暮一眼，也跟著走了出去。

「啊。」諾帝斯走了兩步又停了下來，回過頭說了一句：「這樣，才能算是威脅。」

在他們走到門邊時，異瑟聽到身後傳來了巨大的聲響。他回過頭，看到一向冷靜理智的蒼穹之王，竟然一腳踹翻了天帝大人的椅子。

在天帝大人的面前做出這種行為，蒼穹之王可能是瘋了！異瑟連忙去看諾帝斯的反應，卻看到被當面冒犯的天帝大人帶著微笑，腳下甚至沒有停頓。

天帝大人惹蒼穹之王發火之後，好像覺得特別開心。異瑟搖了搖頭，強迫自己忘記這種恐怖的念頭。

走出門外的諾帝斯忽然笑出聲。

「天帝大人。」聽出那是愉悅而不是憤怒，異瑟有些忐忑不安地問：「有什麼值得開心的事嗎？」

「異瑟。」諾帝斯帶著笑容仰起頭：「她剛才生氣的樣子是不是很有趣？」

「有趣？」雖然異瑟並不那麼認為，他也不覺得會有多少人認為蒼穹之王生氣是件有趣的事情，但還是勉強附和：「可能有一點吧。」

不過，這句話的意思難道是說，天帝大人只是為了看蒼穹之王生氣的樣子，才故意惹她發火？而且，天帝大人好像真的很開心。

「薇拉，妳給我過來！」

「大……大人，您有什麼吩咐？」薇拉戰戰兢兢地走到她面前，低著頭盯著自己的腳尖。

「我一直很信任妳，妳是知道的。」

「是……」

「妳跟在我身邊這麼久了，我感覺我們也算相處融洽，妳覺得呢？」

「大人對我向來都很好。」

「那妳為什麼要背叛一個對妳不錯也很信任妳的人？」暮冷冷地看著她：「妳能告訴我，妳一再把我的行動洩漏給別人，到底是了為什麼呢？」

「因為我……」

「妳什麼？」暮哼了一聲：「因為妳擔心我做出什麼對自己不利的蠢事？還是，因為妳從一開始就是天帝大人放在我身邊的耳目呢？」

「大人，我並不是想要背叛您！」薇拉在她面前跪了下來，用雙手抓著她的裙襬：「我不求您的原諒，我希望您能知道，這麼做我心裡也很不好受，但是我……」

「夠了。」暮打斷她：「其實妳不需要我的原諒，因為妳做得很好。」

「啊？」薇拉詫異地抬起頭，卻發現暮在微笑，她遲疑地問：「您……剛才說什麼？」

「薇拉。」暮側頭看著她：「妳猜我是從什麼時候開始，知道妳是諾帝斯的人呢？」

「什麼時候？」薇拉很小心地問。

「到了聖城之後，妳就一直表現得很奇怪，但這還不足以讓我懷疑妳。」暮站了起來，走到窗邊看向漆黑的夜空：「直到那天晚上，我闖進天帝大人的宮殿被他逮個正著，才開始察覺自己身邊早就被安插了眼線。」

薇拉跪坐在地上，低頭咬著嘴唇。

「有誰能知道我半夜獨自離開自己的房間呢？也只有妳這個能夠隨意出入我房間的貼身女官了吧？」暮看著遠處明亮的白色高塔：「在一千多年之前就預見到這麼一天，天帝大人還真是高瞻遠矚。」

「其實……」薇拉用很小的聲音說：「並沒有您想像的那麼久……」

「起來吧。」暮轉身走到她面前，很和氣地對她說：「妳不用擔心，我不會把妳怎麼樣的。何況妳今天還幫了我一個大忙，我感謝妳都來不及呢。」

「我不明白您在說什麼。」薇拉的心飛快地跳了起來，感覺她會說出自己意想不到的話來：「我幫了什麼忙？」

「薇拉。」暮彎下腰：「妳說，我已經知道妳是諾帝斯的眼線了，要是我想離開的話，明明應該想盡辦法瞞過妳，又為什麼偏偏要讓妳知道呢？」

「為……為什麼？」薇拉像是聞到一股香味從暮的身上傳了過來，那種香味很特別，和她以往聞到過的都不一樣。因為暮的起居一向是由她負責，她很清楚暮並不喜歡讓衣服沾到香味，因此感覺有些奇怪。而且這種味道聞了以後……

「怎麼了？」暮看著她眼睛閉起又張開：「妳在打瞌睡嗎？」

「不，沒有啊。」剛說完，薇拉忍不住捂住嘴打了個呵欠。

「時間不早了，妳今天應該已經累壞了。」暮通情達理地說：「要不要先休息一下，等到明天早上我們再繼續談，妳覺得怎麼樣？」

薇拉昏昏沉沉地點點頭，暮把她從地上扶了起來。但她剛轉身走了幾步，就察覺到有什麼地方不對勁。她連忙用力掐了一下自己的手背，試圖讓自己清醒一點。

飄舞的白色紗帳讓暮的身影時隱時現，她的黑色長髮在風中飛舞，看起來簡直就像是從黑暗中到來的……轉過身的薇拉瞬間害怕得說不出話來。

「看來，妳是不想把談話拖到明天早上了？」暮慢慢地走了過來：「也好，我現在就告訴妳也沒關係。」

「暮大人。」薇拉一步步地往後退：「您要做什麼？」

「妳怕什麼？」暮笑了起來：「妳是諾帝斯的人，我怎麼敢對妳做什麼？」

「那……為什麼我的頭這麼暈，眼睛也好重……」薇拉甩了甩頭，只覺得情況越來越嚴重。

「因為我不小心弄倒了一些會讓人想睡覺的藥粉。」暮從袖子裡拿出一個很小的水晶瓶，能看到裡面裝了一些閃閃發光的粉末：「這叫『安息之香』，是精靈族珍貴的藥物。他們用這個來讓那些發狂的精靈安靜下來，據說對大多數的神族也一樣有效。」

薇拉用力敲著腦袋，想把睡覺的念頭從裡面趕走。

「別敲了，我只撒了一點點，這種分量對身體不會有什麼傷害，只會讓妳一覺睡到天亮。」暮笑著拉開了她的手：「不過明天妳醒了之後，可能會忘記今晚發生過的事情，這也算是這種藥的副作用之一。」

「您到底想做什麼？」

「妳那麼想知道嗎？」暮點了點頭：「好吧，反正妳明天醒來就會忘了，那告訴妳也沒關係。」

她面具後的眼睛看起來暗沉得可怕，薇拉緊張地屏住了呼吸。

「我並沒有打算離開這裡，我那麼說只是為了讓天帝大人阻止我離開。」看到薇拉茫然的眼神，暮補充了一句：「因為我發現，好像不論我要做什麼，天帝大人就會不允許我做什麼。不管做什麼都會被責罵禁止，真是令人不得不感到鬱悶的事情。不過從另一個角度來看，這也未必只有壞處。」

「妳看，我剛想離開，立刻就被禁止了，不是嗎？」暮摸了摸薇拉的頭髮，就像安慰一個被嚇壞的孩子：「讓妳去告訴天帝大人我要整理東西離開，他果然就相信了呢。」

事實上，薇拉也的確被她嚇壞了。

「妳一定想問我為什麼要這麼做，對不對？」暮知道她已經不能說話，就代替她問了出來：「天帝大人一聲令下，今天晚上整座聖城都會防備著我的離開，想必大家都在各處城門嚴陣以待吧？有誰會想到我非但不想走，反而要前往最不可能會去的地方呢？」

不可能會去，還是和外面相反的地方……

「啊！」薇拉瞪大眼睛驚呼一聲。

「猜對了。」她告訴再也站不住的薇拉：「我今天晚上，準備偷偷溜進天帝大人的宮殿。」

暮脫下薇拉的外衣，把她抱到自己的床上，替她蓋上被子，最後還放下四周的紗帳。這個過程中，薇拉用盡全力也只是扯住了暮的袖子。

「妳別硬撐了，放心睡吧。」暮輕易地把袖子從她手裡拉了出來：「這次不能跑去告訴天帝大人也不是妳的錯，完全是因為我的關係，他不會怪罪妳的。」

薇拉費力地搖了搖頭。

「妳還是擔心嗎？」暮想了想：「不過以他的個性，要是遷怒到妳身上，也不是沒有可能……」

薇眨著眼睛，看起來像要哭了。

「傻瓜，妳哭什麼？我只是去弄清楚一些事情，不是要對妳的天帝大人不利。」暮拍了拍她的臉頰：「也不用替我擔心，我不會有事的。如果不幸被抓到的話，頂多被天帝大人罵上幾句。」

薇拉焦急地張著嘴，好像想要告訴她什麼。

「妳想跟我說什麼？」暮剛問完，就發現薇拉已經張著嘴睡著了。

她把薇拉的手放在被子裡面，接著又從自己的袖子裡拿出了一樣東西。那像是一根銀色的絲線，散發著一種華麗而冰冷的光芒。

房間裡發出了巨大的聲響，接著又變得和原先一樣安靜。

站在門外的侍從們面面相覷，他們不知道發生了什麼事，更不知道是不是應該衝進去。畢竟大人回來的時候，一臉怒氣衝衝的樣子。就連薇拉女官進去後，直到現在都還沒出來，恐怕也沒辦法安撫大人的怒氣。要是這個時候衝進去，後果實在很難預料。

這時，門內響起了凌亂的腳步聲，然後「砰」的一聲，門終於打開了，一個滿臉是血的人從房裡跑了出來。

「薇拉女官，出什麼事了？」侍從們立刻圍了過來，驚訝地問她：「您怎麼受傷了？」

她用手捂著自己的臉，鮮血還是從指縫裡不斷流淌而出，看上去好像傷得很重。

「是大人她……」侍從之一還沒說完，就被其他人踢了一腳。

「您沒事吧？」有人問她：「要不要我幫您看看，看傷勢嚴不嚴重？」

「不用了。」她低著頭，聲音虛弱地回答：「只是劃破了一點。」

大家都往那扇關著的門看了過去，不約而同地想起稍早在宴會上發生的那件事情。

「大人還在生氣，你們自己注意一點。」她提醒這些侍從：「我要去找醫官治療，你們今晚好好守在這裡，最好不要讓人進去打擾到大人。」

女性們總是更愛惜容貌，侍從們很瞭解她緊張的原因。看她捂著臉匆匆忙忙跑出去之後，大家都感嘆服侍大人物真是不容易。

而受了傷的「薇拉」走出風族暫居的宮殿之後，並沒有跑去醫官那裡，而是轉身走進了少有人往來的角落。等她再次走出來的時候，已經完全變成了另外一種樣子。

【第六章】Lies and Love

暮站在那扇門前想了一會，最後還是禮貌地敲了敲門。

「沒想到這裡居然還有訪客。」門裡傳來一個動人的聲音：「請進來吧。」

房間奢華而舒適，非但不輸給天帝大人的臥房，甚至猶有過之。雖然那些富麗堂皇的裝飾和布置，讓暮的眼睛都痛了。

「這是用來諷刺我的，意味著我永遠只是個被困在華麗宮殿中的廢物。」坐在椅子上的人有些歉意地對她說：「很抱歉這座監牢有些嚇人，希望妳會慢慢適應。」

「這裡很適合你。」原本是有些過分華麗，但一看到坐在那裡的他，暮立刻覺得這房間看起來順眼多了：「作為一個被囚禁的犯人來說，這樣的優待並不多見。」

他的頭髮和夜那羅一樣是璀璨的金色，但卻長而筆直、一絲不亂地披散在身後，還有看人時那種銳利的目光，讓他輪廓分明的俊美外表給人一種尖銳的感覺。

「因為這裡的主人寬容而高尚，不論對待敵人或者朋友都是一樣，也很樂於向所有人展示他的這個特點。」那人朝暮微微一笑：「別站著，請過來坐下吧。」

「這點我倒是十分贊同。」暮覺得自己有點喜歡這個舉止優雅、說話也很有趣的男人：「其實他只是個很小氣、小氣到不允許別人說他小氣的人。」

「我開始喜歡妳了。」那人顯然比她直接多了：「真抱歉，我沒辦法站起來表示歡迎。」

當暮走到他的面前，終於明白他為什麼說「沒辦法站起來表示歡迎」了。

「看來他非常討厭你。」暮看著他被巨大的鎖鍊從中穿過，然後釘在地面上的兩條腿：「你當著別人的面罵他小氣了嗎？」

「我不過說他是個不知道珍惜的蠢貨，結果就變成這樣了。」看那人的樣子，像是一點也不覺得罵天帝大人「蠢貨」是件什麼大不了的事情：「妳真該看看他那個時候的表情。」

「可以想像。」暮看著看著，感覺自己的腿也有些隱隱作痛：「但代價似乎大了一點。」

「這是我應得的懲罰。」那個人平靜地說：「懲罰我這個也不知道珍惜的蠢貨。」

暮撇了撇嘴，沒有什麼興趣追問下去。

「不過……」他抬起頭看著暮：「妳到這裡花費的時間也太長了一點，我差點以為妳不會來了。」

「最近好像很多人都說在等我，雖然我不知道是為了什麼。」暮的語氣帶著無奈：「但聽起來我好像是個很重要的人，所以這也不錯。」

「這是什麼意思？」他好像有些吃驚，但掩飾得很好：「他做了什麼嗎？」

「他是誰？」暮並不確定：「你是說天帝大人？」

「妳喊他天帝大人？」

「不然該怎麼喊？或者……諾帝斯？」暮不太明白為什麼會在這個問題上糾纏起來：「有什麼不同嗎？」

「不，那沒什麼區別，只是我以為……」他忽然問了一個很奇怪的問題：「妳並不認識我，對嗎？」

「我當然知道你，只是一直沒有機會見到本人。」暮把目光從他的腿上移開：「我該怎麼稱呼你？蒼穹之王還是光明之王，或者其他什麼的？」

「妳叫我金就可以了。」他看著暮的眼神充滿探究：「其他頭銜已經對我沒有任何意義了。」

「很高興見到你。」暮朝他點頭，表現出符合自己身分的一面：「我是暮，這一任的蒼穹之王。」

「蒼穹之王？」金揚起眉毛，再也不能維持鎮定：「他到底在打什麼主意？」

暮環抱雙臂，一臉莫名其妙地看著他。

「果然是這樣。」金閉上眼睛，像是很沉重地搖了搖頭：「我始終還是低估他了。」

暮最近對這種沒頭沒腦的話已經麻木了，所以也不是很在意他在說什麼。

「我很抱歉沒有太多時間和你相互瞭解，雖然說我們應該更熟悉一點，畢竟你是在我之前的蒼穹之王。」也不管他有沒有聽進去，暮自顧自地說著：「可是我對你並不是很感興趣，為了來到這裡更是冒了很大的風險，所以還是省略這些客套話，長話短說比較實際。」

「妳說吧。」金目光犀利地看著她：「蒼穹之王，妳來找我做什麼？」

「我有一個對你來說並不是很難做到的要求。」暮開始有些不喜歡他了，特別是他的這種眼神：「把信物給我，然後承認我是蒼穹之王就可以了。」

「就為了這個？」金顯然對這個要求很不以為然：「既然妳已經是蒼穹之王，一個形式有多重要？難道說妳根本沒有實力，只是投機取巧才得到這個位子？」

「注意你的措詞。」暮對於他的這種說法感到不滿：「我是依靠自己的力量才成為蒼穹之王的，沒有人能懷疑這一點。」

「既然妳這麼想，又何必來這裡找我？」

「對我來說，不只是一個形式，而是一種認可。」她說到一半，忽然猶豫起來：「而且……這是必須的……」

「成為什麼樣的人，只需要妳自己的肯定，根本不需要任何人的認可。何況像妳這樣的人，又怎麼會在意別人的看法？」金笑了出來：「妳還真不坦白，直接說對自己產生懷疑，難道就那麼困難嗎？」

「懷疑？」暮問他：「你覺得我在懷疑嗎？那我在懷疑什麼？」

「懷疑妳自己。」金看著她的眼睛：「妳會有一種不是自己、不屬於自己的感覺。或者妳會做夢，夢到一些非常奇怪的事。也許妳會懷疑身邊的每一個人，覺得到處充滿了虛偽的假象和欺騙的謊言，讓妳覺得茫然無助。」

「如果是那樣的話，一定有我所不知道的原因在裡面。」暮的臉色變得非常凝重：「告訴我，原因是什麼？」

「原因是一個祕密。」金的回答很狡猾：「不只是對妳，也許對於整個神界來說，這都是一個非常重要的祕密。而知道這個祕密、又願意告訴妳的，目前只有我一個人。」

「我討厭祕密。」暮又想到了祕密等於麻煩，大祕密等於大麻煩的教訓，現在她只要一想到這兩個字就會頭皮發麻：「那意味著我接下來可能會倒大楣，我也許不該來這裡的。」

「妳來找我，不就是因為感到迷茫，而直覺告訴妳，我能夠對妳有所幫助嗎？」

「你能嗎？」他的笑容在暮眼裡看起來越發討厭，什麼好感之類的更是早就蕩然無存。

「我可以，但是……」金欲言又止。

「你有條件？」暮替他說了下去：「要我幫你離開這裡嗎？可是……」

「不是。」金否定了她的猜測：「我沒想過要離開這裡。」

「那是什麼？」

金沒有立刻回答，而是把目光投向窗外。

「那個房間裡……應該是精靈族的那位公主吧？」暮早就注意到，他總是有意無意地看向窗外的某處：「你是在看她嗎？可惜，她現在好像……」

「我知道她現在情況很糟，也許撐不了太久的時間了。」金把頭轉回來：「幫我救她。只要妳答應安全地帶著她離開這裡，把她交給我指定的人，我就告訴妳那個祕密。」

「不行。那太危險了。」暮想都不想就拒絕了他：「可能要陪上性命來換取一個祕密，這根本不是等價的條件，我不能接受。」

「妳應該接受，或者說妳一定會接受的。」金一點也不擔心：「因為這個祕密對妳來說，或許比妳的性命更加重要。」

「有什麼能比我的命還重要？」暮笑他危言聳聽：「沒了性命，我要祕密有什麼用？」

「有些東西對妳來說，不是比命還重要嗎？」金篤定地說：「所以，妳是不會拒絕我的。」

「為什麼我覺得好像中了什麼圈套？」

「在妳走進來之前，或者說我們談話之前，我並沒有這個想法。」金直言不諱地告訴她：「直到我們開始交談，我才有了這個主意。」

「腦筋轉得真快，還盡是一些不怎麼樣的主意。」什麼優雅禮貌的美男子，完全就是個表裡不一的傢伙：「我開始覺得你被這樣對待，不一定是完全沒有理由的。」

金朝她點頭致意：「謝謝妳的誇獎。」

「不過，如果你嘴裡的『祕密』真的有那麼重要的話。」暮嘆了口氣：「冒一點危險未必是不值得的。」

「不只是有一點危險，而是嚴重到連安全都無法保證的程度。」金表情嚴肅地提醒她：「我沒有誇張，這是一件很冒險、也非常危險的事。」

「你很奇怪。」暮不解地看著他：「照理說，你不該說得這麼嚴重，你就不怕我聽了後悔嗎？」

「我不怕，因為妳從來都不是會輕易後悔的人。」金看著自己恐怖的雙腿：「我只怕妳和以前一樣，低估了他的可怕和冷酷。」

「我會很小心的。」暮頓了一下：「不過，為什麼要說『從來』還有『和以前一樣』？」

「我說了嗎？」

「你說了。」暮很肯定地回答他。

「是嗎？」

「真的！」

「我隨便說說的。」金一臉不在乎的表情：「像我這種年紀大的人，總是喜歡用些奇怪的形容詞，不需要太過認真。」

暮一點也不相信。

「好了，我不想再聽無關緊要的廢話了。」她不耐煩地問：「你到底要不要說那個祕密？」

「當然。」金做了一個請坐的動作：「這個祕密也許有點長，妳要有點耐心。」

暮在他對面坐了下來，也努力將表情調整到「有耐心」的樣子。

「這要從很久以前說起。」看到暮想要開口，金搶在她前面說：「妳別管是多久，總之就是很久。還有，妳最好不要打斷我，除非我問妳問題或等我說完，好嗎？」

她都還沒問他就知道了，這傢伙果然很詭異……暮閉上嘴用力點點頭。

「那已經是幾千年前的事情了，那個時候，我還叫做金．那依凱斯，是神界西方的光明之王。「妳或許知道，我的父親就是上一任的天帝，那依凱斯就是我從他那裡繼承來的名字。

「在那個時候，雖說神界名義上還是由我的父親統治著，但多數權力已經掌握在四方的神族首領手中。所以比起獨自統治魔界的魔王，天帝更像是一個空有名號的尊貴頭銜。

「當時守護神界的四方聖王，包括我在內，大多是一些自負又驕傲的傢伙，認為自己十分出色，所以相互之間並不友好。妳明白我的意思嗎？是的，我們都是些自以為是的傢伙，當然，除了那個人之外。

「當時的四方聖王裡，蒼穹之王被公認是我們這些人中最寬厚公正，也是最受到尊敬和擁戴的一個。在我還小的時候，他曾是教導我法術的老師。他不論什麼時候都是那麼溫柔而仁慈，我甚至會刻意地模仿他，希望能夠成為他那樣的人。所以我和他一直都很親近，直到……」

說到這裡，金先生停了下來，然後暮似乎聽到了一個類似於嘆息的聲音。

「只不過到了後來，一切就變得完全不同了。

「他不論在法力和智慧上，都要比其他人更勝一籌。怎麼會願意委屈自己，做一個困守一方的小小聖王？他最終的目的，或者說他最初的目標，一直就是天帝的寶座。他想要站立在這個世界的頂端，沒有人能夠與之相比的地方。

「比他的野心還要更加可怕的，是他善於忍耐，而且冷靜、殘忍、毫不留情，為了能夠達成目的不計代價，利用一切可以利用的手段。」

「等一下！」暮在聽到這裡的時候，忍不住打斷了他：「你說他……」

「我說了先不要打斷我，等我說完好嗎？

「天帝的傳承，是經由上一任死亡時的儀式傳承力量來完成最終交替的。所以有資格成為天帝的人，必須是直系的血親。

「那時我的父親已經步入年邁，身體更是每況愈下，我作為唯一的繼承者，他們三個則是見證人，我們四個同時被召回我父親的身邊。誰也沒有想到，接下來我們等到的不是繼任儀式，而是三大神族和三位聖王聯合的叛亂。

「那簡直就是那依凱斯家族的惡夢！

「他們三個和我還有我的父親，在西方神界展開最終的決戰。我永遠都不會忘記那是多麼可怕的場面，鮮血幾乎灑滿了每一寸土地。也就是那一次戰爭，讓原本富庶美麗的光明之城變成了現在的一片廢墟。

「雖然我們已經竭盡全力，但父親已經年邁，而我還太年輕，最後我們還是戰敗了。新的天帝誕生在血肉遍布的戰場，而他獻給創始神的祭品，正是我父親的頭顱。」

金說到這裡沉默了很久，暮也沒有出聲催促。

「雅希漠他們雖然都是十分優秀的人，但對自己的出身和種族太過看重，所以永遠勝不了無情的他。他是個毫無感情的人，但也就是因為這一點，他才能成為出色的統治者。

「就算對於整個神界，對於那些普通的神族來說，他比我父親或者是我都還要適合成為天帝，但對我來說，他那華麗的寶座上，卻沾滿了我父親和我族人的鮮血。說了妳也許不會相信，那場戰爭中唯一倖存下來的我，非但沒有遭到殺害，我們新一任的天帝大人甚至給了我『蒼穹之王』這個身分。妳說，這種展示他顧念舊情的仁慈，是不是很特別呢？

「他這麼做，無非是覺得我沒有復仇的本事。而我最終也不得不放棄那種念頭，拋棄自己曾經引以為傲的姓氏，自願去看守通往另一個世界的大門。」

「結束了嗎？」暮等了一會，忍不住問他：「這些事和祕密有什麼關係？」

「不要心急，祕密相關的部分，現在才剛剛開始。

「如果不姓那依凱斯，如果不是曾經沾染過親人的鮮血，如果我只是一個冷眼旁觀的人，也許我更希望神界有這樣的一位君主。雖然我並不想承認，但事實就是事實，如果當初不是他而是我當上天帝，恐怕神界早就被今非昔比的魔族吞併了。

「我離開這裡之後，來到了人類的世界。那是一個擁擠喧鬧的小世界，但對我來說，那裡沒有仇恨、背叛和鮮血，這樣就已經足夠了。

「我在那裡住了很久很久，久到我以為自己一直到死都會如此了。直到有一天，一個剛出生不久的嬰兒被送到了我的手裡。

「那是我第一次抱那麼小的嬰兒，她躺在我懷裡看著我笑的時候，我想，我喜歡這個混血的小小精靈。」

暮看了一下窗戶外正對著的那個房間，想到了那個正在慢慢死去的公主。

「她有一雙美麗的眼睛，沒有人會忍心讓她受到傷害，也許這就是我最初留下她的原因。

「然後，她在不知不覺之間，一天天長大了。人類的生命短暫而絢麗，他們的感情是如此激烈，就像是把神族幾千幾萬年所有的感情，放在幾十年裡盡情揮霍一樣。我知道人類是這樣的，但我不知道和人類混血生下的精靈比那還要瘋狂。

「她愛上了我，在我把她當成心愛的孩子撫養長大之後，她對我說她愛上了我！但她是被命運選中的公主，她的愛是我避之不及的麻煩。幾千年以來，我第一次被嚇壞了。」

可憐的傢伙，看他不知是笑是哭的樣子，就知道他一定早就愛慘了那個公主。不過喜歡上自己從嬰兒開始養大的孩子，只能說那依凱斯家的口味真是特別。

暮嘆了口氣，覺得這個故事實在有點無聊。

「我用了很多方法拒絕她，包括遠離她、傷害她，但幾乎沒什麼效果。」

照這傢伙惡劣的性格，那孩子一定受了很多嚴重的打擊。但那樣還不放棄的話，精神也太強韌了吧？

「後來想想，我對她怎麼都狠不下心，哪怕要傷害另一個無辜的人，我也不希望她有一點損傷。」

這個念頭還真是陰暗，他確定自己是神族嗎？

「我想我愛她。」

「謝天謝地！」這是不是表示這個令人昏昏欲睡的鋪墊就快結束了呢？「你能發現這一點真不容易！」

「我本來以為我能承受失去她，可是我做不到！失去她之後，我開始後悔了……」

「失去了才知道後悔的，也不是只有你一個人。已經有無數人犯過同樣的錯誤，今後也還會有更多人再犯的。」暮感動地安慰著他：「及早發現立刻補救就好了！」

「於是我來了，不論結果如何，我都決定來到離她更近的地方。」

「真令人感動！」用的是結束語氣，這一段故事總算是結束了。

「謝謝妳。」

「不客……氣？就只是這樣？」

「還要怎樣？」

「我是問接下去還有呢？你為什麼不說下去了？」

「沒了，就這樣。」

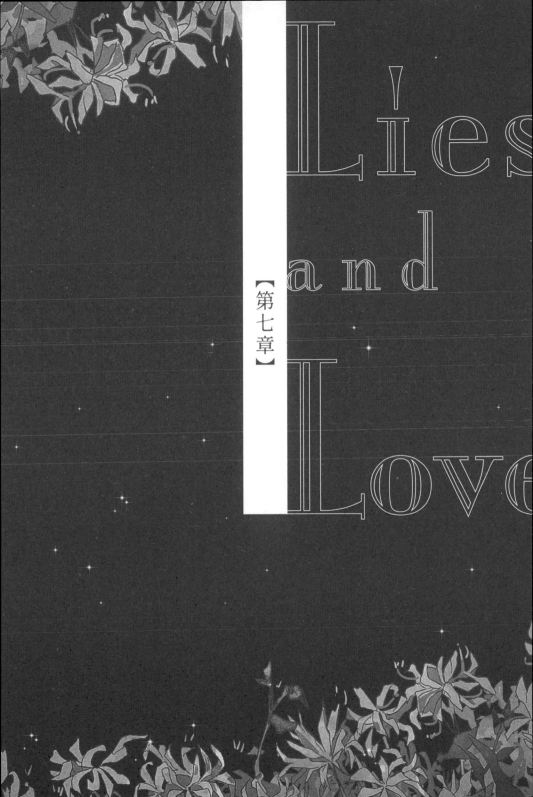
【第七章】
Lies
and
Love

「你給我說清楚！」要是前面有一張桌子，暮一定已經把它掀翻來表示自己的憤怒：「什麼叫沒了？什麼叫就這樣？」

「妳幹嘛？」金優雅地皺著眉，唾棄她張牙舞爪的樣子：「這也太不像話了。」

「我問你，你用了這麼長的時間，到底和我說了些什麼？」

「我已經說得很詳細了啊！」他撐著自己的下巴，想了一會：「其他的也沒什麼太重要的了。」

「祕密啊！」她差點衝過去揪住那傢伙的領子：「那個很重要很重要，比我的命都重要的祕密，它到底是什麼？」

「我剛才沒說嗎？」金懷疑地看著她。

「我記得我沒有聽到……」那種目光讓她開始懷疑起自己：「你真的說了？」

「我說了啊，我已經說了——一半。」

「一半？」暮愣愣地重複。

「我已經告訴妳一半的祕密了。」金的表情很認真：「現在，妳只需要另一半，就能知道完整的祕密了。」

「啊？」

「至於另一半，在我指定的人的手裡。」要是暮認識人類世界裡某種叫「狐狸」的動物，那她一定會把這形容成「老狐狸的奸詐笑容」。「只要妳把晨輝送到他的手上之後，他就會告訴妳的。」

「就算只有一半，那我總該知道那一半是什麼吧？」暮皺著眉頭：「可是我現在還是什麼都不知道啊！」

「妳要是知道了，還會需要另一半嗎？」

「為什麼我覺得這裡面很有問題？」暮瞪著他：「你不會是在騙我吧？」

「妳不信任我？」金不怎麼愉快瞥了她一眼：「妳可以選擇不接受，我不想強迫妳。」

「我聽說過，光明之王一直被稱為『誠信者』，是一個從來不說謊的人。」在這種針鋒相對的氣氛裡，暮忽然笑了出來：「就憑這一點，我相信你一次，哪怕你很有可能因為想救自己的愛人而欺騙我。」

金收起了刻意表現出來的傲慢，看著她的目光非常複雜。

「當然，如果讓我證實你是在騙我的話……你心愛的公主絕對活不到第二天早上。」暮站在那裡，笑容可掬地告訴他：「我也許比不上你那麼誠實，但向來是言出必行的。」

金點了點頭。

「好了，現在你可以告訴我，你那個指定的對象到底是誰了。」

「妳聽說過『夢域』嗎？」

「夜那羅？」暮第一反應就是他。

「夜那羅？」金皺了下眉頭：「妳為什麼會認識創始神殿的大祭司？」

「我為什麼不能認識他？」暮反問。

「沒什麼，只是有些吃驚，他可不是輕易就能認識的人。」金有些含含糊糊地帶過：「但我想讓妳找的並不是他，而是夢域的主人。」

「夢神司嗎？」

「總要找一個能夠不受他影響的人吧。」金又用那種奇怪的目光看著她：「我們都在他的手掌心裡，但妳一直是『例外』，只有妳有機會……」

「我知道了。」暮從衣領裡取出一樣東西：「至於這個，你要收回去嗎？」

銀色鍊子上墜著閃爍的晶石。

「神聖者水晶？」金把目光從石頭移到她的臉上：「妳遇到蘭斯洛了？」

「就是他告訴我你被關在這裡。」暮把玩著手中的聖石：「他來聖城找自己的情人，結果得知對方已經被諾帝斯殺死了。」

「你們見過？那他為什麼……」金忽然停住，過了一會才說：「還是會被外表迷惑？」

「什麼意思？」

「不用了，妳留著吧。」金沒有多看那塊聖石一眼：「對我來說只是過去的紀念，沒有什麼用處。」

「我在這裡的時間太長，也是時候要走了。」暮沒有推拒，把鍊子放了回去：「在離開之前，我想問最後一個問題，我臉上面具的作用並不是提升力量對不對？我要怎麼才能把它摘下來呢？」

「這個問題妳應該去問天青。」金好像也沒什麼興趣再理她，轉頭遙看著那扇時時可以看到卻無法推開的窗戶：「既然是他替妳戴上的，當然也只有他最清楚怎麼才能拿下來。」

暮的瞳孔一瞬收縮。

「你說誰？」她覺得自己知道金在說誰，但又不能肯定。

「的確是不該這麼叫他，只是剛才說了太多過去的事情，我都有些混亂了。」金像是在自言自語：「他現在是至高無上的王，怎麼能用過去的名字稱呼，應該叫他諾帝斯才對。」

在婚典前夕，把天帝的新娘從聖城中劫走，這可不是一句話這麼簡單的事情。非但把人從天帝眼底下偷出去不容易，而且怎麼才能把她運出聖城才是真正的大問題。

暮覺得自己一定是不要命了，才會答應做這種瘋狂的事情。一個什麼內容都不知道的、所謂的「祕密」，到底是哪裡吸引著自己呢？還有那個「天青」，難道諾帝斯和蘭斯洛都叫「天青」？雖然金一定知道什麼，但怎麼問他都不說。暮低頭看著躺在床上一動不動的美麗新娘，不知道第幾次為自己將要面對的糟糕局面而嘆氣。

「晨輝公主，我是暮。」她彎下腰，跟這個註定和自己牽扯不清的精靈公主打招呼。

於是我來了，不論結果如何，我都決定來到離她更近的地方。

「被這樣愛著……」暮轉頭看向窗外，似乎能夠看到那雙從不離開的眼睛：「看起來，妳是一位幸福的公主呢。」

暮往下看了一眼，雲霧中若隱若現的城市看上去比剛才更加遙遠了。她連忙抬起頭，告訴自己這不算什麼，只不過是一次簡單的徒手攀登而已。好不容易抓住窗臺邊的裝飾，暮重重地呼了口氣，發誓下次再也不做這種無益於生命的事情了。

她用手撐住窗臺，敏捷地翻進了自己的房間。

「暮大人，您總算回來了。」

都還沒站穩，就聽到這個討厭的聲音，暮一個踉蹌，差點摔倒在地上。

「您沒事吧？」

「是你？」暮用手撐住了地面才沒有徹底摔倒，她瞪著眼前的不速之客，口氣不善地問：「異瑟大人，您一大早跑到我房間裡來做什麼？」

「暮大人，您千萬不要誤會。」異瑟一邊說一邊往旁邊走了幾步，讓她看清楚房裡的情況：

「一大早到您房裡的，可不是只有我一個人啊！」

暮看清楚之後，頓時心裡一慌：「天帝大人……」

從大家臉上的表情來看，好像是出了什麼嚴重的事情。薇拉瑟縮地跪在床邊，像是在不停發抖。房門敞開著，走廊裡也跪滿了人，諾帝斯就坐在房間中央的椅子上，用冰冷的目光看著自己。

「這是怎麼了？為什麼都到我這裡來了？」她站起來，用驚訝的口氣問：「出了什麼事嗎？」

「暮大人。」異瑟往前走了一步，仔細打量著她：「我冒昧地問一句，您昨晚去了什麼地方？」

「我睡不著，出去走走。」她眼睛眨也不眨地說謊。

「暮大人還真是有閒情逸致！」異瑟帶著嘲諷地說：「半夜換了貼身女官的衣服出去，然後早上爬這麼高的窗戶回來，還真是相當有趣的散步方式呢！」

暮看了他一眼，假裝聽不懂他在說什麼。

「暮。」諾帝斯半垂下眼簾：「昨晚去哪裡了？」

「我昨晚……」對於天帝大人的詢問，卻不是可以這樣蒙混過去的。

「天帝大人！」雅希漠穿過門外的那些人，匆匆忙忙地走了進來。

在他後面，埃斯蘭也跟著走了進來。

「到底為什麼要這麼勞師動眾？」暮看著一屋子的人，心裡的不安越發濃重。

「暮。」雅希漠臉色非常難看：「昨天晚上，拉圖赫死了。」

「拉圖赫？」暮暗自皺眉：「誰啊？」

「就是妳昨晚在他喉嚨上劃了一刀的那位大祭司。」埃斯蘭好心地提醒她：「他因為受了傷所以被留在內城休息一晚，沒想到今天清晨就發現被人割斷喉嚨死在床上，據說場面還挺可怕的！」

「我好像沒有殺他吧？」暮記得自己只是劃破了那個多嘴的傢伙一點皮膚。

「當時的話，的確沒有。」埃斯蘭說完，偷偷地朝她眨了下眼睛。

「您這句話是什麼意思？」

「沒什麼。」埃斯蘭用拳頭抵住嘴咳了一聲：「不過我聽說，昨晚暮大人好像行蹤不明呢！」

「埃斯蘭大人這是在懷疑我半夜跑出去殺了那個大祭司？」

「真的是很巧啊！」

「埃斯蘭你……」

「你們吵什麼。」諾帝斯冷著臉打斷了他們：「在聖城之內居然發生這種事，我一定會調查清楚的。」

「天帝大人！天帝大人！」又有人衝了進來。

「梅瑟女官，為什麼這麼慌張？」異瑟攔住了那個面無人色的女官。

「我有很重要的事情，要立刻稟告天帝大人。」那個女官朝天帝的方向行了個禮。

「讓她過來吧。」諾帝斯抬了抬手，那個女官便跑到他身邊低聲對他說了幾句話。

大家很自覺地往後退到了一邊。

「事情有這麼嚴重嗎？」暮看了一眼床邊的薇拉，輕聲問走到自己身邊的雅希漠：「天帝大人居然還親自過問？」

「拉圖赫那傢伙的確不怎麼樣，和他的父親，也就是前任大祭司比起來更是天差地遠。」埃斯蘭也跟了過來，搶在前面回答了她：「但因為他父親深受神殿祭司的擁護，所以他明明沒什麼能力卻還是坐上了這個位置，天帝大人幾次要撤換他也始終沒有如願。這次他死在內城，如果天帝大人不追究的話，恐怕會引起許多不滿的情緒吧！」

「埃斯蘭大人知道得還真是詳細。」暮意有所指地說：「我還以為您和我們一樣，會因為遠離聖城對這些事沒什麼興趣呢。」

「其實，昨晚暮大人和拉圖赫起了衝突之後，我才開始對這些事有所瞭解的。」埃斯蘭笑咪咪地回答：「這完全是出於關心。」

「埃斯蘭大人最近好像不怎麼容易生氣嘛。」埃斯蘭的好心情，就好比聖城裡一樁接著一椿的怪事，都透出一股詭異的味道：「是什麼原因讓您這麼開心呢？」

「因為暮大人好像比我火氣還大的樣子，所以我想不發脾氣也無所謂……」

那邊諾帝斯猛地站了起來，所有人都把視線聚集到了他的身上。

「梅瑟女官好像是天帝宮殿裡的女官長。」雅希漠忽然插了一句：「她這個樣子，一定是出了什麼大事。」

「暮大人……」

「我什麼都不知道。」暮打斷了囉嗦的埃斯蘭：「還是埃斯蘭大人覺得什麼事都和我有關呢？」

「暮。」諾帝斯的目光忽然轉到了暮的身上：「妳過來。」

「是。」暮依言走了過去：「您有什麼吩咐嗎？」

「我再問妳一遍。」看到她俯首貼耳的樣子，諾帝斯的目光越發冷漠起來：「妳昨天晚上究竟去了什麼地方？」

「我沒有殺大祭司。」不過和另一件事的確有關就是了：「這一點我可以當著大家的面向您發誓。」

「我不是說大祭司，我說的是另一件事。」諾帝斯走到她面前，用只有他們兩個能聽到的聲音說：「妳不用否認，我知道一定是妳。」

「請您原諒，我不知道什麼是『另一件事』。」暮面無表情地看著他：「但如果在您心裡已經有了評斷，又何必問我呢？」

諾帝斯的臉色瞬間變得非常難看，所有人都為暮捏了把冷汗。

「我當然相信那不是妳。」諾帝斯提高聲音，讓大家都聽見了：「但是妳總要告訴大家，為什麼妳昨晚要用那種方式離開？又去了哪裡？如果說能夠證明妳和那些事無關，我當然是非常高興的。」

「昨晚我……」

「沒什麼好隱瞞的了。」雅希漠忽然走過來，把她拉到自己身後：「天帝大人，昨晚暮和我在一起。」

房間裡一片寂靜，暮呆呆地看著雅希漠的背影，腦袋一時轉不過來。

「雅希漠，你再說一遍。」諾帝斯的聲音聽起來不是很自然：「你說她昨晚和你……」

「是的，暮昨晚和我在一起直到早上，我可以為她作證，她和大祭司的死並沒有關係。」

聽到雅希漠這麼說，埃斯蘭原本是想表示驚訝的，但看到天帝大人臉上的表情之後，他把驚呼硬生生吞了回去。

「暮。」諾帝斯的聲音很輕柔：「是這樣嗎？」

暮從雅希漠背後走了出來，先是表情複雜地看了雅希漠一眼。

「是的。」她嘆了口氣：「我昨晚的確和雅希漠大人在一起。」

「說謊。」諾帝斯一把拉住她的手腕，把她拖到自己面前：「別以為我會信這種鬼話。」

「本來就是事實，和您相不相信沒有關係。」

趁著他們用眼神較勁的這段時間，異瑟已經不動聲色地把房裡的侍從女官趕了出去，還順便關上房門。埃斯蘭則是依舊吃驚地微張著嘴，不相信自己居然看到了幾千年……不，應該說他看到了這一生中從沒見過的奇觀。

天帝大人居然發火了！

那個總是笑臉迎人、笑裡藏刀的天帝大人，居然發火了？而且還不是平時陰沉的發怒，而是溢於言表，一看就知道他在發火的那種憤怒。

最近是怎麼回事？以往一個比一個陰沉的傢伙，現在火氣居然比他還大，害他覺得生氣一點也不有趣了！

「您這是在做什麼？」手腕越來越痛，暮的臉色有些發白：「放開我。」

「天帝大人。」雅希漠很是焦急：「您先放開暮好嗎？」

諾帝斯轉過來看了他一眼，那陰鬱的目光讓他覺得呼吸一窒。

「雅希漠。」諾帝斯緩慢地對他說：「我知道你出於好意想維護她，但也不能為此而說這種謊話吧。」

「我們並沒有對您說謊。」雖然心裡陣陣發寒，但雅希漠沒有露出絲毫心虛的樣子：「我不知道您為什麼這麼生氣，這中間一定有所誤會。」

「我們？」諾帝斯重複了一遍。

「雅希漠大人。」旁邊的埃斯蘭好像覺得場面還不夠混亂，火上澆油地說：「你的這個『我們』聽起來還真是刺耳呢！」

就在暮懷疑自己的手快被折斷的時候，諾帝斯忽然放開了她。

看她站都站不穩，雅希漠想伸手過去扶她，半途卻被諾帝斯擋了下來。暮滿頭冷汗地單膝跪倒在地上，想不通自己為什麼變得這麼虛弱。

「您對她做了什麼？」雅希漠也看出了她的不對勁。

「我沒做什麼。」諾帝斯神情平靜地看著他：「何況我就算對她做了什麼，和你又有什麼關係？」

諾帝斯說完之後，示意異瑟打開房門。

「既然有浩瀚之王作證，那麼暮就沒有嫌疑了，這件事到此為止。」他對著門外的那些人說：「拉圖赫的死我會繼續追查，但是從現在開始，不許任何人把暮和他的死聯繫在一起。」

「天帝大人。」有人站了出來，看穿著像是一個地位不低的祭司：「發生了這樣的事情，恐怕是不祥的預兆，關於您的婚典……」

「我正好也想說這件事，主持婚典的大祭司死了，所有的事都需要重新安排，當然不可能再按原定時間舉行婚典。」諾帝斯低頭看了一眼瞪著自己的暮：「那麼就停止一切準備，等到以後再做決定吧。」

「天帝大人。」雅希漠彎下腰朝他行禮：「既然婚典暫時不會舉行，那麼是否能容許我先回到浩瀚城？」

「當然。」諾帝斯點了點頭：「聖王們都有繁重的工作，我也不能一直把你們留在聖城。」

「那我也回烈焰城了。」埃斯蘭緊接著就說：「雖然聖城很有趣，但好像也很危險呢！暮大人，妳說是嗎？」

暮剛要開口，諾帝斯就已經在問：「暮大人也要回西方邊界，是嗎？」

「如果能得到您的允許。」暮遲疑了一下：「我的確想向您辭行。」

「我為什麼不允許？有妳這樣體貼的部下，我感到很高興。」諾帝斯微笑著把她扶了起來：「不過讓妳和雅希漠大人就此分別，沒有什麼關係嗎？」

「我和雅希漠大人的關係，並不是您想像的那樣。」他忽然轉變的態度讓暮戒備了起來：「希望您不要誤會。」

「我知道，我也沒有誤會。」諾帝斯笑著，輕聲地回答她：「我只是想看看，妳下了多麼大的決心和勇氣，最後能得到的又是些什麼呢？」

【第八章】
Lies and Love

「其實你不用那麼說的。」送雅希漠離開聖城的時候，暮帶著歉意對他說：「讓你也捲進來並不是我的本意。」

「到了這個時候，我也不可能置身事外了。」雅希漠擔心地看著她：「但接下來我已經幫不上什麼忙，妳自己千萬小心。」

「我會注意的。」

「我會讓吉亞帶著人在城外等妳，讓他們跟著妳一起回西方邊界。」雅希漠告訴她：「妳帶的人太少了。」

「真的不必了。」暮連忙拒絕他：「就算有什麼事，我自己也可以應付。」

「我希望妳能接受我僅有的幫助。」雅希漠誠懇地看著她：「算是出自朋友的關心，可以嗎？」

「那好吧。」暮嘆了口氣：「謝謝你，雅希漠大人。我都不知道該怎麼報答你才好。」

「喊我的時候記得把尊稱去掉，那就算是答謝了。」雅希漠捧起她的長髮，在唇邊輕輕一吻：「祝妳一路順風，暮。」

諾帝斯居高臨下地把這一幕看在眼裡，臉上的笑容更加深刻許多。

「為什麼這麼吃驚？」他看向身邊掩飾不住驚訝的異瑟。

「不，沒什麼……」異瑟對上他的目光，略微低下頭：「我曾經聽人說過，南方水族有一種特殊的禮儀，如果說他們親吻別人的頭髮，意思是向對方表示愛慕。」

「在這種場合做出求偶的行為？」諾帝斯側著頭說：「雅希漠什麼時候變得這麼大膽了？」

「也許是我記錯了吧。」異瑟覺得手心有些冒汗：「雅希漠大人不可能會做這麼失禮的事情。」

「那也不一定啊。」他看著把雅希漠一直送到城門的暮：「為了幫她，連那種謊話都隨便開口了，這還能算得了什麼？」

雖然天帝大人表情平靜，但異瑟覺得有一種危險的氣息籠罩著四周。

「異瑟。」

「是。」異瑟提醒自己要格外小心：「您有什麼吩咐嗎？」

「我是怎麼跟你說的？」諾帝斯的目光始終跟著那個黑髮的身影，直到被宮殿擋住了視線。

「您說不要真的傷了……」

「我收回我說過的話。」諾帝斯閉起眼睛：「手段激烈一點也沒關係。」

「這……」異瑟雖然滿心疑惑，但很快就彎下腰回答：「是，我知道了。」

「我不該對她那麼縱容。」諾帝斯轉過身，深深地吸了口氣：「我都忘了，她從來就是個喜歡得寸進尺的傢伙。」

「終於！」吉亞有種鬆了一口氣的感覺：「終於要到西方邊界了！」

暮靠在車窗上撐著下顎，愣愣地看著遠處正在消失的最後一縷陽光。

「我說暮大人。」雖然戴著面具，但吉亞還是覺得這位沉默寡言的蒼穹之王，身上總是散發著某種無法形容的吸引力：「現在您總能告訴我，為什麼您要讓您的手下和我們分開走的原因吧？」

「在那之前，」暮的聲音有些沙啞：「吉亞大人，能幫我一個忙嗎？」

「您儘管說吧！」吉亞瀟灑地甩了一下頭髮：「不是我吹牛，我可是很能幹的！特別是為您這樣的大人物……」

「為什麼要帶著這個東西？」

「其實……我發現的時候，要趕走也來不及了……」

「麻煩你讓她和我分開好嗎？」暮沒心情和他廢話：「我覺得有點熱。」

「這個……好像有點困難。」吉亞很為難地建議：「要不我幫您搧搧風，您覺得怎麼樣？」

「暮大人，您怎麼可以說這樣的話呢！」那個「東西」立刻抱怨起來：「我才不是什麼東西，您這麼說太令我傷心了！」

「菲娜小姐，妳到底想幹嘛？」暮一點都不覺得這有什麼傷人的：「妳不是很討厭我嗎？」

「不會不會！雅希漠大人還有吉亞大人都和我解釋過了！我也想通了，暮大人只在嚇唬我，並不是真的想欺負我的！」菲娜和她並排坐在一起，非常開心地摟著她的手臂：「現在還能和暮大人一起旅行，我真的好高興呢！」

暮頭痛地把臉轉向窗外。

「那個……菲娜小姐。」吉亞試著和菲娜進行溝通：「妳這樣有點……」

菲娜用凶悍的眼神瞪著他，吉亞立刻沒了聲音。

「納迪，怎麼回事？」

車子忽然停了下來，吉亞警覺地直起身體。

「吉亞大人，周圍不太對勁。」駕車的人是雅希漠的隨身近衛，是個經驗豐富的出色劍手：「我們好像被人盯上了。」

「來了嗎？」暮把菲娜從自己身上剝了下來，推給對面的吉亞：「你把她帶來的，就要負責把她看好。」

「您知道是什麼人嗎？」吉亞抓著搞不清楚狀況的菲娜：「我們該怎麼應付？」

「現在討論對策已經晚了。」暮拔出了身旁的劍：「不需要我教你怎麼用劍吧？」

「您就不要取笑我了。」吉亞轉頭對菲娜說：「菲娜小姐，我等一下可能會無法照顧到妳，妳自己小心一點！」

菲娜點點頭，乖乖地蹲在車子的角落裡。

「納迪，我們到地面上。」在取得了暮的同意之後，吉亞開始指揮他帶來的近衛：「到了地面以後，大家各自散開防禦，小心遭到敵人偷襲。」

但是一直到夜色占據天空，偷襲者始終沒有露面。

暮背對車門站著，她盯著自己手裡的長劍，清冷的劍光映射在她的眼睛之中，讓那雙暗沉的黑色眼睛出現了一種極其美麗的光彩。

「暮大人。」吉亞已經盯著她看了一會，這時終於忍不住說：「您真的很像……」

「某個你認識的人？」暮抿著嘴角：「雅希漠已經告訴過我了。」

「我知道您不可能是她。」吉亞有些不好意思地說：「希望您不會覺得這是對您的冒犯。」

「沒什麼。」

「要我說呢！」突然有一個聲音插進了他們的談話：「暮大人和我們公主才有點像，不過公主比較像公主，暮大人比較像暮大人！」

「菲娜小姐，妳說什麼呢！」吉亞回頭看到菲娜趴在窗上，傷腦筋地走了過去：「我不是讓妳在車裡躲好嗎？妳怎麼跑出來了？」

「都沒有人來嘛！」菲娜不樂意地碎念著：「我想和大家一起聊天，一個人在裡面很悶嘛！」

「妳最好……」

光芒一閃，暮一劍往吉亞和菲娜身邊刺了過去。

明明什麼都沒有，暮的劍尖卻忽然消失不見。當她往回收劍的時候，一道鮮血從劍刺進的地方噴了出來。

「啊——」菲娜發出了一聲尖叫。

鮮血一路滴灑著後退，很快消失在黑暗之中。

「大家小心！」吉亞這才反應過來：「敵人已經來了！」

鮮血濺上了暮的眼睛，讓她眼中看出去一片血紅。

「居然這麼多……」她一腳踢開被自己刺傷的敵人，朝另一邊大聲喊著：「吉亞，怎麼樣？」

「還行！」吉亞已經顯露出疲態：「該死！這些到底是哪裡來的鬼東西！」

長相猙獰的有翼魔族，這些流竄在邊界的盜匪，居然敢深入神界攻擊風族的聖王，幕後指使的人……

「他們驅使涅烙為自己做事？」暮一劍劃開了面前一個傢伙的法術外衣：「真是沒想到，居然有這樣的事情。」

雖然這些低等魔族對她來說算不了什麼，但數量實在是太多了，而且還穿著隱藏行跡的法術外衣，她身手再好也難免被劃得傷痕累累。

「吉亞！」她明顯感覺到圍著自己的敵人多了起來，擔心吉亞那裡出事了：「吉亞！」

「啊啊啊啊啊啊！」菲娜的尖叫聲從另一邊傳了過來：「放手放手！你們這些妖怪要把我抓到哪裡去啦！暮大人！暮大人！」

暮一劍逼退了身邊的敵人，往菲娜那裡趕了過去。

「暮大人！暮大人！」菲娜被人扛在肩上，看到她之後叫得越發起勁了：「快點救我！」

為什麼要把菲娜搶走？對了，菲娜是精靈，一定是誤會了才要抓她！

她幾步追了過去，就在她要拉住菲娜的時候，一個影子忽然擋在了她的面前。

「滾開！」她一劍揮了過去。

「噹——」的一聲，她手裡的劍幾乎拿不穩地被震飛。暮愣了一下，只能停下來應付這個目前為止最強的對手。

對方穿著黑色的外衣，手中的劍在黑暗中發出幽暗的光芒。

「看來首領出現了啊！」暮用自己的衣袖擦拭劍身上的血跡：「我猜我們應該是認識的，感覺有點似曾相識呢！」

對方一言不發，那些涅烙在他們四周騷動著卻不再靠近。

「真抱歉。」暮笑了起來，讓滿身血跡的她看上去有種陰冷可怕的感覺：「我這麼說，聽起來好像有點奇怪。」

對方朝她舉起劍，擺出挑釁的姿勢。

「還真是決定沉默到底了啊？」暮「喔」了一聲：「那我也應該該裝作不認識才對，免得打起來會覺得……」

不等她說完，對方就速度飛快地衝了過來。

「不用這麼著急吧？」她舉劍迎了上去。

兩把劍架在一起發出了刺耳的聲音，周圍的魔族們騷動得更厲害了。看到暮暗黑的眼睛裡閃動著一抹詭譎怪異的顏色，對手心裡有些發冷，一時壓制不住被她把劍挑開。

暮找到破綻，一劍往那人的胸前刺去。沒想到在她就要取得勝利的時刻，意想不到的情況發生了！

一道銀色的光芒從那個男人的手裡散發出來，暮覺得自己就像被什麼擋住了一般，只能眼睜睜地看著對方把劍刺進了自己的胸膛。

那種阻滯的感覺結束後，暮一刻也沒有遲疑地用手握住劍身，自己把劍拔了出來。鮮血飛濺之中，她飛快地往後退去。

「法術？」她一手握著劍撐在地上，另一隻手按住了自己鮮血直流的傷口：「我居然忘了。」

對方看了她一眼，轉過身就要離開。

「沒有刺中要害是因為手軟了嗎？」她站穩之後，對著那個人舉起了劍：「還是你根本沒打算殺我？」

那人甚至沒有回頭，直接走進了黑暗之中。暮想要追上去，四周蜂擁而至的涅烙們卻攔住了她。

涅烙的屍體在她腳下堆積成山，她白色的衣服已經被鮮血浸染成紅色。她站在那裡，散發出一種奪目的光輝，涅烙們似乎感到畏懼，在她周圍低聲咆哮，卻不敢再撲上去。

「啪啪啪啪啪！」身後忽然傳來了鼓掌和說話的聲音：「精彩精彩！真是一點都沒有讓我失望呢！」

聽到這個聲音，暮緊繃的神經終於放鬆了一些。

「為什麼這麼慢？」她短促地呼了口氣，用手把凌亂的長髮撥到腦後：「我看你根本就是故意的吧！怎麼？想看我到底能撐多久？」

「怎麼能這麼說呢？聰明的人就應該懂得選擇時機嘛！」套著黑色斗篷的高大男人悠閒地從車後走了出來：「如果我太早出現，妳不是就沒有表現的機會了？」

「廢話少說。」暮用眼角瞟了他一眼：「幫我把那個精靈救回來。」

「蒼穹之王，這樣的態度可不像是在請求別人幫忙。」他拍了拍手，他的身後就出現了幾個和他打扮相同的男人：「不過妳放心，我早就等著這樣一個機會，讓浩瀚之王還有卡特維同時欠我人情了！」

抱了回來。

吉亞和其他幾個同樣傷痕累累的近衛被攙扶過來，昏過去的菲娜也同時被人從另一個方向

男人出現後，涅烙們的叫囂越來越激烈，似乎有著反撲的跡象。

「這些東西吵死了。」站在血海中的暮皺了下眉頭：「你還傻站在那裡幹什麼？」

她邊說邊往男人那裡走去，途中脫下了沾滿血汙的破爛外衣和劍包裹在一起，隨手往旁邊扔了出去。穿著斗篷的人立刻把劍和衣服接住了，還一路恭敬地跟隨在她身後。

「接下來就交給你了。」暮對那個男人說話的口氣，完全把他當成自己的手下那樣使喚。

「暮。」暮走到那個男人身邊的時候，被男人一把搭住了肩膀：「妳真的不考慮一下我的提議？我對妳真的很中意呢！」

「真可惜，我對你一點興趣也沒有。」暮冷淡地架開了他的手：「何況，我們的協議裡沒有包含這個條件。」

「要是我當時加進去的話，妳會不會……」

「我會答應的。」暮轉頭看了他一眼：「然後找個機會把你殺了，讓協議自動作廢。」

男人大笑起來，暮理不理會他，徑直走到了吉亞他們那裡。

「原來你們沒事。」她大致掃了一眼，就在吉亞因為她的關心而感動時，卻聽她又說了一句：「我還想說要是死了，真是很難向雅希漠交代。」

拚命保護的對象居然說出這樣無情的話，吉亞立刻感覺自己的心靈受到了傷害。不過話說回來，蒼穹之王真的很強，她居然能夠一個人獨自抗衡數目如此可觀的涅烙，不愧是神界數一數二的戰將。還有剛才她渾身浴血，就像被紅色的光芒籠罩著，耀眼得讓人不敢直視。

「不許用這種白痴的眼神看著我。」那種目光令她想起清醒時的菲娜：「別讓我一劍把你砍了。」

另一邊的戰鬥已經開始，那些穿黑斗篷的神祕人和涅烙打了起來。吉亞覺得好多了，拿起劍想過去幫忙，卻被坐在他身邊的暮伸手攔住。

「不用我們插手。」暮告訴他：「應付這種場面，他那些手下已經綽綽有餘了。」

就像暮說的那樣，不到一會功夫，涅烙已經被殺得一個不剩。地上的鮮血流淌成河，空氣中瀰漫著令人作嘔的氣味。

「暮，妳還滿意嗎？」從頭到尾一直站在暮身邊的男人笑著問：「妳看我的侍衛比起雅希漠的又如何？」

「不怎麼樣。」暮搶在吉亞他們跳起來之前說道：「把東西給我，然後你就可以走了。」

「好吧。」男人看著：「不過妳傷得這麼重，真的不需要送妳一程？」

「暮大人，您受傷了！」吉亞這才注意到她胸前依然在流血的傷口。

「沒什麼。」暮站了起來，好像那傷口根本不是在她身上。

「真是愛逞強！」男人搖了搖頭：「不過就是這種倔強的硬脾氣，才讓妳與眾不同吧！」

暮不耐煩地問：「你到底說夠了沒有？」

「我為妳冒了這麼大的風險，難道說妳就不能對我更溫柔一點嗎？」男人誇張地嘆了口氣，然後拍了一下手掌，他的手下從黑暗中抱了一個用黑布包著的東西出來。

「你想把她悶死嗎？」暮瞪了他一眼才接到手裡，黑布下滑出了一隻雪白纖細、穿著精美軟鞋的腳。

吉亞認出鞋子上的裝飾是天帝才能使用的紋樣，心裡忍不住暗暗吃驚。

「妳又不是男人，誘拐美麗的女性幹嘛？」那個高大的男人開口詢問。

「我記得我們的協議當中，好像包括不要問多餘的問題這一項。」暮把人抱過來之後直接丟給在發呆的吉亞，把他嚇出了一身冷汗。

「何必這麼苛刻呢？妳、我和雅希漠現在都已經在一條船上，應該更加親密無間才對！」那個男人邊說邊拉開自己的斗篷，露出了他近乎黑色的暗紅頭髮和眼睛，還有衣服上那如燃燒火焰般的標誌。

吉亞連忙低頭看向自己懷裡抱著的那個女人。拉開黑色的斗篷之後，能看到那個蒼白美麗的少女。

蒼穹之王從聖城偷走了天帝的王妃，而一向和她不合的烈焰之王居然是她的同伙，這件事讓吉亞的眼珠都差點掉出來了。

「我們向來討厭對方，這次不過是形勢所迫才相互合作。」暮嘲笑著埃斯蘭的虛偽：「既然大家都各有目的，又有什麼『親密無間』的必要呢？」

「妳那天晚上來找我的時候，可不是這種態度啊！」埃斯蘭一臉「妳居然過河拆橋」的表情：「再說了，我什麼時候說過討厭妳了？至於請求妳當我的王妃，更不是在開玩笑，我是真心希望妳能夠答應的。」

「我也說了，我對當你的王妃一點興趣也沒有。」暮很直接地拒絕了他，然後對吉亞說：「我們要走了，要趕在天亮之前到達邊界的駐地。」

「暮大人。」吉亞卻站在原地，一臉凝重的表情。

「怎麼了？」

「暮大人，您把精靈公主從聖城帶出來這件事，」吉亞憂心忡忡地問她：「雅希漠大人一定毫不知情吧？」

「那又怎麼樣？」

「這麼重要的事情，您卻和……這實在是……」吉亞本來想說重話，但和暮目光相遇之後卻什麼都沒能說出口。

「我說吉亞，你平時不是很聰明，怎麼這時候卻變愚蠢了？」埃斯蘭在旁邊插嘴：「這種事當然越少人知道越好，何況聖城之中誰不知道你們家雅希漠大人總是對暮獻殷勤，讓他幫忙不是害了他嗎？」

吉亞這才反應過來：「原來您找烈焰之王幫忙，是因為不想連累雅希漠大人！」

「這話聽起來真是刺耳，彷彿她找我是因為別無選擇。」埃斯蘭不滿地瞥了吉亞一眼：「就算你覺得雅希漠比我強大，也不用這麼貶低我吧？」

「我只是找最有用的人幫忙，雅希漠目標明顯……」暮皺了下眉頭：「埃斯蘭大人不會引起懷疑，他更加合適。」

「為什麼他是雅希漠，我卻是埃斯蘭『大人』呢？」埃斯蘭覺得受到了區別對待：「我不管，至少妳要對我和雅希漠一視同仁！」

「埃斯蘭大人，就算我跟你不是很熟，也不會違背彼此之間的協議。」暮覺得埃斯蘭那得意洋洋的樣子很礙眼：「你不用這個樣子，這讓我覺得很不習慣。」

說完，她朝車子走去，吉亞連忙抱著精靈公主，招呼同伴一同跟了過去。

「暮，值不值得呢？」等到他們準備好要出發的時候，埃斯蘭的臉出現在車窗外：「妳真的想好了，就算再怎麼誘人的回報，這一次可是和天帝為敵，一不小心就會粉身碎骨的。」

「謝謝你的忠告。」暮冷淡地告訴他：「不管你信不信，我還是那句話：我不清楚值不值得冒這個險，也不知道能得到什麼樣的報酬，只是直覺告訴我，我必須這麼做。」

「希望妳的直覺沒有出錯。」埃斯蘭後退了幾步，讓他們離開：「我會在烈焰城等著妳的消息。」

等暮一行人離開之後，埃斯蘭的侍從上前問他：「大人，您相信暮大人說的話嗎？」

「你信嗎？」埃斯蘭反問。

侍從猶豫地搖了搖頭。

「我也不信，蒼穹之王又不是傻瓜，怎麼可能為了沒有利益的事情得罪天帝？」埃斯蘭笑著說：「這可不是殺了拉圖赫，隨便找個藉口堵住別人的嘴就能了結，這是不折不扣的背叛啊！」

「既然後果嚴重，那您又為什麼要幫助她呢？」侍從覺得疑惑：「難道蒼穹之王和您的協議就那麼重要？」

「重點不是協議，就算沒有任何條件，我也會答應她的。諾帝斯娶不了精靈公主，對我來說有許多好處。」埃斯蘭看了一眼血腥殘酷的戰場：「不過比起暮能從中得到什麼，我更想知道，諾帝斯會怎麼處置這個徹底背叛他的、他最鍾愛的部下。」

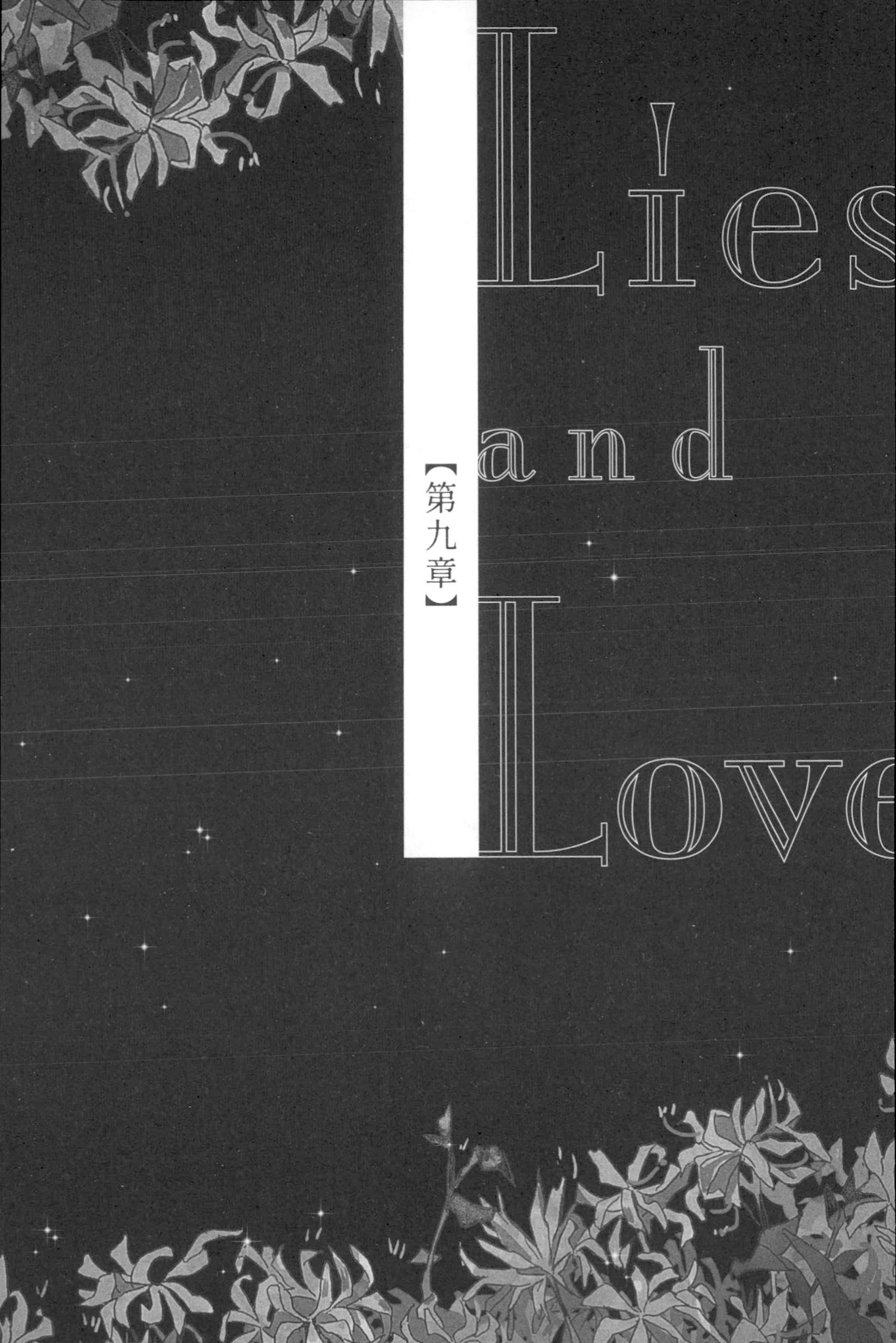
Lies and Love
【第九章】

「天帝大人不會容許這種事情發生，您這麼做實在太冒險了！」吉亞還是忍不住問了暮：「您到底為什麼要把公主從聖城帶出來？」

「有時候不要把事情想得太複雜，也不要把我想得太複雜了。」暮看著並排躺在那裡的兩個精靈：「為什麼不覺得我只是單純想要救她呢？」

「那不可能。」吉亞直覺地回答。

「為什麼不可能？」暮抬起頭看著他：「因為我是蒼穹之王，所以不可能會做這種對自己不利的事嗎？」

「您很清楚這會有什麼後果。」吉亞沒有否認她的說法，甚至帶著不贊同地說道：「何況您作為風族的聖王，沒有理由讓您的族人和您一起面對天帝大人的怒火。」

「對，我很清楚後果。」暮點點頭：「但你說的未必就是現實。」

吉亞當然不明白她的意思。

「雖然和我同樣是一族的聖王，但埃斯蘭還有雅希漠卻和我的立場完全不同。」暮解釋給他聽：「他們是族長，有隨時願意為自己獻出生命的族人。但對風族而言，我就只是一個戴著面具、能夠指揮和命令他們的陌生人。就好像是親人和單純的首領，是完全不可以相提並論的身分。」

「您這麼說是不是太誇張了？」

「我希望這些人和我榮辱與共，可惜他們好像並不領情。」暮閉起眼睛：「我已經厭煩成為被掌控的棋子，我要做我想做的事情，那些人的死活和我也沒什麼關係。」

「您這麼說好像太過無情了。」對於吉亞來說，暮的這種念頭簡直可怕：「不說其他，您畢竟和他們相處了這麼久，總該為他們設想一下吧？要是天帝大人遷怒他們，您就不會覺得內疚嗎？」

「難道沒有人告訴過你，帕拉塞斯家族的後裔最出名的就是缺少感情嗎？我出生後懂得的第一件事，就是忘記讓自己軟弱的感情，那樣在遭到背叛時，才不會有末日降臨的感覺。」暮靠在窗戶上，讓微弱的光芒把她的側臉變成一幅絕美的畫面：「我該為自己慶幸，沒有把總是掛在嘴邊的、那些無聊的話當真。現在事實也證明了，什麼族人、什麼聖王，果然都只是蠢話。」

「帕拉塞斯？」吉亞差點說不出話來：「難道妳是這一代的帕拉塞斯？」

「那又怎麼樣呢？」暮宛如嘆息一樣地說著：「神界永遠是天帝的神界，就算是帕拉塞斯，就算是蒼穹之王，始終也只是他手裡的工具。」

「您真的……」吉亞有些震驚：「難道說，風族從來沒有脫離過天帝大人的控制？」

「別這麼天真了。如果說這次在聖城我最大的收穫是什麼，恐怕也就是只有一點：風族永遠是諾帝斯的風族，永遠不會是暮的風族。」暮笑了一笑：「可能每一個風族的族人，永遠都把天帝大人看作他們真正的族長。我始終是一個暫時替代他的管理者，而不是他們心悅誠服、願意付出忠誠的對象。所以你不用擔心，就算我犯了再大的過錯，諾帝斯也不會真的把怒氣發洩到他們身上。」

也許那個祕密讓她有鋌而走險的衝動，但真正令她下定決心的，則是從薇拉身上瞭解到的這個事實。

「蒼穹之王」這個光芒四射的頭銜，對她而言不是榮耀而是枷鎖，早就已經失去了當初那種無法抑制、不擇手段都想要得到的吸引力。既然風族不需要她的守護，那她又何必有所顧忌呢？

「那您帶著精靈公主準備去哪裡呢？」吉亞突然想到了這個問題：「您要前往西方邊界，不就是回到了自己的領地？可是您的意思，好像又沒打算再回到風族？」

「你應該可以想像，等著我的會是什麼情況。只要我一踏進那裡，恐怕就會立刻被綁起來獻給天帝大人。」暮看著車外荒涼的景象：「我要來這裡，是因為這裡最靠近邊界，而只有在抑制結界最弱的地方，才有辦法不經天帝允許而召喚出靜默之門。」

「您要去人類世界嗎？」

「你知道的已經比誰都多了。」她的意思是到此為止：「至於其他事情，你瞭解太清楚對你沒好處。」

「我明白了。」吉亞點點頭，不再追問。

時間在沉默中流逝，公主她們始終沉睡著。

暮渾身一震，猛地從座椅上跳了起來：「吉亞！」

「怎麼了？」吉亞自然開始緊張起來。

「我們已經出了邊界！」暮臉色都變了：「這裡不在結界守護的範圍之內了！」

「納迪，這是怎麼回事？你瘋了嗎？」吉亞趕緊把頭伸出去，朝駕車的那個近衛大喊：「快點回到結界裡！」

「真是抱歉。」那個近衛慢慢地轉過頭來，對他露出一種很古怪的笑容。

「你想幹什麼？」吉亞就要爬上前座：「給我過來！」

「回來！」暮把他拖回車裡：「結界之外非常危險。」

「我會讓他快點回去！」可能是失去了結界的保護，吉亞的思緒有些混亂起來：「納迪只是有點腦袋不清楚了！」

「你的手下有問題。」暮已經冷靜下來：「我們恐怕已經落入圈套了。」

「不可能的，我認識納迪已經……」

「別說廢話！」暮一把揪住他的衣服：「清醒點，我們有大麻煩了！」

「納迪……」吉亞雖然平靜了一些，但還是沒辦法立刻消化這個惡耗：「他居然會背叛……」

「這種事很常有。」暮放開他，「多幾次你就會習慣了。」

「他要帶我們去什麼地方？」窗外越來越陰暗的環境告訴吉亞，他們正在遠離神族的結界：「為什麼不讓我出去？」

「他敢把我帶出抑制力量的結界，當然是有所倚仗的。」暮把剛剛擦拭乾淨的長劍放到自己的膝蓋上：「你仔細看看外面。」

在她的提醒下，吉亞看到車外不遠處許多昏暗的影子穿梭往來，如同飄浮不定的煙霧一樣把他們圍在中間。

「那是什麼？」離開了抑制力量的結界，吉亞的感覺和力量立刻敏銳了起來：「魔族嗎？」

「別把魔界的高等貴族和涅烙那種低等魔物相提並論。」暮低頭看著自己的劍，全身散發出濃烈的殺氣：「魔王手下最得力的大將，現在至少有一半都伺伏在周圍，我們應該為此感到榮幸才是。」

「魔王？」

周圍響起了怪異可怕、高低不同的笑聲，似乎在嘲笑吉亞淺薄的見識。

「如果要殺我們，早就可以動手了。」暮舉起劍，冷光在昏暗中流轉不定：「如果不是，那諸位勞師動眾把我帶來這裡，又是為了什麼原因呢？」

他們慢慢下降，最後停在一片長滿奇怪黑色植物、荒涼的空地上。

暮不顧吉亞的反對，示意他留在車裡看著其他人，自己一個人推開車門走了出去。

「神界的蒼穹之王，最棘手的敵人現在終於落到了我們的手裡。」一個陰沉壓抑的聲音從散布在四周的黑影中傳了過來：「我們該怎麼折磨妳，才能表現出對妳的尊敬呢？」

「說這種話是不是為時過早？」暮冷冷地哼了一聲：「還是你們以為只要遠離結界，我就不足為懼了呢？」

「蒼穹之王，好聽的話人人都會說。就算妳再厲害，現在也已經受了重傷，根本不是我們任何一個的對手！」

「那就試試看吧。」暮舉起長劍的時候，原本雪亮的劍身忽然變得漆黑一片：「不過我沒什麼時間，你們就一起上吧！」

那些魔王的手下被激怒了，呼嘯著從四面八方衝了過來。暮揚起嘴角，絲毫不畏懼地舉劍迎上。

吉亞看著眼前混亂的戰局，終於明白為什麼帕拉塞斯被視為神族中的異端。

暮所使用的大多數法術，他只從古老典籍中看過大概的記述。那些蘊含著強大破壞的力量，雖然說它們是被代表著光明的一方使用，但卻表現出吞噬一切的、類似於黑暗的可怕效果。

這是一場沒有半點光亮、就像黑暗與黑暗之間的戰鬥。

但暮卻在發著光。一種介於灰色和白色之間的光亮，不斷從她身上溢散出來。在她每一次揮舞長劍時，變成明亮細碎的光點朝四周飄散。

當敵人的鮮血噴濺而出，她的眼睛裡都會露出狠戾的笑意，這樣的蒼穹之王讓人不得不感到害怕，讓人不得不懷疑那些傳聞並不是空穴來風，帕拉塞斯也許真的不是……

「怎麼了？」吉亞迷茫動搖的時刻，有人在他身後輕聲地問：「我在哪裡？」

他轉過頭，卻看到一雙燦爛奪目的眼睛。他就像在黑暗中忽然看到光芒，那種慌亂立刻平復下來。

「啊，是你啊！」這雙美麗眼睛的主人認出了他，笑著對他說：「好久不見！」

「晨輝公主。」

「請不要這麼叫我……」公主的表情立刻黯然下來：「我不是什麼公主，從來都不是！這個讓暮音那麼痛苦的身分，我根本就不想要它！」

「現在不是說這些的時候。」吉亞根本沒有心情管她在說什麼：「我們現在被魔族包圍了，您最好在這裡不要亂動。」

「魔族？」公主抬起頭，像是立刻從苦惱中清醒過來：「暮音！」

她站了起來，想推開吉亞衝出去。

「不行啊公主！那些都是危險的魔族！」吉亞一把拉住了她：「您最好還是留在車上，免得讓暮大人分心！」

「暮大人……」公主顯然被搞糊塗了：「暮音她姓風啊！」

「公主，妳看清楚。」吉亞嘆了口氣，對她這麼會挑時間醒過來感到十分無奈：「那是神界風族的蒼穹之王，不是妳那位『哥哥』！」

「可是我聽到了暮音的聲音啊！」她不依不饒地站起來往遠處看去：「那一定是她啦！」

「這裡很危險！」吉亞拚命地拉住她：「他們使用的法術力量太大，讓我架設的結界很不穩定。暮大人是特意把他們引開的，所以您一定留在這裡才行！」

「那個人……是暮音！」公主突然停下掙扎。

吉亞回過頭，看到被黑影包圍在中間的只有暮，並沒有其他人。

「您一定很虛弱，還是躺下來比較好。」雖然不知道她為什麼會忽然醒來，但吉亞猜測她是昏睡太久神智不清：「暮大人是神族中最強的法師，有她在就不用擔心了。」

精靈公主就像什麼都沒有聽到，她慢慢從自己胸前拉出一條銀色的鍊子。

結界迅速從內部崩裂，或者說，結界徹底地消失了。一瞬之間，光芒照亮了昏暗的天空，交戰的雙方不約而同地停了下來，一起朝光芒發出的方向看去。

蒼白美麗的公主手中，飄浮著一團明亮耀眼的光球。魔族們不由自主地往後退，只留下暮一個人站在那裡。

「暮音！」公主朝她走了過來。

「妳怎麼醒了？」她說完之後愣了一下，又問：「妳喊我什麼？」

「我是晨輝啊！」精靈公主站在她的面前，用過於親暱的口吻和她說話：「妳是怎麼了？怎麼一副不認識我的樣子？」

「嚴格說起來，我們的確不認識。」暮瞇起眼睛，覺得那飄浮在旁邊的光芒太刺眼了。

「妳真的這麼恨我嗎？」精靈公主用一臉快要哭了的表情看著她：「我根本不知道為什麼會這樣，妳相信我，我真的不願意……」

「停。」暮舉起長劍，劍尖對準了那個莫名其妙的公主：「妳到底在說什麼？我一個字也聽不懂。」

公主一臉驚嚇地看著暮和那把劍，好像暮說了什麼可怕的話或者已經拿劍刺過她的樣子。

「現在給我回到車上。」暮按住了自己一直沒有停止流血的傷口：「別在這裡礙手礙腳的。」

「妳受傷了！」

「別大驚小怪。」暮剛想轉身，就被她嚇了一跳：「妳哭什麼？」

「對不起……都是因為我的關係。」她身邊的那團光芒漸漸黯淡下來：「要是沒有我的話，妳也不會一直受傷……一直……」

「夠了沒有？」暮根不得把這個有病的公主一腳踢回車裡：「我說了不認識妳，給我回到車裡！」

「暮音……姐……」

「解什麼？」

「妳是我的姐姐！」大聲說完之後，公主的表情就好像生怕她會舉劍砍過來一樣。

暮呆住了。她想了一會，才想到姐姐的意思。

「我生來就是一個人，從來沒有什麼親人姐妹。」她覺得很好笑：「那個什麼公主，這種時候妳就別找我麻煩了。」

「就算妳戴了面具，就算妳不承認自己是暮音，就算妳恨我什麼的都沒關係。」公主臉上的表情忽然堅定起來：「就算妳不原諒他們任何一個人，但妳一定要原諒我。」

「為什麼？」

「總之一定要原諒我啦！」那個公主一邊哭，一邊凶巴巴地朝她喊叫：「真過分！妳明明知道跟我沒關係，就不要這麼小氣嘛！」

「閉嘴。」暮意識到有什麼地方不對勁，看身後那些魔族似乎安靜得像是忽然消失了一樣，她用一種戒備的語氣問著：「我問妳，妳到底在和誰說話？」

「妳啊！」公主使勁皺著眉頭：「妳是不是血流太多，腦袋缺氧變成白痴了？」

「別過來，站在那裡說就好了。」暮聽不懂她在說什麼，但總覺得這傢伙很危險，甚至比後面那些虎視眈眈的魔族都要危險許多。「我再說一遍，我知道妳是精靈族的公主，但我不認識妳，也不知道妳在說什麼。」

「妳說自己不需要任何人，也不需要那個天青，但我知道，其實暮音妳一直都愛著他。」公主還是在說一些讓人難以理解的話：「他那種人一點都不值得喜歡，我們不要原諒他了。我明白的，我們就當把什麼都忘了……」

「公主！」一旁的吉亞看到暮的臉色越來越難看，連忙打斷了她的滔滔不絕：「我覺得妳好像是誤會了暮大人的意思，她說的『不認識』和『不知道』應該不是妳想的那種含意。」

「啊？」

「我想她是說，她從來沒有見過妳，也從來都不認識妳，而不是假裝不認識妳！」

「怎麼會？」公主對這種解釋嗤之以鼻：「吉亞你別亂說了！」

「他不是亂說。」很明顯，問題是出在這個怪異的公主身上：「事實就像他說的那樣，我沒有『假裝』不認識妳，而是真的不認識妳。」

「她怎麼會變成這樣？」公主慌張地問吉亞：「她怎麼會失憶了?難道是從樓梯上摔來撞到頭了嗎？」

「我雖然對風族聖王的瞭解並不多，但我知道在一千多年以前，現在的蒼穹之王就已經是三眾聖王之一了。」吉亞看著暮，很慢很清楚地說著：「她雖然不像其他聖王那樣為人熟悉，但也絕對不是在最近這段時間才忽然出現的。」

暮對吉亞點了點頭，表示說得沒錯，但她沒想到接下來吉亞說的話就開始變得很奇怪了。

「不過有一點卻讓人難以理解，就是深居簡出、沒有人認識的蒼穹之王，最近終於出現在大家面前。」吉亞越說越慢：「而且在她出現之後，奇怪的事情就開始一件接著一件發生……」

「你是指什麼？」暮對他說的說法頗有意見。

「暮大人，能不能請您拿下面具？」吉亞顧不了這個要求有多麼失禮：「讓我們看看您的長相，或許就能夠明白一切了。」

「吉亞，注意你的身分。」暮摸著自己的面具：「這是風族聖王的標誌，我不能隨意地把它拿下來。」

「拿不下來嗎？」那個看上去很愚蠢的公主，居然一針見血地找到了關鍵所在：「天青那個壞蛋太過分了！怎麼可以把這麼醜的東西黏在別人臉上！」

「總是說天青天青的，天青到底是誰？」這個問題困擾了她許久，雖然金說了一些，但還是太含糊了：「到底是蘭斯洛還是……諾帝斯？」

「當然是諾帝斯啦！」公主憤怒地詛咒：「應該下十八層地獄的王八蛋！」

「在諾帝斯大人成為天帝之前，他還是風族聖王的時候就是用這個名字。」吉亞說得更加具體：「至於那位蘭斯洛我就不太清楚了，可是他的身上帶著很重的……」

「那是因為……」公主抓著自己的頭髮：「太複雜了，我一下子沒辦法說清楚啦！」

「我不知道妳說的這一切，也沒什麼印象。」暮想到了在天帝宮殿看到的那個畫面：「而我所知道的，就是那個魔王的女兒早就已經被天帝殺死了。」

「不可能的。」公主立刻用力搖頭：「天青不可能殺了妳的。」

「我不是她。」也許是對方太笨的緣故，暮感覺自己對她格外有耐心：「還有，那個叫蘭斯洛的人類當初也是這麼說的。」

「不……」公主看著她認真的目光，往後退了一步：「我不相信。」

「我不想再浪費……」暮話說到一半，胸口忽然變得一片冰涼，冷得幾乎把她的五臟六腑都凍住了。

她連忙把掛在胸前的鍊子拉了出來，卻驚愕地發現那塊原本晶瑩剔透的神聖者水晶變成了漆黑的顏色。

天空忽然飄來詭異的烏雲，把昏暗變成了漆黑，連精靈公主的那個光球也隨之黯淡了許多。公主一把抓住了暮的袖子，原本就沒什麼血色的臉變得更加蒼白可怕。

暮把她拉到自己身後，深吸了一口氣之後才問：「魔王嗎？」

「是我。」那聲音就像夜半情人的低語，帶著一種奇特的魅力：「妳終於回來了，我的女兒。」

「妳看妳看！我沒有說錯吧！」那個怕得要死的公主跳了出來：「他也這麼說的！」

「妳不要命了！」雖然暮心裡因為聽到魔王的這句話而忐忑不安，但還是立即把她拖了回來。

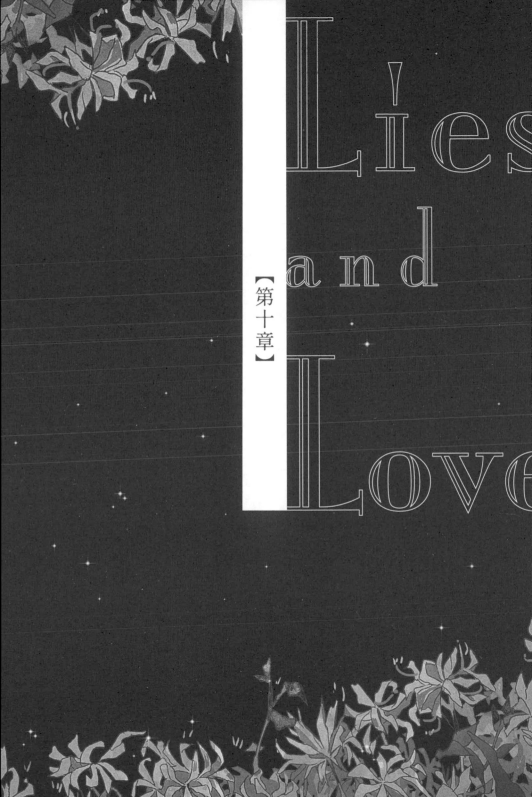
Lies
and
Love
【第十章】

魔王席狄斯穿著輕柔的長袍，黑色長髮和黑色的絲綢一起在風裡搖曳飄蕩。

「好久不見了，魔王殿下。」暮想要把公主交給靠過來的吉亞，但那位公主卻不肯放開她的手。

「並不是很久。」席狄斯抿著嘴笑了：「不過也可能已經很久了。」

「恕我無禮，我剛才沒有聽錯的話，您喊的……」

「我的女兒，魔界的第一公主。」席狄斯很直接地說：「暮或者暮音，這個遊戲妳到底打算玩到什麼時候呢？」

「夠了！」暮終於忍不住發火了，她甩開公主的手，對席狄斯大聲地抱怨：「我聽夠這些莫名其妙的話了，如果今天不說清楚，我是不會善罷甘休的！」

「有什麼好說的？」席狄斯似乎有些困惑：「妳不是已經在『遺忘的過去』裡把『遺忘的記憶』找回來了嗎？難道說妳費盡周折找回來，卻又不想要了？」

「我不知道你到底在說什麼？」暮的臉色變得一片鐵青：「我一個字都聽不懂。」

「不論怎麼欺騙別人都算不了什麼，但永遠不要試圖欺騙自己。」席狄斯就像念詩歌一樣地說了一句：「過去的歲月如同美麗的花朵，可是妳把它遺忘在了世界的角落。」

花……

暮的眼前出現了漫天飛舞的花瓣，一個孩子站在那裡遞給她一朵紅色的花朵，還對她說：

「我一直在等著，就算暫時分離，但當時間到來，我們終會相遇。因為我……就是妳。」

紅色的花瓣驀地散開，朝她飛了過來。

爸爸很快就會來接暮音的，對不對？

世上有許多的法術和咒語，但是沒有一種叫做「幸福」。

天青，我的名字叫做天青。

妳要相信命運。

我的公主，把妳的心給我吧。

很久很久……怎麼說？「永遠」好不好？

爸爸，你答應我很快就回家的，我等了你很久，想你一定是又迷路了，只能自己來把你找回去了。

那時我是借用了人類的軀殼，所以外表有所不同，而妳通常會叫我——「天青」。

其實是這麼地明顯，既然妳是「黃昏的聲音」，又怎麼能夠代表光明？又怎麼可能是我所需要的？

暮音，我並不是妳的父親。妳的確是我妻子的女兒，但妳的父親……是席狄斯。

妳對我來說，沒有什麼用處。

你親手殺了最愛你的人，所以你永遠都不會忘記我的……

那是一種古老禁忌的法術，為了……我最愛的孩子。

魔鬼告訴人們真實的世界多麼殘酷，好讓他們能從虛假甜美的夢中醒來。

「妳醒了嗎？我的公主。」

「如果我是她，那麼帕拉塞斯呢？誰才是帕拉塞斯？」

「自從有神族以這個名字自稱開始，最傑出、最優秀的那位帕拉塞斯，此刻或許正在他高高在上的白色聖殿之中，看著妳為他流光最後一滴的鮮血吧！」

「我不贊同你的說法。」伴隨著這悠揚聲音從天而降的，是讓一切都要黯然失色的聖潔光芒：「我沒有想過要讓她為我而死，我希望她能為我而生。」

就連站立一旁的魔界貴族，都被這光芒照耀得睜不開眼睛。

「至高無上的天帝大人終於到了！」席狄斯用嘲弄的口氣取笑他：「不過這次，你似乎晚了一步。」

那些掩蓋了一切醜陋的外殼，跟隨著她臉上的面具一起慢慢僵硬碎裂，一片一片往下剝落。

「為了什麼呢？」她低著頭，像是在問自己：「這一切到底是為了什麼呢？」

「所謂歷史，就是不斷重複著毀滅的過程。如果要成為最偉大的、沒有人能夠遺忘的，就要讓每一寸土地都刻上自己的名字。」諾帝斯低垂著眼簾，嘴角帶著微笑：「要讓每一個人知道，我是至高無上的存在，讓以後再沒有人能超越我的功績。」

「為了得到這些，你願意用什麼作為交換？」

「一切。」諾帝斯看著她，然後補充了一句：「除了這些，其他對我本來就沒有任何意義。」

她慢慢抬起頭。

鮮明的綠色圖案從她一側眼角延伸進髮際，那些糾纏在一起的綠色紋路刻畫在她白皙的皮膚上，有一種獨特詭異的美麗。

「真是可惜。」諾帝斯看著她的目光有些朦朧：「我已經盡力了，可是心靈和感情真是難以控制的東西，一不小心就會失去平衡。」

「為了給我一個重新開始的機會，你讓我戴著這張面具封住所有的記憶，抹去了一切的愛和恨，讓我變成另一個人活了下來。」她搖頭笑著：「你為了這一天，居然能夠做到這種地步，我都不知道該敬佩你或是怨恨你了。」

「暮音！」晨輝對她伸出手。

「妳離我遠一點。」風暮音平靜地說：「我是魔鬼，不喜歡光亮。」

晨輝愣愣地往後退了一步。

「你們這些人，我一個都不認識。」風暮音環視著周圍一張張熟悉而又陌生的臉。「在我的夢裡，你們看著我從高塔墜落，卻沒人願意拉住我。你們這些陌生的人一直看著我，看著我墜入地獄。」

諾帝斯一直看著她，用那雙綠色的眼睛。她也著回望著諾帝斯，她一直不明白，這麼冰冷無情的人，為什麼會有這麼溫柔深情的目光。因為希望這雙眼睛裡只有自己的影子，所以一直一直以來，她都希望……

最後她笑了：「我很早以前就知道了，你比世上任何魔鬼都還要可怕。」

在被活生生挖出雙眼的時候，在他腳下痛苦呻吟的時候，在被他用劍刺穿心臟的時候，她就比誰都要清楚地知道，這是個多麼溫柔又殘忍的天神。

「諾帝斯，我們之間的戰爭已經拖了太久的時間。」席狄斯揚起殘酷的笑容：「我想，誰才是真正至高無上的統治者，也應該有結論了吧！」

「我也早就失去耐心。」諾帝斯看了一眼一旁的晨輝：「當我得到神聖公主，就預示著誰都無法阻擋我的勝利了。」

「你做夢！」晨輝惡狠狠地呸了他一聲。

「作為我的王妃，妳的儀態有必要重新訓練。」他一句話就讓晨輝臉色煞白：「還有別忘了，光明之王仍然在我的宮殿裡作客。」

「最後，風暮音，妳過來告訴所有人，妳是站在我這一邊的。」諾帝斯終於朝風暮音伸出手：

「妳的身分對我來說很重要，只要魔界唯一的繼承人站在我這邊，勝利終將屬於神族。」

「原來這就是你的目的！」席狄斯邪魅的笑容從唇邊消失：「你少做夢了，我的女兒是不會做這種無知的蠢事！」

「我們等著。」諾帝斯自信地說：「暮音，做出選擇吧，選我還是選他？」

「都死過一次了，妳不會還沒學到教訓吧？」席狄斯陰沉地看著風暮音：「妳是我唯一的繼承人，妳要想清楚，別讓愚蠢的感情毀了即將屬於妳的世界！」

每個人都看著她，都在等著她的回答。

「我誰都不想選。」風暮音仰起頭，用雙手遮住了自己的臉：「如果你們不介意，請放了我好嗎？不要讓我覺得自己就像被操縱的屍體，已經死了都無法好好安息。」

晨輝想要開口，她身邊的吉亞卻對她搖搖頭。於是沒有人說話，像是每一個人都在告訴風暮音，這是她無法逃避、也是遲早必須面對的選擇。

她嘆了口氣，決定順從命運的擺布。

「如果我留在你身邊，」她問諾帝斯：「你要用什麼回報我的幫助？」

「可以留在我的身邊，難道還不能讓妳滿足？」諾帝斯的笑容，就像是篤定她不會拒絕自己：「暮音，我說過不該太貪心的。」

「我自己都不知道，我這麼容易滿足……」風暮音沒有生氣，她已經沒有更多的力氣憤怒或怨恨了：「原來我要的，只不過是留在你的身邊而已。」

「那麼你呢？我的父親？」她轉頭詢問站在另一邊的席狄斯：「你願意給我什麼？」

「我不是說了，我所有的一切都是妳的。」席狄斯和慈父的形象實在差得太遠，但能看得出他盡力想讓自己看上去像一個溺愛孩子的父親：「世界的支配權，以及一切妳能夠想像和想像不到的東西。」

「我知道自己並沒有這麼重要。」

「這就和天平一樣，」諾帝斯回答了她：「我們彼此勢均力敵，所以哪怕只是一個小小的籌碼，就可以完全主導形勢。」

席狄斯意外地沒有反駁，默認了他的說法。

風暮音閉著眼睛，在那裡站了很久很久。

「雖然你這麼說令我覺得自己很卑微，可是我沒有辦法否認這個事實。」她輕聲地嘆息：「我希望能夠留在你的身邊，哪怕只能遠遠地看著你……」

「妳不配做我的女兒！」席狄斯氣急敗壞地朝她喊著：「這種話妳也說得出口？」

「你在乎嗎？」風暮音笑了幾聲：「你說出這種話，不會覺得自己很可笑嗎？」

「我知道妳會這麼做的。」看到她朝自己走了過來，諾帝斯露出笑容，當風暮音的指尖碰到他的手，他蜷攏手掌握了上去。

「啪」的一聲，她用力拍開了諾帝斯的手。

風暮音慢慢地收回了自己的手，看著他的目光和看著席狄斯沒什麼兩樣。

「只是為了你而活著，為了你而死去……我這麼愛著你，你卻把這份愛當成控制我的籌碼？」她慢慢地往後退了幾步：「疼痛總是讓人清醒，它告訴我不可以再犯一樣的錯誤了，而我決定聽從它的勸告。」

「我告訴你們，今天我哪一個都不會選。」她輕蔑地抬起頭：「虛偽的愛情和無用的權力，我根本就不需要。」

「暮音，別逞強了。」諾帝斯強壓下心中的怒火，盡力保持著微笑。

「我不是逞強。」風暮音搖了搖頭：「我只是很失望……」

「妳失望什麼或者想要得到什麼，告訴我。」諾帝斯追問著她。

「我要的東西很多。」風暮音喃喃地說著：「我希望是我爸爸的女兒；我希望愛著一個人，那個人也愛著我；我希望可以大聲說『因為不是我的錯，所以你一定要原諒我』；我希望可以躲在別人的身後說我很害怕；我一直都希望……」

「傻孩子。」席狄斯嘆了口氣：「居然說出這種話，難道妳還沒吃夠他們給予的苦頭嗎？」

「既然妳很珍惜這些人，那就知道該怎麼做了吧？」諾帝斯說這些話的時候，忍不住皺起眉頭：「如果我輸了，妳以為席狄斯會放任他們活下去嗎？」

「堂堂天帝大人，居然用這種條件作為要脅，你就不覺得羞恥嗎？」

「只要我獲得勝利，就沒有羞恥這種說法了。」

「晨輝，妳怕死嗎？」風暮音也不理他們，只是在問晨輝：「妳希望我為了救妳的命而做出選擇嗎？」

「不用了。」晨輝搖搖頭：「暮音，妳做的已經足夠了。妳不需要為任何人背負任何的責任，因為從來就沒有人為妳付出過什麼。」

「沒關係，反正我就是為了妳而被……」她閉上眼睛，詛咒了一句：「也許都要怪這該死的命運。」

「暮音，妳說什麼？」席狄斯的臉色忽然變了。

「你覺得我在說什麼，那我就是在說什麼。」

「妳知道什麼了？」

「我該知道什麼嗎？」不管席狄斯意外的表情，風暮音又一次轉向諾帝斯：「我能為你做些什麼呢？」

「誓言對我效忠，說妳永遠都不會背叛我。」諾帝斯臉上浮現出了喜悅和得意。

「永遠？你信嗎？」她反問：「如果你自己都不信，為什麼還要求我永不背叛？」

「這只是誓言，如果妳不想說永遠，那就不要永遠。」諾帝斯很寬容地說。

「好，我們不要永遠。」風暮音慢慢地舉起長劍，用一種堅定的目光看著劍刃，也看著他：「我上次已經為永遠而哭泣，這次就算了吧。」

她反手一劍劃過，動作自然地像曾經演練過千百遍，就和她當初割開拉圖赫大祭司的喉嚨一樣突然而迅速，一樣沒有任何人來得及阻止。唯一不同的，是這一次她用的力氣足以割斷生命，不論是別人的，或是她自己的。

席狄斯以為她拔劍或許是要宣示背叛，諾帝斯覺得她可能會趁機刺殺過來。他們屏息等待，暗自防備，誰都沒有想到，她竟是一劍劃過了自己的喉嚨。

不過誰能想到呢？那個死硬倔強的風暮音，那個絕不認輸絕不妥協的風暮音，那個就算遭遇無數背叛也沒有被打倒的風暮音，那個就算死也要讓所愛之人親手殺了自己的風暮音，會在這個時候一劍割開自己的咽喉。

我已經無法選擇
痛苦吞噬著我的骨血
妒恨蠶食著我的靈魂
請挖出我的雙眼

請刺穿我的心臟
請把我的骸骨埋葬在地底深處的黃泉
如果我從未擁有你的給予
唯有死亡

「風暮音，妳在做什麼？」諾帝斯站在她的面前，用一種危險的目光面無表情地質問她：「想要再來一次死而復生嗎？」

「你放心，這次沒有法術能夠逆轉我的死亡。」她很慢很慢地小聲說著，頸上細細的紅線慢慢裂開，她每說出一個字，就多裂開一點：「這次是我自己動手，把不應該存在的東西全部抹去。」

她漸漸站立不住，只能用雙手握住劍柄支撐著身體，整個人慢慢跪到地上。她把頭靠在劍上，眼角的綠色紋路逐漸消失。她慢慢閉起眼睛，鮮血沿著劍身流到地上。

「妳死了就是永遠的失敗，妳甘心就這麼輸給我嗎？」諾帝斯俯視著她，就如同許多年前那樣：「或者是因為失去愛情而自殺，妳不覺得自己很可笑嗎？」

「既然我從來沒有得到過，那失去又有什麼好可惜的？」血開始從她頸邊湧出，然後流淌下來。她的眼睛裡閃爍著晶瑩的光芒，一向暗沉的黑眸竟是流光溢彩：「既然你已經挖出了我的雙眼，刺穿了我的心臟，那麼最後，請把我埋葬在地底深處……」

「我不會那麼做的。」諾帝斯的臉色陰沉得可怕：「妳這樣對我，我永遠都不會原諒妳。」

「也好，如果不存在最初……」她笑著，慢慢滑到地上：「那就什麼都沒有存在過……」

晨輝踉踉蹌蹌地衝到風暮音身邊，那刺眼的鮮紅讓她一陣頭暈目眩，一下子跪倒在地上。

「暮……暮音！」晨輝伸手攬住風暮音的肩膀，把她扶了起來。風暮音的頭往後仰，頸間可怕的傷口依然在流淌出暗紅的血液。

「救她……」她用沾滿鮮血的手，抓住身邊的諾帝斯慌亂地哀求著：「你救她，你快點救她啊！」

「沒用的，這並不只是因為外傷，她還服用了毒藥。」諾帝斯盯著的，是滾落到一旁的水晶瓶：「她吃下了安息之香，這種藥如果拿來食用，就是無法化解的劇毒，誰也沒辦法救她。」

「真是愚蠢的女兒，就和她那愚蠢的母親一樣。」席狄斯冷漠地看著這一切：「就不會假意答應，然後陣前倒戈嗎？死得一點價值都沒有，簡直愚蠢透了！」

諾帝斯看著自己衣服上，被晨輝沾到的斑駁血跡：「還說妳不懂得放棄……」

「諾帝斯，既然你害死了我的女兒，」席狄斯的目光中閃爍著算計的光芒：「那就準備好用整個神族來為她陪葬吧！」

「大言不慚。」諾帝斯冷笑著說：「總有一天，我要讓魔族從這個世界上消失殆盡。」

「我們等著看吧！」席狄斯揚長而去，甚至沒有再看一眼自己躺在那裡的「女兒」。

「妳為什麼要死？」晨輝用力地抱著風暮音：「死了就什麼都沒有了，妳怎麼連這個道理都不明白呢？暮音……妳好笨……」

「走吧。」諾帝斯一把抓住她，把她從地上拖了起來。

「放開我！」晨輝拚命掙扎著：「我不要走！你別碰我！」

「已經都結束了，還待在這裡做什麼？」諾帝斯粗魯地把她拖走：「和我回聖城。」

「那暮音呢？暮音怎麼辦？不要把她一個人留在這裡！」

「她已經死了！」諾帝斯猛地停了下來：「妳最好別……」

說到這裡，他忽然住嘴，然後一言不發，臉色更加陰沉地拉著晨輝離開。

周圍一片寂靜，她躺在那裡，就好像被整個世界遺棄了。直到一片灰暗荒涼之中，慢慢浮現出一個黑色的身影。

「怎麼這麼想不開呢？」銀色的面具閃爍著冰冷光芒，那人用帶笑的聲音說：「妳這樣子，會把大家都嚇壞的。」

他低頭看著一動不動的風暮音，無奈地搖了搖頭，然後彎腰把她抱了起來。

「很抱歉我不能阻止妳，因為我……」他看著那蒼白而沒有血色的臉龐，嘆了口氣：「對不起。」

「我們走吧。」他抱著風暮音，漸漸消失在黑暗之中：「去妳最後想去的地方。」

他們離開不久之後，有一個圍繞著白色光芒的身影悄悄走了過來。看到地上除了血跡已經什麼都沒有了，他像是愣在了那裡一般。

他站在大片大片的鮮紅之中，看著中間一抹突兀的色彩。過了很久，他才終於從冰冷的地面上，拿起了那棵毫不起眼的植物。

「四葉……」

天青，四葉草就是幸福的咒語。

風吹過來的時候，他手中早已乾枯變色的幸福頓時化成粉末，四散飛去。

在地底深處。

她閉著眼睛，就像是沉沉地睡去。

夢神司長長地嘆了口氣，然後輕輕揮動手指，那些帶著尖刺的花枝動了起來，慢慢纏上了她的四肢，吞噬了她的身體。

已經無法選擇，失去制約的力量，舊的秩序理應消亡。

白天與黑夜決鬥，真正的審判就會來臨。

勝利者得到一切，失敗者失去所有。

但在那天到來之前，誰也無法猜測結局。

「在那一天到來的時候，一切將會被決定。」夢神司輕聲念著：「當公主睜開眼睛，命運從長眠中甦醒……」

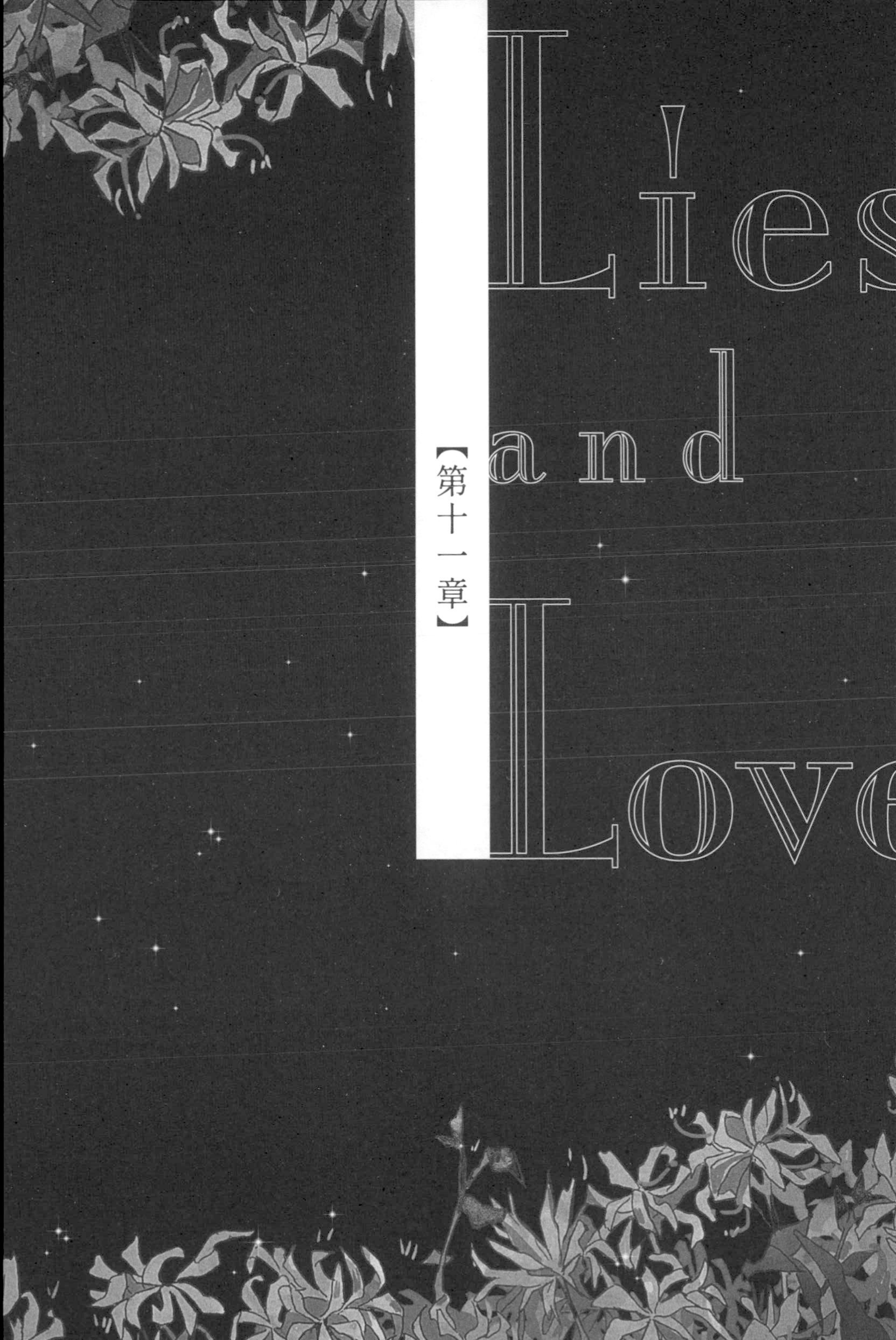
【第十一章】
Lies and Love

花朵散發出光芒，雖然並不強烈，但是在漫無邊際的黑暗之中，已經足夠為迷失者指引方向。

「妳來了？」拿著花的人問她。

「夜那羅。」她認出了這個人。

「是的。」夜那羅就像在這裡等了很久，他微笑著問：「那麼我們可以走了嗎？」

「去哪裡？」她移回視線，幾乎所有的注意力都被那朵花吸引住了。

「妳不是向我要求過的？」夜那羅很有耐心地告訴她：「我們是要去妳來的地方。」

「是嗎？」她點點頭：「那要怎麼去？」

「看到了嗎？」夜那羅看向腳下：「從這裡往前，我們就能回到來的地方了。」

她沒有跟隨著夜那羅的視線，而是呆呆地看著夜那羅的眼睛。夜那羅的眼睛，是和黑暗一樣的顏色，那裡面也沒有半點光芒。

「那個……」她有一瞬間的迷惑：「你的眼睛……」

「妳注意到了嗎？」夜那羅拉起了她的手：「我們之間一直存在著聯繫，就是透過這雙眼睛，我能夠看到妳所看到的一切。」

「你的眼睛？」她用另一隻手摸了摸自己眼睛，「為什麼？」

「我不得不那麼做。」夜那羅的笑容裡帶著微微的歉意：「因為夢神司設下了圈套，而我偏偏沒辦法干涉。所以只能借由妳的眼睛來觀察局勢的發展。」

「我不明白……」

「我曾經告訴過妳，我是這個時間裡的『最終』。」夜那羅伸出手握住了她，「而『最初』的那一個就叫做夢神司。他是最初的開始，而我則是最後的終結。」

「夢神司？」這個熟悉的名字，讓她停止工作很久的頭腦開始慢慢活動了起來。

夜那羅的手在空中做出了奇特美妙的動作，戒指發出金色光芒，然後所有的光都被聚攏到了一起。最終，那些金色的光芒變成一條延伸進黑暗、看不到邊際的道路。

「我還是不知道我們要去什麼地方。」她看著那條不知通往哪裡的道路，有些不好意思地承認：「我有點害怕。」

「沒有什麼好怕的，我們只是要從最終的現在回溯到最初的過去……」

儘管漫步在黑暗之中，他們腳下卻有一種讓人感覺溫暖的光芒散發出來。

「是不是這樣走著，就能夠回到過去？」她轉過頭問身邊的夜那羅。

「是的，我們正在循著時光之路回到過去。」

「過去？」她的腳步忽然遲疑了起來。

「怎麼了？」夜那羅幾乎立刻就察覺到了，他停了下來：「妳改變主意了嗎？」

「不。」她站在那裡，迷茫地問：「就算回到過去，那又有什麼意義呢？」

也許是從來沒有從她臉上看到過這種表情，夜那羅笑了起來。

「不要回頭。」夜那羅用雙手捧住了她的臉頰：「一旦妳回頭，就再也沒有機會改變任何事了。」

「改變……」

「我說過了，我會盡力滿足妳的願望。」夜那羅用手指輕輕地梳理著她有些凌亂的長髮：「我知道過去的回憶令妳感到痛苦，但我們不能逃避。死亡更不是扭轉局面的唯一方法，妳會永遠活在自己和別人的記憶之中，永遠都不能像妳希望的那樣擺脫一切。」

「真的能回到過去嗎？」她不願意談論死亡的話題：「不是說，時間是不可改變的？」

「對於世上其他的人來說也許是那樣，但對於我們來說卻不一定。」夜那羅指尖拂過的地方，都有金色的光芒灑落在黑暗之中：「不要藐視奇蹟，誰說世上沒有第二次的機會呢？」

她愣愣地看著夜那羅。

「走吧。」夜那羅重新握住她的手，拉著她繼續往前走：「我們就快到了。」

不知道什麼時候，不算寬闊的道路兩旁開始接連不斷地出現一扇又一扇大門。它們之間的間隔越來越短，直到像是走在了左右都是房間的走廊裡。而原本廣闊無垠的黑暗空間，也因此變得局促壓抑起來。

「這些是什麼？」她停了下來，目光掃過那些看上去全部一模一樣的大門。

「時間的縫隙。」夜那羅依然站在她的身邊，但是緊握著她的手卻已經鬆開了，「我們到了。」

等她回過神，發現自己已經走到了某一扇門前。

她好奇地用手碰了一下門的表面，感覺和真實的門沒什麼太大的不同，於是回過頭問夜那羅：「裡面有什麼嗎？」

「東西用久了難免會有損壞，時間過去太久當然也會產生裂痕。」夜那羅看著那些一直列往遠處的大門：「時間的縫隙一旦形成，就無法進行修補，還會慢慢向四周擴大。」

「那麼門後面是……」

「只要知道怎麼換算距離和時間，然後挑選出最接近的那扇門，妳可以去任何妳想去的時間和地方。」聽夜那羅的語氣，似乎根本沒有把這當成什麼了不起的事情。

「為什麼這一段的門特別多？」她前後張望了一下，發現了這個奇怪的現象：「因為這一段時間的裂縫很多嗎？」

「是的。」夜那羅的笑容裡摻著幾分無奈：「雖然按照常理來說，裂痕不可能這麼密集地出現，但如果是人為的結果，那就另當別論了。」

「人為？」她有些吃驚：「誰能讓時間出現裂痕？」

「出現裂痕的原因很多。」她的表情把夜那羅逗笑了：「但妳眼前看到的這些，都要歸功於夢神司。」

「夢神司？」

「就是那個自從存在開始，就和我一起被命運永遠捆綁著的仇敵。」

「被命運捆綁在一起的仇敵？」她不解地重複一遍。

「是的。」夜那羅抬起頭，看向漆黑而沒有邊際的上空：「我一直以為這次和以前沒什麼區別，直到最近十幾年的時間裡，我才發現他已經布下了一個巧妙的圈套。」

「這和我有什麼關係？」她苦笑一聲：「難道說什麼事情都是我的錯嗎？」

「這當然和妳有關，但絕對不是妳的錯。」夜那羅把目光移回了她的臉上：「不論是我或是他，我們都對妳沒有惡意，只是我不太同意他的手段而已。」

「我不知道那些事情，我只知道，從來沒有人毫無目的地對我好過。」她看著那雙暗沉的眼睛：「既然每一個人都想要利用我，那你呢？你的目的又是什麼？」

「是啊，為了什麼呢？」夜那羅牽起她的手：「可能我還是被影響了，仍然無法徹底擺脫在上個時間裡的迷惑。」

「那是什麼意思？」

「在時間交替的時刻，上一個『最終』成為了下一個『最初』，而上一個『最初』就會變成下一個『最終』。」夜那羅朝她微笑，溫柔而親切：「我這麼說，妳可能聽不懂。如果講得簡單一點，就是在很久很久以前，在我還是『夢神司』的時候，曾經發生了一些事情，讓我現在也深受影響。」

「你不是夜那羅嗎？」

「只是現在，而不是在過去或者未來。」夜那羅黑色的眼睛裡無法映出任何東西：「每隔一段時間，我們都會交換。最初和最終，開始和結束，夢神司和夜那羅，我和他會相互交換名字和職責。」

「我明白了。」她輕輕地點頭：「你和曾經是夢神司，現在是夜那羅，而他曾經是夜那羅，現在是夢神司，你們就像兩個不同的人輪流使用著相同的名字。」

「事實上也不完全是那樣，在更久以前，我們似乎曾經是同一個人。但不幸的，我們註定要互相仇恨，永遠不會停止敵視對方，所以我們分開變成了兩個。這是我們的命運，永遠都不會有所改變。」

「又是『註定的命運』，我真的很討厭這種說法。」她皺了下眉頭。

「現在已經到了關鍵的時刻，命運已經變成戰爭。」夜那羅再一次回過頭來看她：「是我和他之間的戰爭。」

「那麼你們誰贏了？」

「從現在看來，他似乎占了上風。」夜那羅嘆了口氣，「因為他利用了妳，從很早以前就開始作弊的關係。」

「作弊？」她好像在什麼地方聽過這種說法。

「我原本以為自己足夠瞭解他，但還是沒想到他會用那樣瘋狂的方法，來扭轉這個時間的命運。」夜那羅握著她的手微微收緊，像是在安撫她緊張的情緒，然後才說：「他之所以會那麼做，只因為『最初』是守護者，會想盡辦法不讓這個時間結束。」

「什麼瘋狂的方法？」不知道為什麼，她的心忽然重重地跳了一下。「他到底做了什麼？那和我又有什麼關係？」

「在每一個時間可能發生終結之前，都會有啟示的預言。」夜那羅問她：「妳知道這個時間終結前的預言是什麼嗎？」

「是那個預言嗎？」她的腦海裡立刻浮現出那個引發一切事端的預言。

——當公主睜開眼睛，命運從長眠中甦醒，一切就要發生改變。唯有得到她的眷戀，才能擁有新的世界。

所有的事情，都是源於這個預言。

「所有的事情，都是從精靈之王得到創始神的啟示，讓這個預言在神界流傳開始。人們始終對此深信不疑，因為他們相信精靈之王不會說謊。」

「這是什麼意思？」她瞇起眼睛。

「這個預言的產生，是因為夢神司違反規則，讓精靈之王透過時間的裂縫，窺視到一些並不完整的未來。」

「你是說，一切都是夢神司造成的嗎？他要讓這個世界持續下去，而你想要讓這個世界毀滅？」

「一點也沒錯，其實就是這麼簡單。」

「他那麼做的理由又是什麼？」

「因為妳是除了我們之外，另一個不屬於這個時間之內的生命，也是唯一能夠決定最後結果的人。」夜那羅說話的聲音，感覺比沒有盡頭的黑暗還要沉重：「暮音，妳並不是任何人的孩子。」

她掙脫了夜那羅的手。

「暮音……」夜那羅回過頭，看到她抑制不住流露出來的哀傷和痛苦。

「我知道不是。」

「妳應該已經想起了一些，但不要被那些片斷的記憶迷惑。」夜那羅轉過身來面對著她：「因為那並不是完整的真相。」

「什麼才是完整的真相？」風暮音慘然一笑：「我知道，卻又什麼都不知道。」

「我很抱歉，雖然無法避免，但如果我更小心一點，事情可能不會發展到今天這樣的地步。」夜那羅溫柔地說著：「有些事我必須告訴妳，雖然那也許不是什麼令人愉快的事情。」

風暮音看著他，看著他柔和的目光和截然相反的沉重表情。

「你說吧。」最後她垂下眼簾：「把所有一切告訴我，我會認真聆聽。」

神界，神殿山，創始神殿

「拿走。」晨輝的神情充滿了壓抑的憤怒：「我不需要這種東西。」

「公主，您別為難我們了。」環繞在她周圍的女官們無奈地互看了一眼，然後低聲懇求：「您這樣的話，我們會被責罰的。」

「為了妳們不被責罰，我就要穿著這種東西，嫁給一個手上沾滿我親人鮮血的暴君嗎？」她冷冷地笑著：「妳們告訴他，要我嫁給他，除非先把我變成一具屍體。」

女官們聽到她這麼說，一個個都露出了憂慮的表情。

「妳以為他不會那麼做嗎？」門外傳來了異瑟恭敬的聲音：「相信我，如果妳再這樣下去的話，他會很樂意把妳變成一具屍體。」

「我知道他會，事實上，他早就安排好了不是嗎？」晨輝站了起來，挑釁似地看著正從門外走進來的異瑟。

女官們看到異瑟進來，明顯鬆了一口氣。異瑟比了個手勢，她們立刻全部退了出去。

「但是公主，」異瑟慢慢走到了晨輝面前：「死的那個人不是妳，而是她啊。」

「這對她不公平！」晨輝再也沒辦法控制自己，近乎歇斯底里地喊著：「就算每個人都該死！也不該是她！」

「我天真善良的公主，世界上從來就沒有公平這種東西。」異瑟拿起擺放在一旁的華麗禮服：「她只是運氣不好，而妳的運氣要比她好多了，事情就是這樣。」

「不！她是被我害死的！」她用力咬著嘴唇，臉色難看得像白紙一樣：「如果我不存在的話，她就不會死了……」

說到這裡，晨輝停了下來想平復激動的情緒，但她一口氣卻是吸得斷斷續續，心裡更是一陣陣地悶痛。

「妳不該學她，這種愚蠢的想法對妳沒有好處。」異瑟搖了搖頭，眼裡帶著憐憫和嘲笑：「如果她能夠更聰明一點，就不會割斷自己的脖子了。」

「你是不會懂的。」晨輝聽到這種說法非但沒有生氣，甚至還笑了起來：「她不是割斷自己的脖子，而是要切斷那些束縛著她的枷鎖。因為她實在太驕傲了，所以才不能容忍被別人控制。她和軟弱的我不一樣，她不是任人操縱的傀儡，從來都不是。」

「我不得不承認，她的確是我所見過最無法理解的人。但只是為了脫離被擺布的命運，那代價也太大了吧？」

「所以我說你不會懂的。」她用同樣鄙夷的目光回敬對方：「沒有人能夠決定她的命運，能掌握一切的只有她自己。」

「她最後還不是死了？還不是什麼都沒有得到嗎？這樣的死亡有什麼實際的意義？」異瑟把禮服捧到她的面前：「我想，妳或許該換上這件衣服，和我一起去見天帝大人了。這是妳那個比誰都還要驕傲的姐姐，用死亡都無法換來的願望。而且只要妳溫順一點，天帝大人一定會解開妳身上的禁咒。」

「我說了很多次了。」她很肯定地拒絕：「休想，讓他別做夢了。」

「晨輝公主，妳最好不要這樣。」異瑟有些失去耐心：「妳要知道，最近天帝大人的心情實在糟糕透了。」

「大不了讓他殺了我，有什麼好怕的？」

「妳可以不在乎自己的性命，但妳就不在乎其他人的性命了嗎？」異瑟一臉「我本來不想說這個」的表情。

「你是不是覺得我很沒用，隨便嚇唬我就可以了？換成了我的姐姐，你根本不敢和她這麼說吧？」晨輝抬起頭，琉璃色的眼睛裡像是盛滿了晶瑩的寶石：「因為暮音會殺了你，然後會說：既然我這麼重要，殺一兩個無關緊要的人也沒關係吧？你說是不是？」

「也許吧，她有時候的確令人感到畏懼，不然天帝大人也不會讓她成為蒼穹之王。」異瑟嘆了口氣：「可惜妳並不是她，妳這位充滿善意的精靈公主，做不出那樣可怕的事情。」

「如果我做得到的話，一定會那麼做的。」晨輝拿起那件飄逸美麗的禮服，笑容變得十分苦澀：「但你說得對，我不是她，我軟弱而怯懦，永遠只知道讓別人來保護自己。」

「天帝的王妃就應該有這樣仁慈善良的心，所以請不要再怨恨這樁完美的婚事了。」異瑟朝她微微彎腰：「我在門外等您，請您動作稍微快一點。」

他走到門口的時候，忽然又停了下來。

「對了。」他回過頭，別有深意地說了一句：「為了妳自己，也為了妳想要保護的人，最好別觸及天帝大人的痛處，盡量不要提起那位讓妳引以為傲姐姐。」

「痛處？」晨輝佯裝訝異地問：「暮音是他的痛處嗎？」

異瑟沒有回答，只是朝她笑了一笑。

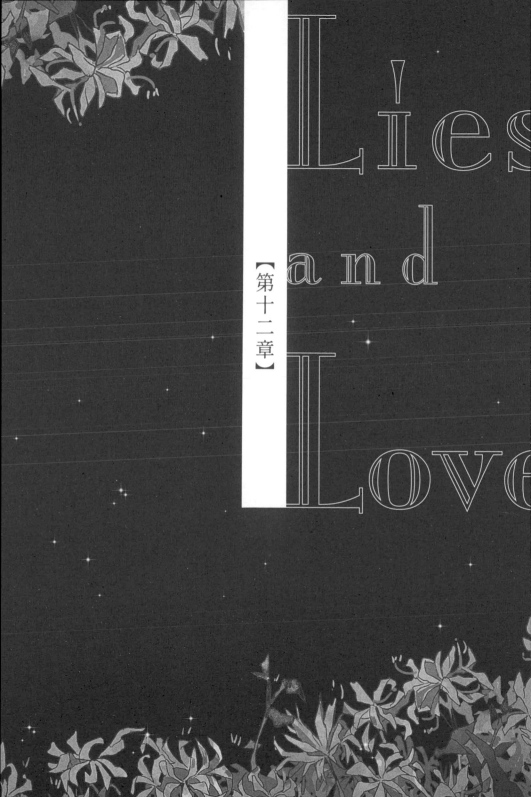
Lies
and
Love
【第十二章】

祭臺下的祭司們念著冗長枯燥、令人不知所云的禱文，而晨輝則一直在看著身邊的男人。

諾帝斯有著一張近乎完美的臉，所以看上去格外冷漠無情。比誰都還要聰明理智的暮音，為什麼會愛上這個一看就知道沒有感情的人呢？

「就算妳一直看著我也沒用。」他非但聲音冰冷，就連語調都沒有起伏：「妳註定要成為我的王妃了。」

「你是說給我聽，還是在告訴自己呢？」

「這話是什麼意思？」那雙深邃的綠色眼睛，終於看向了晨輝。

「你說呢？」晨輝把頭轉了回去：「我比你更清楚正在面對什樣的情況，所以你是說給自己聽的吧。」

「妳能保持清醒的意識參加婚典最好，在那之前我不想讓妳受到傷害。」諾帝斯垂下長長的眼睫，遮住了充滿殺意的目光：「但如果妳希望見到愛人在面前歷經痛苦之後死去，或者希望他看到妳在沉睡中慢慢走向死亡，那麼妳可以盡量多說一點。」

「到了這個時候，你覺得這種威脅有什麼意義？難道你真的打算放過我們嗎？」晨輝扯動嘴角，蒼白的臉上泛起微笑：「這個世界上，也只有那個傻瓜才會明知道你在騙她，還一次又一次地相信你。」

「金晨輝！」他一把掐住了那纖細脆弱的脖子。

「殺了我，就沒有婚禮了。」晨輝冷靜地提醒他：「至少也要等到儀式結束，不是嗎？」

祭臺下的眾人都驚訝地瞪大了眼睛，就連圍繞著祭臺念禱文的祭司們都不知所措地停了下來，只有大祭司依然不受影響地念了下去。

「不要提起她的名字。」諾帝斯最終把手收了回去，語氣也恢復平和：「這不是個適合用來討論魔族的場合。」

「請繼續。」異瑟輕聲提醒身邊那些大驚小怪的祭司們。

祭司們這才從震驚中回過神來，繼續低頭跟隨大祭司的速度念起禱文，不過卻沒有剛才那麼整齊了。畢竟在祭祀創始神的場合做出不敬的舉動，就算是天帝大人……

「你到了現在，居然是這麼看待她的嗎？她對你來說只是一個魔族？」晨輝長長地呼了口氣：「幸好她已經死了，聽不到你說這樣的話。」

「是她自己太愚蠢，竟然想用死亡終結一切。」

「既然她已經付出代價，你又何必這麼殘忍？」晨輝問他：「不過話說回來，如果今天站在這裡的不是我而是她，你會不會更高興一點？」

諾帝斯側過頭，正好和晨輝四目相對。

「金晨輝，妳到底想說什麼？」

「其實也沒什麼。」晨輝低下頭，淺淺地笑著：「我只是覺得奇怪，為什麼我們總是失去之後，才會意識到那對自己有多麼重要。」

「她對我並不重要。」

「可是對於其他的人，比如蘭斯洛，她是非常重要的。」晨輝自顧自地說著，似乎毫不在意身邊的諾帝斯臉色有多難看：「所以我說她是傻瓜，如果她選擇的是蘭斯洛，就不會變成今天這個樣子了。」

「妳的話實在是太多了。」

「如果我踩到了你的痛處，還請你原諒。」晨輝挑釁似地看著他：「這全都是因為我就要被迫嫁給自己痛恨的人，所以才會這麼沒有禮貌的。不過……你雖然不是被迫娶我，但心情應該也好不到哪裡去吧？」

「妳說夠了沒有？」他的臉上有明顯情緒失控的傾向：「想讓我在這裡殺了妳嗎？」

向來喜怒不形於色的天帝大人，就連表露出不滿的次數都是屈指可數，更別說今天這樣在短時間內接二連三地勃然大怒。祭司們再次停了下來，各個都流露出畏懼的神色。

異瑟也暗自嘆了口氣，那位蒼穹之王的死，影響遠比自己預料的還要嚴重許多。

「好了，祭祀就此中斷吧。」異瑟看了一眼那對顯然沒有心情繼續儀式的未來伴侶：「看來他們兩位並沒有立刻宣示締結婚約的打算了。」

「這……」大祭司也不得不停了下來，他皺起眉頭仰望著祭臺上方：「中途停止儀式會帶來厄運。」

「繼續讓他們兩個站在一起，才會帶來真正的厄運。」異瑟揮了揮手：「何況這場婚姻，從一開始就註定充滿仇恨和詛咒，恐怕您需要祈求的不是什麼美滿的未來，而是不要讓這段婚姻成為毀滅的前兆。」

「這些話是什麼意思？」大祭司有些吃驚。

「大祭司長年在這遠離聖城的神殿山上，當然不明白其中的原因。」異瑟苦笑著回答：「要是你知道發生過什麼，對於這樁婚姻，恐怕就不會再有任何奢望了。」

她就站在懸崖的邊緣，仰頭看著浩瀚無垠的漆黑夜空。

「你知道的，我從來不相信命運，我只相信誓言。」她轉過頭，揚起的烏黑長髮遮住了她的表情：「你對我許下誓言，卻又背叛了它。天青，違背誓言的人，是要受到懲罰的。」

她伸出手，微揚的嘴角在飛舞的黑髮中若隱若現。

「真是高明的幻術。」他看著那隻手，冷淡地報以微笑：「只可惜，妳選錯了迷惑的對象。」

「在你心裡，什麼才是最重要的呢？」那隻凝眼的手終於垂落下去，笑容的弧度也從嘴角消失：「冰冷的權力，有比捨棄性命愛著你的我更加重要嗎？」

「胡說八道，什麼捨棄性命？」他扯動嘴角，笑容卻難以成形：「明明是妳太好勝了，連承認失敗的勇氣都沒有，才會用那種怯懦的方式選擇逃避。」

「我們之中，到底誰更好勝，誰連承認的勇氣都沒有，誰……才是那個真正的瞎子呢？」她輕聲地嘆息：「我在死了以後，還是會時常想起過去。那種感覺很糟糕，真的，我的一生就像一場戰爭，而我始終都是個失敗者。」

他沒有回答，只是盯著這個過於逼真的幻影。

「帕拉塞斯，這是你的姓氏。」她走了過來，抬起頭看著他：「其實我很高興，天青，就算你從來都吝於給予我任何東西，但至少你曾經把姓氏給了我。」

她的眼睛暗沉而無光，卻清晰地映出了他的臉：「你知道嗎？按照人類的說法，給予姓氏就代表了婚姻，那種感覺，如同我們是相愛著……」

「妳不要妄想了，席狄斯的女兒不配成為我的妻子。」他打斷了這滑稽可笑的論調：「帕拉塞斯和妳，都是我因厭惡而捨棄的東西。」

「聽起來真是令人傷心。」蒼白的臉上一片平靜，平靜得好像他們最初相遇時的模樣。她那麼冷淡而疏遠，有著無法輕易動搖的內心：「不過，現在已經沒有關係了。就算失敗者會失去所有，那也沒什麼關係，只要……」

「收起妳的把戲！」他終於站了起來，寬闊衣袖帶起迴旋的風力往四周擴散：「站到我的面前來吧！」

「是誰？是誰在我面前製造出幻覺，想要擾亂我的神智？」諾帝斯揚起手，足以撕裂一切的風刃圍繞著他飛快旋轉。

自從他成為神界的主人之後，就再也沒有動用過這種程度的力量。

懸崖和夜空頓時消失，他眼前出現了被劃出道道裂痕的晶瑩牆面。諾帝斯隨即眸光一斂，連忙手握成拳撤回風刃。不難發現，那些裂痕僅止於牆壁的表面，如果說以他的力量也只能劃出淺淺的痕跡，那就說明……

「思禱之間？」諾帝斯怎麼也想不到，從幻覺中掙脫出來之後，自己會身處在這個傳說中的地方。

思禱之間是創始神殿中被隱藏的一座宮殿，人人都知道它在什麼地方，但是沒有誰能夠闖進那扇封閉了無數歲月的大門。

「我為什麼會在這裡？」周圍被純淨晶石覆蓋著，他仰頭看去，那裡只有一片白色的光芒。

「真是抱歉。」一個飄忽的聲音回答了他：「因為我想見你一面，所以才把你帶來這裡。」

那聲音似乎是從四面八方傳來，在這個明亮卻不刺眼的空間裡迴盪著，諾帝斯驀地一驚。

「誰在那裡？」他猛然轉過身，但背後的那面牆壁上，只有他自己的影子。「創始之神，是嗎？」

「如果你願意那麼叫我的話。」那個聲音裡帶著淡淡的笑意：「其實稱呼對於我自身來說，是毫無意義的。」

「那什麼才算是有意義的？」諾帝斯再一次環顧四周，慢慢地揚起嘴角。

「能被所有人銘記，也許並不像你想像中那麼令人愉快，也許我們所需要的，不過就是那些人中的某一個，能夠永遠記住自己真正的名字。」

「妳擁有創造世界的力量，被眾生銘記著。」諾帝斯冷笑著問：「妳說這樣的話，不是非常諷刺嗎？」

「沒有什麼是永恆存在的，就連我也一樣，終有一天這個世界會把一切遺忘。」對方並不在意他的諷刺：「而我的死亡，是順應了這個世界的法則。就好像她睜開眼睛的那一刻起，一切就註定要發生改變一樣。」

「創始神大人，妳不會真的要我相信那種無聊的預言吧？」諾帝斯垂下眼簾，抑制不住地笑出聲音：「我用手指就能碾碎的『公主』，到底能夠改變得什麼？」

「當這個世界中想要『改變』的意念超過限制，那麼『改變』就會發生。她也並不等於『改變』，她能決定的，只不過是『改變的方向』而已。」

「我好像在什麼地方聽過類似的說法。」諾帝斯挑起眉毛：「相當有意思，不過和我又有什麼關係呢？」

「真的沒有任何東西能夠影響你的決定嗎？」創始神的聲音裡帶了一絲無奈：「那麼那個

孩子呢？就算明知道一切只是徒勞，她依然那麼做了。不論要獨自面對怎樣的痛苦，她依然把你看得比自己更加重要……」

「說夠了沒有？」諾帝斯手指一動，狂肆的風刃劃過晶石表面，發出刺耳的聲音：「如果妳正站在我的面前，我或許能多聽一些這樣的廢話。可是現在妳只不過是殘留下來的一點意念，也配這樣對我指手畫腳嗎？」

「好吧。」創始神沉默片刻，然後問了他最後一個問題：「如果我說，我能讓她活著回到你的身邊，你會不會改變現在的決定呢？」

諾帝斯的手停在半空，然後慢慢垂落下來。

「還是徒勞的嗎？」創始神等了很長的時間也沒有等到任何答案，於是長長地嘆了口氣：「就和我預料的一樣，在你心裡或許有她的存在，可是和持續了千萬年的願望相比，這種存在實在太過微不足道了。」

「那個時候，我本來有機會阻止的。」諾帝斯半低著頭，看著自己垂落到腳邊的銀色長髮：「可是我想不出讓她活著的理由。」

「既然這樣，那麼換一種說法，如果我讓她永遠都無法再回到你的身邊——」

守在外面的異瑟聽到一連串尖銳可怕的聲音，神情為之一變。

「快點把門打開！」他拉過匆忙趕來的大祭司。

「異瑟大人，不論裡面發生了什麼事，我們都是無法干涉的。」大祭司轉頭看著那面刻有創始神標記的牆壁：「我們現在能做的只有等待，等天帝大人自己從裡面走出來。」

「你聽到那個聲音了嗎？」異瑟鬆開大祭司的衣領，皺起眉頭看著那面牆壁：「天帝大人一定出事了！」

「異瑟大人，您不必這麼緊張。」大祭司搖了搖頭：「難道您忘了嗎？沒有人會在裡面受到攻擊的，天帝大人一定不會有什麼事。」

「我看搞不清楚狀況的人是你。」異瑟回頭看著那面陰冷詭異的牆，心有餘悸地說：「剛才天帝大人的樣子……」

「到底出了什麼事情？」大祭司對異瑟無視自己的態度頗為反感：「天帝大人怎麼會進入封閉的『思禱之間』？」

「我只是跟著天帝大人到了這裡，然後他進去了，我卻被攔在外面。」異瑟敲了敲額頭：「我還想找人問問，究竟出了什麼事情？」

「怎麼會這樣？為什麼偏偏是『思禱之間』？」大祭司走到牆的面前，也開始露出不安的表情：「這裡面是……」

「傳說創始神的死亡，並不是因為生命到達盡頭。」異瑟走到他身邊，用手摸著牆面上美麗的徽記：「傳說在這裡面死去的創始神，是因為遭到了把祂奉為造物主的子民們的背叛，被我們的祖先殘忍殺害的。」

「這種毫無根據的事情，您是從哪裡聽來的？」大祭司臉色瞬間變得蒼白，轉過頭用譴責的目光瞪著他：「您的身上留著神族的高貴血液，是天帝大人信任的內廷總管，怎麼能說出這麼可怕的話？」

「親信或許不假，但什麼人告訴你，我身上流著神族高貴的血液了？」異瑟笑著回答：「事實上，我是神族與魔族的混血，生下來就被丟棄在邊界，後來被涅烙撫養長大。這種血液，並不是多麼高貴吧？」

大祭司目瞪口呆地看著他，連話都說不出來。

「我知道大祭司絕對不會到處宣揚我卑劣的出身，所以也不介意讓你知道我的祕密。」異瑟用一種稱得上愉快的表情，欣賞著永遠冷靜克制的大祭司受到驚嚇的有趣模樣：「也正是因為這樣，我比其他人更加清楚，有很多事情，我們不能用所看到和聽到的就加以判斷。」

大祭司正要開口說話，忽然間一陣山搖地動，他們周圍的一切都開始搖晃起來。

「怎麼會這樣？」大祭司吃驚地看著那些搖搖欲墜的石柱，在片刻之前，它們還堅固得足以支撐整座神殿山。

「有兩種可能，一是我們的天帝大人惹怒了創始神，二是創始神惹怒了天帝大人。」異瑟嘆了口氣：「不論是哪一種，似乎都不是好現象啊。」

「那怎麼可能！」

「不管怎麼樣，我們最好先離開這裡。」異瑟表情一變，冷靜地對他說：「大祭司，你最好馬上通知手下所有的人都退到山下。」

「異瑟大人您呢？」大祭司不太習慣異瑟這種變化多端的性格：「是要留下來保護天帝大人嗎？」

「如果說像天帝大人那樣的強者，在裡面遇到了應付不了的危險，那我留下來有什麼用呢？」異瑟好笑地瞟了大祭司一眼：「我會去保護公主，如果天帝大人沒事，那他未來的王妃當然也不能有事；要是出了什麼意外，那麼那位公主就更加不能有事了。」

「您這是……」什麼忠心耿耿的下屬？

「您就像傳聞中一樣正直單純，真是難能可貴啊。」異瑟第一個往外走去，朝身後揮了揮手：「那就好好保重，心中充滿愛與和平的大祭司大人。」

「公主。」異瑟走進了晨輝的房間：「妳果然沒有休息啊。」

「這麼吵，誰睡得著啊！」晨輝從窗邊回頭看他：「外面出了什麼事情？」

「一點小問題。」異瑟走到她身邊，順手把一旁的外衣拿給她：「不過為了安全起見，我們最好先離開這裡。」

「是他的命令嗎？」晨輝看著窗外慌亂的眾人：「是因為什麼原因引起的？」

「不論什麼情況，我都會好好保護公主的，所以請放心地跟我走吧。」異瑟看她站著不動，親手幫她披上外衣：「我很遺憾，並不是有入侵者之類的，才引起這場騷動。」

「有什麼好遺憾的，我也不覺得有那樣的可能。」晨輝揮開了他的手：「你要把我帶去哪裡？」

「離這裡最近的，是雅希漠大人的浩瀚城。」異瑟近乎強硬地抓住了她：「雖然不是最好的選擇，但還是先到那裡再說吧。」

「諾帝斯出了什麼事？」晨輝試探著問。

「我說了，不論什麼情況，我都會好好保護公主的。」異瑟沒有回答她，而是轉過頭問站在門外的女官：「都準備好了嗎？」

「隨時都可以出發。」

「很好。」隨即，異瑟對著晨輝微微彎腰：「公主，我們可以走了。」

【第十三章】

Lies and Love

晨輝掙脫不開他的箝制，只能被半拖著走出房間。片刻之後，他們就坐在了騰空而起的車上。

「異瑟，還記得我們第一次見面嗎？」

「在盟約神殿那次？」異瑟笑著回答：「我為當時的無禮表示歉意。」

「為什麼要那麼做？」晨輝把目光從一片黑暗的車窗外收了回來：「串通魔族攻擊精靈之王，你們那麼做是為了什麼？」

異瑟的眼中閃過了驚訝和詫異。

「也許我沒有暮音那麼聰明，但也不算很笨。」晨輝扯動一下嘴角：「最近我經常回想以前發生的事情，想的次數多了，自然而然就會察覺其中的蹊蹺。」

「如果妳想知道的話，我當然應該據實以告。」異瑟再一次笑了起來：「現在也沒什麼好隱瞞的了，只是我一時不知道該從何說起。」

「那就說說，你們能夠從中得到什麼好處呢？」

「對於神界來說，精靈族始終是個無法被忽視的威脅，精靈們雖然並不好戰，可是也不能排除不會有意外的情況發生。」異瑟輕描淡寫地說：「如果他們想要和天帝大人作對的話，那會是非常傷腦筋的事情。而一旦能夠證實精靈王已經不在神界，那麼就能很輕易地從內部動搖精靈族。」

「在諾帝斯的身分和力量面前，精靈族根本不堪一擊，他何必花費這麼多心思呢？」

「妳對自己的種族還真是不怎麼瞭解啊。」異瑟一臉無奈地搖頭：「精靈是整個神界中最單純卻也最難以馴服的種族，他們對於權威一點都不畏懼。想要讓他們服從，除了瓦解他們的信念之外，沒有其他辦法。」

「權力會讓人變得很殘忍。」

「誰說不是呢？」

接下去有很長的時間，他們都沒有交談。直到他們能從空中看到浩瀚城的輪廓，晨輝才打破了沉默。

「我不能原諒他們，因為他們對暮音做了那麼殘忍的事情。」與其說是說給異瑟，倒不如說她是在說給自己聽的：「我也不能原諒暮音，她那樣乾脆地擁抱死亡，看來就像是為了我才那麼做的，其實卻是給了我永遠無法抹滅的傷痛。她明知道我一生都會為此痛苦，卻還是那麼做了，我實在沒辦法說服自己原諒她。」

「晨輝公主。」異瑟輕聲地回答：「我覺得根本沒有歉疚不安的必要，她那樣驕傲的人，應該不會想要別人的同情和憐憫。」

「你說得對，但我不是在同情她，我只是在痛恨悲哀的命運。」晨輝靠在窗邊，不再說話。

神界，浩瀚城

「異瑟大人？」雅希漠站在臺階上，不冷不熱地問：「是什麼風把你吹到這小小的浩瀚城來了？」

「雅希漠大人，許久不見。」異瑟跨出車門，滿面笑容地迎了上去：「您看起來氣色不錯，最近有什麼好事發生嗎？」

「哪裡，我怎麼能比得上春風得意的異瑟大人呢？」

「您是在取笑我嗎？」

「我怎麼敢……精靈公主？」雅希漠看到隨後從車裡出來的晨輝，：「您怎麼會在這裡？」

「出了一點小事，天帝大人吩咐我把公主帶來這裡。」異瑟搶先回答：「今晚要麻煩雅希漠大人整理房間讓公主休息了。」

「當然沒問題。」雅希漠走了過來，對著晨輝彎腰行禮：「公主，您能蒞臨浩瀚城實在是我的榮幸。」

「我也很高興。」晨輝點了點頭，沒什麼心情和諾帝斯的手下浪費時間，「不用太麻煩，什麼地方都無所謂。」

「怎麼能說是麻煩呢?」雅希漠做了一個邀請的手勢：「請跟我來吧。」

看他面帶笑容招呼晨輝，絲毫不把自己放在眼裡，異瑟也始終是笑咪咪地跟在後面，一點也沒有被輕視的惱怒。

「聽說暮音曾經在這裡待過一段時間。」在行走途中，晨輝忽然問道。

雅希漠停了下來，晨輝轉身看去，明顯感覺到他的表情有一瞬間僵硬。

「是的。」雅希漠很快收起自己失態的表情：「但在浩瀚城待的時間不久，也已經過去一段時間了。」

「是嗎？」晨輝飄忽地一笑：「對不起，我忘了這種問題會讓你為難。」

「不是那樣的。」雅希漠跟上了她的腳步：「我只是有些驚訝，沒想到公主會問起這個人。」

「你不知道嗎？你不知道暮音就是『暮』嗎？」這回，換晨輝停了下來：「暮音她是我同母異父的姐姐，她的父親就是魔王席狄斯。」

雅希漠眼角一跳。

「你真的不知道啊。」晨輝從他的反應猜測。

「不。」雅希漠搖了搖頭。

「吉亞沒有和你說過嗎？」晨輝問他。

「事實上，自從我離開聖城之後，他就失蹤了。」雅希漠用眼角瞟了一眼後面的異瑟：「直到現在依舊不知去向。」

「可能被諾帝斯關起來了，甚至被他殺了也說不定。」晨輝也輕蔑地看了一眼異瑟：「為了保守祕密，這也沒有什麼好奇怪的。」

她這麼一說之後，異瑟非但不為所動，就連雅希漠也沒有露出疑問或想要追究的表情。

「怎麼了？」她看著雅希漠：「難道你不想知道是為了什麼事情嗎？」

「就算真的像您說的那樣，一定是吉亞得罪了天帝大人，應該接受相應的懲罰。」雅希漠平靜地回答：「我沒有理由也沒有權力阻止。」

晨輝冷冷地哼了一聲。

「您今晚就住在這個房間吧。」雅希漠停了下來：「請您好好休息。」

「對了，有件事我忘了。」晨輝站在門口背對著他：「雅希漠大人，你和暮音好像認識吧？」

「公主——」異瑟提高了音量。

「這種事沒什麼好隱瞞的。」晨輝用帶著笑意的聲音說道：「我說出來，也不過是想給雅希漠大人一個忠告。」

「到底是什麼事？」

「暮音已經死了。」

「什麼？」雅希漠抬起頭。

「死了。」晨輝側過臉，房間裡透出的光亮為她鍍上一層光芒：「我的姐姐，被你那位崇高的天帝大人逼迫著割斷了自己的脖子，流光了身體裡的每一滴血液，屍體被拋棄在荒野之上，死了。」

「不會的！」雅希漠的反應出乎意料地激烈：「天帝大人怎麼可能會殺了暮，他明明是……他明明……」

「為什麼不說下去？你想說他明明是喜歡暮音的，對嗎？」晨輝仰起頭，強忍著就要奪眶而出的淚水：「我告訴你吧，完全不是那樣的！在暮音慢慢死去之前，我也像你一樣不相信他會那麼做。我曾經以為，雖然不是非常明顯，但他多少是愛著暮音的，但結果卻……」

「不！她不會死的，她怎麼可能……」雅希漠看向異瑟：「異瑟大人，告訴我，這一切是真的嗎？暮她真的死了嗎？」

「我知道您和那位『暮大人』感情很好。」異瑟無奈地點了點頭：「但很遺憾，她的確遭遇不幸了。」

雅希漠慢慢後退一步。

「是嗎？」他垂下頭：「那實在太不幸了，希望您能早日擺脫失去親人的痛苦。」

「有些事情，是永遠無法遺忘的。」

「希望您在浩瀚城過得愉快。」雅希漠似乎沒有聽到她說什麼，只是朝她微微彎腰就轉身離開了。

異瑟慢慢走到晨輝身邊，目送雅希漠的背影消失在長廊的盡頭。

「妳想用三言兩語就動搖整個神界嗎？」異瑟在她耳邊輕聲說：「這個念頭也太天真了吧？」

「為什麼不行？」晨輝回答他：「從這一刻開始，不論希望多麼渺茫，我會盡一切努力動搖這個神界。我遲早要讓諾帝斯知道，他做了一件多麼愚蠢的事情。」

說完，她挺直背脊走進房間，從容地關上房門。異瑟為她的話愣了一下，然後笑著搖了搖頭，慢慢地走開了。

晨輝一走進屋裡，僵直的肩膀就垮了下來。

「這種話我說出來，果然一點氣勢都沒有啊……」她靠在門上，先是低聲笑著，然後無聲地慟哭起來。

因為剛才說那句話的時候，她才真正地感覺到——暮音真的已經死了。

就在，她說那句話的瞬間。

雅希漠匆忙地走了回去，可是到了門前，他反而停了下來。

「大人？」站在門外等候他的女官，看見他面對著門一動不動，於是輕輕地喊了他一聲。

「啊。」他這才從呆滯中驚醒過來：「妳們回去休息吧。」

女官們離開以後，他仍然面朝著門站在那裡。

直到門裡面傳出一個聲音問他：「出了什麼事嗎？」

雅希漠先吸了口氣，才推開門走了進去。

在他簡單雅致的房間裡，有一個人坐在他的椅子上，手裡拿著他的卷軸，就連他走進來之後，那個人也不過是抬了一下眼睛。

雅希漠走到那個人面前，張嘴想說些什麼，卻又一臉不知道從何說起的樣子。

「來的應該不是諾帝斯吧？」看到他的表情，那個人才終於把目光從卷軸上移開：「奇怪了，我實在想不出有什麼人，能讓浩瀚之王露出這種表情。」

「不瞞您說，來的人是異瑟，還有那位晨輝公主。」雅希漠在他對面坐了下來：「我相信這個消息對您來說，會是很大的驚喜。」

那人狹長而銳利的眼睛裡霎時閃過一抹光亮，握著卷軸的手指也驀地收緊。

「她為什麼會來這裡？」不過一眨眼的時間，他又恢復成之前的模樣：「這個時候她不是應該在神殿山嗎？」

「我也不太清楚。」雅希漠有些魂不守舍地回答：「我回來的時候已經派人去調查了，相信很快就會有消息的。」

「還有什麼事，是嗎？」他看著雅希漠心事重重的樣子，眉頭也跟著皺了起來，「看你這個樣子，不會是出了什麼問題吧？」

雅希漠沉默片刻才抬起頭。

「諾帝斯殺了暮音。」

「暮音？」他驚訝地重複了一遍。

「是的，暮音……」雅希漠盯著他，「你早就知道暮就是暮音？」

「我一直以為，諾帝斯唯一不會下重手對付的就只有她。」他不能否認自己因為這個消息有些亂了陣腳。

「所以當初你才設法讓她去救你的公主，方便拖延時間和轉移視線？」

「諾帝斯真的殺了她嗎？」他沒有正面回答雅希漠的問題。

「沒有親自動手，但和他脫離不了關係，至少他是讓暮音死去的原因。」雅希漠告訴他：「這些是你那位公主告訴我的，異瑟也沒有否認。」

「那麼說……她是自殺的嗎？」

「絕對不可能。」雅希漠站了起來，「就算戰鬥到流光身體裡的最後一滴血，她也不可能自殺。」

「你說的是面對敵人，如果說她面對的是諾帝斯……看來我還是錯了，我錯誤地預估了她的反應。」他的聲音慢慢低沉下來：「她本來就有著魔族和人類的血統，魔族感情偏執，而人類卻總是優柔寡斷，那些情緒融合在一起，讓她總是愛恨分明，卻也對感情難以割捨。」

「最後的結果是暮音死了，你找到機會逃了出來。這些事如果被那位公主知道，不知道她會怎麼想呢？」

「我沒有選擇的餘地，就算會被怨恨，我也不得不那麼做。」他的目光變得無情而冷漠：「雖然很殘忍，但這是暮音的命運，從她存在的那一刻開始，就已經註定了這樣的結局。」

「我不能理解這種說法。」

「你和我一樣都是神族，或許很難瞭解她的想法。」他嘆了口氣：「魔族和人類的混血往往都是這樣，他們像魔族一樣過於執著，卻又不像魔族一樣能把愛徹底轉變成恨。當他們愛上某個人，就會持續到生命終結的那一刻，所以如果遭遇背叛或欺騙，他們最後通常會選擇……我沒想到，她也會做出那樣的選擇。」

「那依凱斯大人。」雅希漠忽然用很久以前對他的稱呼：「你知道嗎？你剛才說話的語氣和諾帝斯非常相似，我還以為坐在我面前的不是你而是他。」

「或許吧。」他間接承認了這種說法：「我和他在某些方面的確非常相似。」

「你依然在隱瞞著什麼，是嗎？」雅希漠覺得自己從他的神情中看到了什麼。

「是非常可怕、你不知道反而比較幸運的事情。」他的笑容給人一種無力的感覺：「暮音的確沒有猜錯，她是被命運詛咒過。因為從一開始，她就不應該存在。」

神界，神殿山，創始神殿

眼看著就要崩塌的神殿山忽然停止晃動，站在空曠處的大祭司這才狼狽地站直了身體。

「天帝大人，您總算出來了……」他驚魂未定地看著諾帝斯穿過一片廢墟走了出來。

諾帝斯一言不發，大祭司仔細一看，才發現他的臉色簡直陰冷得可怕，心裡不由得有些發毛。

「異瑟呢？」諾帝斯走到他面前停了下來，開口就問這件事。

「因為怕有什麼危險，異瑟大人已經帶著精靈公主先行前往浩瀚城了。」一身雪白的天帝大人身上，依然散發出明亮的光芒，但總感覺其中夾雜著一種冰冷的氣息。大祭司只是這麼看著他，就覺得整座神殿山似乎都被一種陰鬱的氣氛籠罩著。

諾帝斯沒有出聲，只是一臉出神地站在原地，像在考慮什麼事情。

「大祭司。」隔了一會，他忽然對著大祭司說：「你讓人去浩瀚城通知異瑟，讓他立刻把金晨輝帶回聖城。」

「這恐怕……儀式還沒有……」越是慌張，大祭司越是沒辦法清楚表達自己的意思。

「我知道這不符合規矩。」諾帝斯抬起手阻止了他的勸說：「可是我已經決定了，在神殿山的儀式到此為止，接下來在聖城舉行婚典就可以了。」

「但是天帝大人，如果沒有得到創始神的許可，這場婚事……」

「這不重要。」諾帝斯有些不耐煩起來：「宣布儀式完成就可以了。」

「天帝……」

「我說已經夠了，你立刻按照我說的去做。」諾帝斯用冰冷的目光盯著他：「創始神早就已經死了，現在我才是神界的主人！我倒要看看，我想做的事情有誰能夠阻攔？」

大祭司一連退了好幾步，差點摔倒在地上。直到諾帝斯的身影消失在他眼中，他因吃驚而張開的嘴都沒辦法合攏起來。

只是為了你而活著，為了你而死去……我這麼愛著你，你卻把這份愛當成控制我的籌碼？

只是讓她說幾句哀求的話，她卻擺出比誰都還要高傲的姿態。為什麼她從不願意低頭？為什麼到了面對生死的關頭，她還是那種令人生厭的樣子？

對了，她總是那樣，總是一臉漠然的表情看著遠處，就好像下一個瞬間就會消失不見的幻影，就好像……在更早之前，她就已經死了。

「愚蠢！」他忍不住低低咒罵了一聲：「為什麼……」

為什麼我明明給了妳機會，妳居然敢用那種不屑一顧的眼神來回報我？

「到底是怎麼回事？」

他已經盡力克制，但聲音裡還是帶著沉重的怒氣。他面前的異瑟臉色慘白，支撐著傷痕累累的身體回報：「我們離開浩瀚城不久，就遇到了身分不明的襲擊者。因為對方實在太……」

「這就是你給我的解釋？」諾帝斯哼了一聲，俯視著跪倒在腳下的異瑟：「你是要用藉口來掩飾自己的無能嗎？」

異瑟的血在白色的地面上分外觸目驚心。

「全都是因為我的疏忽大意。」他硬撐著沉重的身體，跪在那裡請求原諒：「請您原諒我的失職。」

「不過能把你傷成這個樣子，倒是不能掉以輕心。」諾帝斯用手撐住下顎，指尖的銀飾映得他越發冰冷：「是雅希漠親自動手的？」

「我原本以為雅希漠會趁著這個機會有所行動，但沒想到最後來的卻不是他。」異瑟搖了搖頭：「那個人使用的法術實在太強了，我根本抵擋不了。」

「另一個人？」

「雖然沒有看清楚他的樣子，但總覺得很熟悉。」

「是嗎？」諾帝斯流露出了然的冷笑：「應該不會錯了。」

「天帝大人想到的人……」

「他有本事從這裡逃走，接下來當然就會在半路上劫人。看起來，我想得還是不夠周到啊。」

「您指的該不會是那依凱斯……」

「還能有誰？」話雖然這麼說，但諾帝斯臉上卻絲毫看不出有多麼擔憂：「光明之王被譽為神界最強的戰將，雖然和出身脫離不了關係，但他的強悍卻是不容小覷。」

異瑟看著他的笑容，一時也猜不透他的想法，只能點頭附和。

「異瑟，你知道為什麼我一點都不擔心嗎？」

「這……」

「因為突然發生的情況很多，而我每一次都很謹慎。」看到異瑟疑惑不解的表情，諾帝斯又一次笑了，「有太多事我預料不到，所以為了以防萬一，我已經做好了萬全的準備。」

「準備？」

「我可以和你打賭，最多也就幾天的時間，金就會乖乖把人送回來給我。」

他從銀色的座椅上站了起來，遠遠對著窗外碧藍的天空。

「異瑟，愛情是很可怕的東西。」他的聲音輕得不像是在和異瑟說話：「當你想要保護它的時候會不惜代價，其餘所有的一切，在你看來都是能夠犧牲的。你會變得軟弱，變得猶豫，變得畏縮，變得……完全不像自己。」

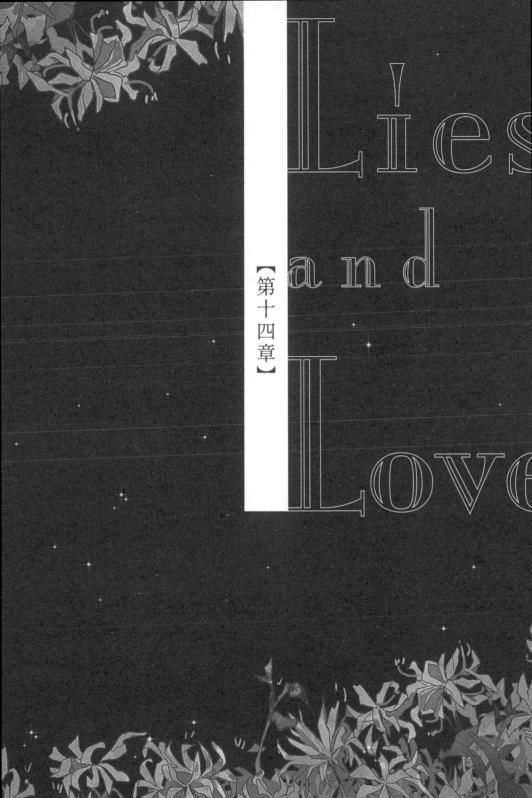
Lies and Love
【第十四章】

夢神司停下剪取花枝的動作，抬起頭往前看去。

不遠處有人站在那裡，一身的潔白在鮮紅的黃泉花海中看起來格外醒目。

「天帝大人。」他似乎早就預料到這次拜訪，不慌不忙地打著招呼：「真是稀客。」

「忽然過來拜訪，希望神司大人不會介意。」諾帝斯冷淡地說著客套話。

「怎麼會呢？能夠招待神界的主人是我的榮幸，只可惜您上次來去匆匆，我連招呼都來不及打。」夢神司用手指整理著剛剛剪下的花束：「不過我幫自己找了個理由，說幸好天帝大人您也不是第一次來訪了。」

諾帝斯的眉頭微微一動。

「加上這次的話……」夢神司似乎毫無察覺地繼續說著：「算起來您也是第三次來夢域了吧？」

「是嗎？」諾帝斯的臉色微微一變：「神司大人的記性真不錯。」

「好說。」夢神司微微點頭：「天帝大人每次來夢域，都是因為重要的事情，不知道這一次又是為了什麼？如果有能幫得上忙的地方，千萬不要客氣。」

「既然神司大人都這麼說，那我也就不拐彎抹角了。」諾帝斯挑起眉毛，「我是來找人的。」

「沒想到您這麼快就想通了要來找她，我原本以為還要再過一段時間呢。只不過您似乎……」

地底深處的黃泉……

黃泉？黃泉之城？

「我不知道你在說什麼。」諾帝斯的表情有一瞬僵硬：「我是來找我失蹤的王妃。」

「精靈公主啊。」夢神司看起來不是非常驚訝。

「我知道她就在這裡，或者金也在。」

「光明之王的話……」

「這些年來，不論他做了什麼，我念在過去的交情始終是睜一隻眼閉一隻眼。但這次他非但私自離開神界，甚至還帶走了我未來的妻子。」諾帝斯沉下臉：「神司大人，你說這是不是太過分了？」

「的確說不過去。」

「很快就要舉行婚典，可是王妃卻不見了，這對我來說簡直是奇恥大辱。」諾帝斯冷冷地笑著：「這件事，我是絕對不會善罷甘休的。」

「難怪天帝大人會覺得憤慨。」夢神司有些煩惱地說：「不過我是個局外人，也不方便對他多說什麼。」

「那麼你不否認最近見過他了？」如果夢神司拒不承認，也不會多麼令人意外。但現在聽他說出這種話，諾帝斯一時倒是疑慮重重起來。

「就在不久之前，金的確來過夢域……」夢神司一副欲言又止的樣子。

「他來找你問禁咒的事嗎？」諾帝斯看著他：「神司大人也許能夠解開也說不定。」

「先不說神界和夢域向來相安無事，這種刻意挑釁您的行為我不願意去做。」夢神司算是默認了他的說法：「單就那種複雜獨特的禁咒，也不是我能夠解開的。」

「真的啊。」諾帝斯冷笑著問：「神司大人太過謙虛了吧？」

「那倒不是。」夢神司搖了搖頭：「要解開禁咒，我的確無能為力。」

「那他就這麼走了？」

「我沒有理由把他留下。」夢神司輕聲地嘆了口氣：「直到他走了之後沒有多久，當晨輝小姐出現在我面前的時候，我才知道中了禁咒的人是她。」

「我提醒過他的，和我為敵要有更充分的準備才行。」諾帝斯垂下眼睫：「如果他能更加冷靜，還會有幾分勝算，被感情沖昏頭的他根本不配成為我的對手。這種樣子還想換回金晨輝的性命，實在是太單純了。」

「天帝大人的意思是……」

諾帝斯轉過身。

「如果他來的話就告訴他，人我帶回去了，但要我解開禁咒，那就……」他刻意停頓了一下：「在我的婚禮上，當著所有神族的面立誓放棄和我的仇恨，永遠效忠於我。」

「我一定會轉告他的。」夢神司笑了一聲：「這種條件比要他的命更加困難，我也很期待他會有什麼反應呢！」

諾帝斯像是要轉身離開，卻站在那裡一動不動。夢神司看著他的背影，面具下的嘴角浮起一絲微笑。

「你之前刻意想要提起的，是什麼事？」諾帝斯最終還是開口問他。

「我的確有件事情想要問您，但一時難以開口……」

「說吧。」諾帝斯心裡惱怒，卻又不願就此和這個實力莫測的傢伙翻臉：「你早就打定主意要告訴我的，不是嗎？」

「您什麼時候變得這麼直接了？」夢神司低頭撫弄著花瓣：「其實不是我不想說，而是我剛才就想告訴您。不過您的反應令我覺得，您似乎不願意提起那件事情，所以我不知道究竟說還是不說比較好。」

「神司大人！」

「您別生氣，我說就是了。」看他目光變冷，夢神司捂嘴咳了一聲：「您準備怎麼處置她呢？」

「她？」

「就是她啊。」夢神司抬起眼睛看著他：「那位風暮音小姐。」

微風輕輕地吹著，輕盈的花瓣漫天飛舞。當一片花瓣飄過諾帝斯的眼前，他深邃的綠色瞳孔瞬間被映得鮮紅。

「我沒有猜錯。」他低下頭：「那個時候，果然是你把她帶走的。」

「因為聽到了最後的願望。」夢神司聳了下肩膀表達無奈：「這一點我和您不太一樣，我對將要死去的人總是非常心軟。」

請把我的骸骨埋葬在地底深處的黃泉……

「所以你把她的……」諾帝斯忽然發現很難把那兩個字說出口：「把她帶到這裡了？」

「可以這麼說吧。地底深處的黃泉，不就是指黃泉之城嗎？」夢神司笑著回答：「臨死之前做出這樣的要求，看來她真的很喜歡這裡呢。正巧這些黃泉花也很喜歡她，大家做個伴不是挺好的嗎？」

「你把她……」

「是啊。」夢神司點點頭：「不久之前，她還躺在你腳下的那個位置。」

諾帝斯幾乎反射性地退後一步。

「怎麼了？」

「你真的把她埋在這裡？」他抬起頭：「誰允許你這麼做了？」

接著他張開手指，周圍揚起一陣狂風。

狂風過後，一半的黃泉花被絞得粉碎。在空中飛揚的不再是從枝頭脫落的花瓣，而是支離破碎的花葉。

「為什麼這麼生氣？」夢神司用一種驚訝不解的目光看著他：「我還以為你不會在意這個。」

「不會在意什麼？」諾帝斯攤開手掌，一些鮮紅的碎末跟著散落到空中。

「死了之後埋在土裡，變成讓花朵更加鮮豔的養分，是這樣令人難以接受嗎？」夢神司拍了拍衣服上的殘屑：「就算是那位死去的小姐，也不一定會反對我的做法吧？」

「看來你很寶貝這些花……」

「請到此為止。您明明知道我只是在開玩笑，怎麼還這麼認真呢？」夢神司連忙按住了他再次張開的手指：「在夢域裡面使用這麼誇張的力量，會讓我很困擾的。」

「不知道是誰先挑起的話題？」

「您不要生氣，我沒有別的意思。」只是天生喜歡捉弄人罷了。「好吧，我承認我很好奇，想知道您對此會有什麼反應。」

「那麼你現在滿意了嗎？」諾帝斯的雙眼微微瞇起，就連眸色也逐漸變深。

「其實仔細想想，這是很無聊的玩笑。」夢神司輕輕地敲了敲自己的額角：「魔族的身體在生息之海以外的地方，要腐爛至少要花費上萬年的時間。就算她只有一半魔族的血統，也要花上幾千年，這種常識天帝大人又怎麼會不知道呢？」

諾帝斯沒有回答，只是冷冷地看著他自說自話。

「不過，一想到埋幾千年也不會變成養分，那麼將她埋葬也沒什麼意義了。」夢神司一點也沒有被他的冷漠影響：「所以晨輝小姐來了之後，我就她的身體挖了出來。」

諾帝斯動了一下嘴角。

「說實話，並不是晨輝小姐打動了我。只是因為那麼美好的軀殼，我也覺得埋著等待腐爛太浪費了。」夢神司嘆了口氣：「沒想到她死亡時的意念太過強烈，結果根本不能派上用場。」

「什麼意思？」諾帝斯直覺地問了之後，忽然反應過來，臉色霎時鐵青。

「您先不要生氣。要知道我花費了很多的心思，非但沒有得到她的身體，反讓她的身體醒了過來。」

「招魂術？」這種法術成功概率極其微小，而且最大的可能就是被其他靈魂占據身體，但如果是由精通這一類法術的夢神司施展，那麼她也許已經……

「真的能夠復活？」

「不完全是那樣，至少我沒有找到她的靈魂。」夢神司側著頭想了想：「理論上來說，離真正復活還是有一點點距離，只要能把她的靈魂找回來，那麼她就能夠真正地重新甦醒過來。」

「理論上？一點點？你招魂失敗了嗎？」

「身為神界最強的術師，您應該是知道的。這種方法有很大的風險，成功的機會更是微乎其微。幸好她不是純血的神族或魔族，不然我連喚醒她的身體都做不到。」夢神司說到這裡停了下來，似乎是想讓他有時間接受這樣的狀況。

諾帝斯張開嘴，最終什麼都沒說又閉上了。

「這也許是比死亡更加糟糕的情形，所以我……」

「和我有什麼關係？」

被打斷的夢神司輕輕地「呀」了一聲。

「她死了或沒死，和我又有什麼關係呢？你在我面前說這些一點意義也沒有。」諾帝斯回過頭，目光銳利可怕：「你想讓我做什麼？我告訴你吧，我什麼都不會做的。」

「我想您誤會了，我並沒有要求您為她做什麼。就像您說的那樣，這和您沒有任何關係，不過——」夢神司拖長聲音：「我覺得還是有必要告訴您的，畢竟她對您不是一般地在意，你們之間的感情……」

「沒有。」諾帝斯加重了音調：「沒有什麼可笑的感情，我們之間什麼都沒有。」

「那真是太令人遺憾了。」夢神司長長地嘆息：「晨輝小姐非常憂心，她很希望能夠將心愛的姐姐找回來。」

「那不是她該操心的事情。」諾帝斯衣袖一揮，往花海之外走去：「我勸你最好把她埋了。

她一直以來就是一個大麻煩，你為她擔心根本是多餘的。」

夢神司目送他的背影在花海中越走越遠。

「我不擔心，因為您很快就會回來的。」他把手中的花束放到嘴邊：「感情不是說不要就能不要，更不是隨心所欲就能支配的東西啊。」

風吹過，漫天飛花流轉。

晨輝坐在椅子上等著他，諾帝斯站在門邊，沒有立刻走進去。

「逃亡有趣嗎？」

「我很清楚生命的脆弱，特別是每次面對你的時候。」晨輝把目光轉開，「雖然我覺得慢慢死掉也不是那麼可怕，但他不願意看到我那樣，所以我還是離開了。」

「真是偉大的愛情。」他用嘲諷的語氣說著：「希望妳的苦心不會落空。」

晨輝站了起來，走到灑落陽光的窗邊，她淺色的長髮在光芒中閃現溫暖的色澤，身上空靈而純淨的氣質比起諾帝斯第一次見到她時越發明顯許多。

「知道我為什麼要來這裡嗎？」她把手撐在窗沿上，閉起眼睛。

「我怎麼會知道呢？」

「因為她在這裡。」她的嘴角浮現出淡淡的微笑：「我能感覺得到，她就在這裡，就在我的身邊。」

諾帝斯看向窗外。

「她一直就在這裡，你也能感覺到吧！」晨輝張開眼睛，轉過頭看著他。

雖然是魔族，雖然有著烏黑的頭髮和眼睛，但每次她站在陽光裡的時候，也是這樣……在指尖就要碰觸到晨輝的那個瞬間，他停了下來。

「沒有。」他收攏手指，表情僵硬得就像沒有生氣的雕像：「我什麼都感覺不到。」

「說謊。」

在諾帝斯臉色變化之前，她已經轉身往門外走去。然後她又忽然停了下來，說了一句莫名其妙的話：「我收回說過的話，被欺騙得最慘的那個人不是暮音。」

「什麼意思？」

「你應該看看自己剛才的表情。」晨輝微仰起頭，用一種洋洋得意的語氣告訴他：「那樣，你就會明白我的話是什麼意思了。」

神界，聖城

「天帝大人，您覺得這樣安排可以嗎？」

他用手撐著下顎，表情說不清是專注還是漠然，雙唇緊緊閉著，看似有些不悅的樣子。眾人誠惶誠恐，生怕說了什麼惹他發怒的話。直到站在他身邊的異瑟輕輕咳了一聲，才見他抬起手輕輕一揮。

「可以了，你們先下去吧。」

異瑟代他發話，屋裡的人才齊齊鬆了口氣，忙不迭地走了出去。異瑟朝他行禮，準備跟著退出去。

「異瑟，你等一下。」諾帝斯喊住了他。

「天帝大人，還有什麼吩咐嗎？」

「異瑟，我很失常嗎？」他看著異瑟的眼睛：「說實話。」

「當然不能說是失常，不過……」異瑟笑得有點勉強：「自從您從夢域帶著精靈公主回來之後，就像被什麼事情困擾著。」

「是啊。」他點了點頭：「就像是被施了咒語，總是不由自主去想一些沒有意義的事情。」

異瑟不知道該怎麼接話，只能垂手站在旁邊。

「異瑟，我要去一趟夢域。」他站了起來。

「您不是剛從那裡回來嗎？這麼快就要再一次拜訪夢神司？」

「還是不要驚動夢神司……」

「天帝大人，這似乎不太妥當吧？」

「有什麼不妥？我只是不想見他而已。」諾帝斯皺了下眉頭：「還是你覺得區區一座黃泉之城能困得住我？」

「但您獨自前往黃泉之城，這實在是……」

「不用說了。」諾帝斯的笑容變得冰冷：「我已經決定了。」

「我不太明白，您為什麼堅持要去那裡？」

「有很多原因。」諾帝斯的聲音慢慢變輕：「我不能把她留給金或席狄斯，用來當成和我作對的籌碼。」

「她指的是風暮音小姐嗎？」異瑟幾乎是立刻就猜到了，連他都為此大吃一驚。

「為什麼知道是她？」諾帝斯臉色一變。

異瑟立刻為自己辯解：「只是我的猜測而已。」

「是嗎？」諾帝斯看了他一眼，若有所思地點點頭：「猜得很準。」

「難道說，風暮音還活著？」

「你不是猜到了嗎？為什麼這麼驚訝？」

「不。」異瑟察覺到了他的不悅：「只是按照當時的情形，她能夠活下來似乎有些不可思議。」

「你到底想說什麼？」

「真要說的話，會不會是針對您的陰謀呢？」異瑟接著補充：「我的意思是，夢神司不知是敵是友，如果說他與別人串通想要有所圖謀而故意欺騙的話……」

「我無法下任何定論，不過風暮音還活著卻是千真萬確的事情。」

「您在夢域見到她了？」他越是篤定，異瑟心裡就越是疑惑不安。

「沒有，但是我感覺得到……在那個時候，她就在我觸手可及之處。」

她一直就在這裡，你也能感覺到吧！

是的，似乎生和死的距離一瞬間就消失不見，她就在那裡，彷彿一伸手就能抓住。

既然你已經挖出了我的雙眼，刺穿了我的心臟，那麼最後，請把我埋葬在地底深處……

諾帝斯猛然一驚，不相信自己腦中竟然會閃過這句話。

「天帝大人！」

「你什麼都不用說，總之，我已經決定了。」諾帝斯僵直地站了起來。

「天帝大人。」異瑟小心地提醒他：「您的手……」

諾帝斯慢慢低下頭，這才發現不知什麼時候，自己手指上的尖銳銀飾刺進了手心，鮮紅的血液正從指縫不斷流淌而出，一滴滴濺到了潔白的地面上。

「我看見了什麼？」有人從門外走了進來。

「妳來這裡做什麼？」諾帝斯臉色陰沉。

「公主，您怎麼一個人呢？」異瑟連忙走了過去。

剛剛問完，就看到女官們匆忙跑了過來。

「天帝大人，異瑟大人。」女官們喘著氣跪倒在地上。

「怎麼回事？」異瑟不滿地質問：「怎麼能讓公主一個人獨自走動，要是出了什麼事，妳們誰能負起責任？」

「別指桑罵槐，是我不喜歡被別人跟著。」

「我當然清楚公主有多麼善良。」異瑟笑吟吟地對她彎下腰：「但您的身分何等尊貴，根本沒有必要委屈自己為這些懶散的女官們求情。」

「你說這些話不覺得自己無恥嗎？」

「怎麼會呢？」

她瞪著異瑟，異瑟則報以微笑。

「出去。」諾帝斯冰冷的聲音打破了僵局。

「你在逃避什麼？」晨輝看著異瑟和女官們一起退了出去，重新把注意力放到諾帝斯還在滴血的手上。

「我還想問，妳的目的是什麼？」諾帝斯倒是沒有遮掩：「不只是想逃避他那麼簡單吧。」

「當然了。」晨輝走近他，提起他的衣袖看了看他的手：「我會來到這裡，是想看你因為命運的捉弄而痛苦的樣子。」

「為什麼這麼肯定我會感到痛苦？」

「我一點也不肯定，是你自己告訴我的，不是嗎？」晨輝提起了他的手，讓鮮血在兩人之間落下：「看起來你的反應比你的話更令人信服。」

「這代表了什麼？」

「你愛著她，卻不肯承認或根本不願意承認。」

「我不會解開妳身上的禁咒。」諾帝斯不為所動地收回自己的手。

「我從來沒有指望過你會大發慈悲放過我，你只有在對著暮音的時候，那少到可憐的柔軟內心才會出現。」

「閉嘴。」諾帝斯閉了一下眼睛，極力壓抑著心中的怒火，「出去。」

「我早就知道了，你一定會去的。」晨輝抿了抿嘴角：「你遠比自己以為的還要在乎她。」

「那是不可能的，我根本就……」

「我聽說了，你叫她『帕拉塞斯』！」晨輝揚高聲音打斷了他：「你知道在我們人類的傳統裡，給予姓氏代表著什麼樣的承諾嗎？」

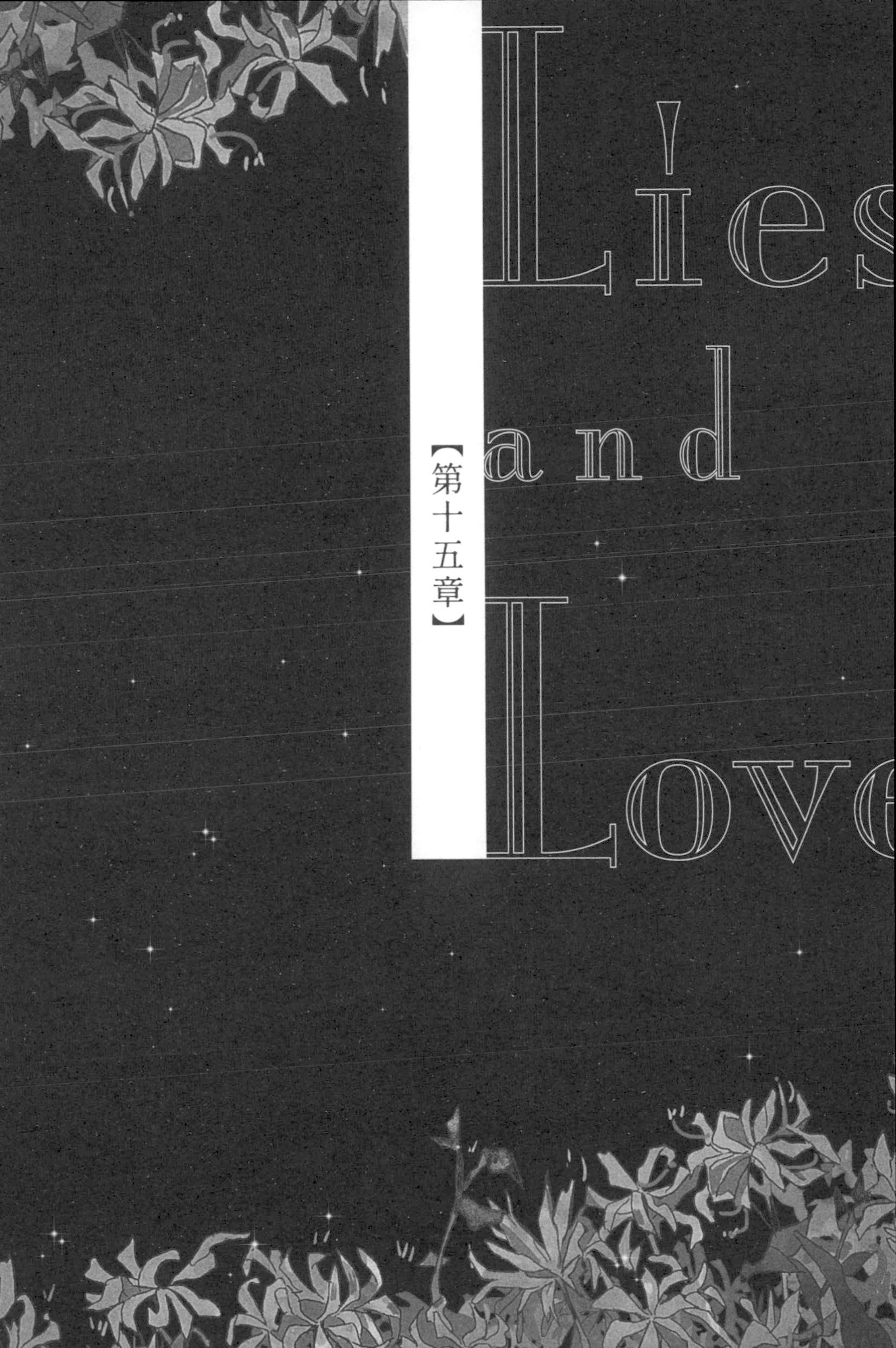

Lies and Love
【第十五章】

你知道嗎？按照人類的說法，給予姓氏就代表了婚姻，那種感覺，如同我們是相愛著……

「別說笑了，妳算什麼人類？」諾帝斯長舒了一口氣：「何況她和帕拉塞斯，本來都是我痛恨且捨棄的東西。」

「我也痛恨自己的身世，痛恨自己是姐姐痛苦的根源，但再怎麼痛恨，再怎麼想要捨棄，有些東西也是無法按照自己意願改變的。就像你生來就是帕拉塞斯，以及你不知不覺喜歡上暮音一樣。」

「妳覺得我會犯那樣的錯誤嗎？」

「不是那樣的。」晨輝搖了搖頭：「曾經有人告訴過我，只有痛恨命運的人，才會被命運痛恨，你唯一犯的錯誤不是愛上暮音，而是你覺得自己被命運擺布，想要掙脫那種束縛而傷害了暮音……」

諾帝斯抬起手，晨輝就像被無形的手扼住了咽喉，凌空飛到了他的面前。

「妳什麼時候這麼會說話了？」他一隻手放在那脆弱的脖子上：「誰教妳的？誰讓妳來動搖我的？是金嗎？」

「沒有任何人。」晨輝覺得被他盯著遠比呼吸困難更加可怕：「我說過了，我是要讓你知道……」

「我告訴妳，這種把戲是贏不了我。」諾帝斯抓住她的肩膀，把她拖到窗邊：「看看眼前吧。」

雲霧中藍色的天空和白色的聖城，令人有種暈眩的感覺。

「只因為我曾經發誓要得到這一切，所以現在妳眼前的一切都屬於我。」諾帝斯在她耳邊輕聲說著：「這麼簡單就想要令我有所動搖，妳是不是過於自以為是了？」

諾帝斯只要鬆開手，她一定會摔得粉身碎骨，而且她很清楚諾帝斯眼中充滿了冰冷的殺意。

「這是很危險的嘗試，我不得不承認妳真的很勇敢，但這麼做太莽撞了。」

「你拒絕她，就像在拒絕自己的軟弱。」她瞪著諾帝斯，試圖忘記害怕的感覺。

「軟弱嗎？也許妳說的有道理，但妳有沒有想過，我的『軟弱』可能也是很危險的？」

她又被強迫著看向窗外。

「單純的精靈公主，請妳暫時忘記我的野心，想想其他的東西吧。」諾帝斯看著她慘白的臉，「這裡是神聖之城，是眾神的聖地，相信妳和我一樣不希望看到這裡染滿鮮血。」

「你在亂說……」

「不要自作聰明，更不要試圖用審判者的姿態面對我，妳還沒有那個資格。」他終於鬆開手：「只要妳不再讓我心煩，或許我能讓妳多活一段時間。」

晨輝眼看他轉過身背對著自己，明明懷著滿心的不甘，卻不知道為什麼說不出話來。

暮音她為什麼要自殺？真的只是因為失去了愛情，那麼堅強又不放棄的暮音……或者是有其他原因，被隱藏在絕望之後……

「不，不可能的！我在想什麼……」晨輝被自己的想法嚇到了，踉踉蹌蹌地跑了出去。

為什麼她總是喜歡站在窗前？她在看什麼，又在想些什麼？

諾帝斯一手扶著窗框，面無表情地望著天際。

澄澈的蔚藍天空慢慢昏暗，漸漸變得有些危險起來。

「麻煩大於用處。」諾帝斯伸出手，撩起一縷垂落到地面的黑色長髮。

她閉著眼睛坐在白色大理石雕成的椅子上，周圍滿是盛開的紅色花朵。雖然呼吸微弱，卻帶著生命的氣息。

「為什麼要做蠢事，現在嘗到苦頭了吧？」他拉起垂落在一旁的手掌，為那嶙峋的感覺皺起眉頭，忍不住輕聲地罵了一句。隨後他一揚手，那些纏繞在風暮音身上的花枝頓時化成碎末。恍如沉睡的暮音倒了下來，落到他張開的懷抱之中。

風暮音的頭靠在他的肩上，安靜而脆弱，似乎轉眼就會消失。曾經希望她永遠這麼安靜，但當她真正安靜下來，不知道為什麼又會覺得不安。

「暮音，妳什麼時候變得懦弱了？欺騙就這麼難以容忍嗎？」諾帝斯輕聲地問：「還是妳以為不聽不看就能置身事外，一切就再也和妳無關了嗎？」

就是因為她的死，那些原本隱藏著的矛盾忽然之間變得尖銳，讓所有計畫都落了空。

「就算知道留著妳遲早會出問題，我也沒有動手殺妳，反而是妳自己先不想活了。」他整理好風暮音的頭髮，然後把她橫抱起來：「不過我當時就有預感，妳不可能那麼簡單就死了，遲早有一天會從墳墓裡爬出來找我的麻煩。」

之所以是這樣的結局，就是因為這傢伙一點也不懂得轉圜。

「世上哪有那麼多的『絕對』？」

風暮音乖巧地靠在他懷裡，沒有憤怒也沒有抗拒，只是平靜地沉睡著。

「真不像妳。」諾帝斯用臉頰貼在她的髮絲上：「不過這樣也好，這樣……就好了。」

他抱著風暮音穿過紅色花海，目光始終不曾從那張臉上離開。

「妳為什麼不和我打賭呢？我就說他一定會來的。」一身黑衣的夢神司從椅子後面走了出來。

「你真的把這一切當成遊戲嗎？」金色的身影從遠處走來，眨眼就到了面前。

「真是抱歉。」夢神司靠在大理石上，摘下了一朵緊靠著椅子的黃泉花：「你知道我一向不正經。」

「為什麼我覺得你言不由衷？」夜那羅黑色的眼睛盯著他：「這已經不再是單純的遊戲了，對嗎？」

「你很瞭解我？」紅色的花瓣上，黑色和銀色的髮絲糾纏在一起，夢神司看著，嘴角漾起淡淡笑容，「不過很可惜，連我自己不理解自己，別人恐怕更加不能理解我了。」

「有了不願意捨棄的東西，所以沒辦法再用超然的態度看待一切？」

「這句話怎麼聽起來這麼耳熟？」夢神司從花瓣上取下了纏在一起的髮絲：「那不是我慣用的臺詞嗎？你這是不折不扣的抄襲啊！」

「先是我，然後輪到你，我們的待遇向來公平。」夜那羅垂下眼睫：「你應該也很清楚，否則也不會動這種腦筋了。」

「好了好了，危險的話題就此打住吧。總而言之，局面已經到了這一步，再怎麼爭辯也沒太大意義。」夢神司不著痕跡地往後退了一步：「我知道你心裡恨我至極，但我又何嘗不是呢？所以我們還是不要繼續往下討論了，萬一突然翻臉就糟糕了。」

「你不用緊張，我現在沒有打算跟你算帳。」夜那羅居然對他笑了一笑：「就像你說的，到了這個時候，爭論誰是誰非已經於事無補。」

「你居然說這種話？」夢神司臉上的驚訝不是假裝出來的，要知道他和眼前這個傢伙相識了不知多長的時間，對對方的性格不能說瞭若指掌，至少也是知之甚深。

在久遠的時間之中生存著，他們的心智和意念之堅定，絕不是短短千百年的時間可以改變的。而夜那羅向來是不發火則已，一發火就驚天動地。

夢神司到現在都還記得那個時候，因為發現自己把「制約」從永恆神殿偷走，夜那羅那種不依不饒的樣子。所以此刻他突如其來的態度轉變，才會比任何變化都要不可思議。

「你不用懷疑，其實我們都在改變，在經過了這麼長久的時間之後……」夜那羅頓了一下：「雖然我知道逝去的時間無法追回，但也忍不住會想如果當初我不是那麼恪守於死板的規則，也許一切都會變得不同。」

夢神司摸了摸自己的鼻子，不知道該說什麼比較恰當，這畢竟是他們進行過的、最平和奇怪的談話，難免會感覺有些彆扭。

「這種談話好像有些奇怪。」倒是夜那羅說出了他心裡的想法：「但我說這些，並不代表我會放縱你的所作所為。規則雖然不是絕對的標準，但依然有存在和遵守的必要。就如同我能夠理解你的想法，卻無法接受你的手段一樣。」

「這是正式的宣戰嗎？」夢神司挑起眉毛，「我還以為你終於想通了，那大家相互仇恨的命運也可以隨之結束。沒想到還是沒有任何變化，真是無趣啊！」

「我們的戰爭從未結束。」夜那羅看向諾帝斯他們離去的方向：「你也聽見了，不是嗎？」

「聽到什麼？」

「在那天到來之前，誰也無法猜測結局。」夜那羅喃喃地說：「我有預感，你的胡作非為，也許會讓這次戰爭的結局變得難以掌控……」

「這就是我想要的。對我來說，不論如何難以掌控都是好事。」夢神司攤開手掌，「我們都厭倦了固定的模式，這樣才更有趣不是嗎？」

他手中的髮絲隨著風在空中翻飛，很快就不知去向。

「你做的已經夠多了。」夜那羅轉頭看著他，目光裡帶著警告。

「別緊張，我只是想知道，我們的公主現在怎麼樣了？」夢神司舉起雙手：「你知道我對她沒有惡意。」

「在你無法觸及和影響之處。」夜那羅轉過身，往花海深處走去：「你也應該收手了，把決定權交還給命運吧。」

「說什麼呢，我們不就是命運嗎？」

「我們只是命運的奴僕。」夜那羅的身影消失在一片濃豔的紅色之中：「不要太過沉迷於扮演命運之神的角色，那對你沒什麼好處。」

「被教訓了啊……」夢神司低聲地說，然後止不住的笑意從他嘴角傾瀉而出：「我無法觸及和影響的地方嗎？說起來，倒是真的有這樣的可能。」

晨輝提著礙事的裙襬，一路奔跑著衝進了諾帝斯的書房。

「妳在做什麼？」諾帝斯從書籍中抬起頭：「妳的禮節課都白上了嗎？這麼沒有規矩？」

晨輝被他冰冷的目光一瞪，氣勢立刻減弱一半。

「有什麼事？」諾帝斯重新低頭看著手裡殘破的卷軸。

晨輝邊喘著氣邊問：「我聽說你把暮音帶回來了。」

「消息傳得真快，聖城什麼時候變成如此毫無遮攔的地方了？」諾帝斯瞟了一眼異瑟，後者正低眉順目地站在一旁。

「你想對她做什麼？」

「和妳有什麼關係嗎？」諾帝斯頭也不抬地回答：「妳做妳自己該做的事就可以了。」

晨輝衝到他面前想要抽掉他手裡的破紙，卻被他搶先一步抓住了手腕。

「你已經把她傷成那個樣子了，為什麼還不放過她呢？」晨輝用近乎哀求的語氣對他說：「不要再利用她了，那對她來說太殘忍了。」

「給我出去。」諾帝斯甩開了她的手：「異瑟，派人看著她，要是我再發現她到處亂跑，唯你是問。」

「諾帝斯。」晨輝趕在異瑟答應之前說：「那你讓我看看她好嗎？」

「不。」看著晨輝一臉懇求，諾帝斯依然絲毫不為所動。

「天帝大人。」異瑟忽然插嘴：「依我看，讓晨輝公主見一見風小姐也不是什麼壞事。」

諾帝斯一抬手，異瑟還沒來得及反應，整個人就已經被凌空摔了出去。

「異瑟，你什麼時候變得這麼多嘴了？」諾帝斯冷冷地看著他嘴角滲出的鮮血。

「請您原諒。」異瑟沒有擦拭血跡，而是單膝跪在他的面前：「我以為晨輝公主是精靈族的公主，又是風小姐的妹妹，或許讓她們見一面，會讓風小姐的情況有所起色。」

「你以為？」諾帝斯嘴上在和異瑟說話，眼睛卻看著晨輝：「精靈族也許是擁有比神族更強的治癒力，但你以為這種血統不純的半精靈會有什麼用處？」

「抱歉。」異瑟臉色灰敗地請罪：「是我考慮不周，還請您原諒。」

「不過我也要找她，她來得正好。」諾帝斯露出了近日難得一見的笑容：「異瑟，派人去把卡特維請過來。」

「是。」異瑟吃力地爬起來走了出去。

「你想幹什麼？」晨輝防備地瞪著他。

「我想做的和妳希望的一樣，所以妳一定要好好配合我。」諾帝斯站了起來，走到了她的面前。

晨輝本能地往後退了一步。

「我有這麼可怕嗎？」他伸手碰了碰晨輝柔順的頭髮，毫不意外地從那雙閃爍的眼睛裡看到了畏懼。「妳就快要成為我的王妃了，用這種表情面對我的臣民可不行啊。」

晨輝想要揮開他的手，他卻搶先一步把手收了回來。

「我怎麼也想不明白。」晨輝不甘心地說：「暮音為什麼會愛上你這樣的人，甚至為了你連命都不要了。」

「我一樣不明白，金居然會為了救妳的命，雙手把愛人和他多少年不願折損的驕傲一併送到我的面前。」諾帝斯的心情忽然變得很好：「他為了愛情居然做出這種退讓，真是讓我很期待這種妥協最後可以達到什麼樣的地步。」

「你……」晨輝知道他是刻意說給自己聽的，但還是免不了心慌意亂：「我要不要嫁給你、要不要活下去和他有什麼關係？你怎麼能用來威脅他呢？」

「以他對我的瞭解，應該能夠猜到我會有什麼樣的要求。他把妳送到我身邊，就是對我的妥協。」

「不是！」晨輝反駁：「這和他沒有關係，來到這裡是我自己的決定！」

「這當然是妳給我的機會，但如果沒有他的默許，我能夠得到這樣的機會嗎？」

「為什麼？」沉默了一會，晨輝才輕聲地問：「為什麼你能毫不在意地傷害任何人，以看到別人的痛苦為樂呢？」

「我對別人的痛苦不感興趣。」諾帝斯並沒有繼續嘲笑或諷刺，臉上的表情變回了一貫地淡然：「金．那依凱斯一直是我身上一根無法拔除的毒刺。在這麼關鍵的時刻，我不想把太多精力浪費在他的身上，利用妳來牽制他，已經是最溫和的手段了。」

晨輝抬起頭看著他。

「所以我希望妳能明白自己的立場。」諾帝斯淡淡地說：「一切都掌握在我手中。」

晨輝長長地嘆了口氣，也不知道該說什麼才好了。

「天帝大人。」這時異瑟回來了：「卡特維大人到了。」

他讓開之後，一個身上散發出淡淡光芒的男人走了進來。

這個男人晨輝認識，在她第一次來到天界的時候，就曾經在盟約森林裡見過這個精靈族的男人。

「公主！」男人見到她反而露出了欣喜和驚訝的表情。

晨輝的心裡猛地有些刺痛。雖然這段時間以來，她已經漸漸習慣別人這麼稱呼自己，但是從一個精靈口中聽到，就像她已經把別人最珍貴的東西徹底占為己有，就算不是出於本意，也一樣讓她不可抑制地感到羞恥和難過。

那種難受的表情被諾帝斯看在眼裡，嘴角浮現出一絲冷笑。

「卡特維大人。」諾帝斯不著痕跡地擋在他和晨輝之間：「在聖城一切還習慣嗎？」

「多謝天帝大人關心。」卡特維朝他彎下腰：「如果您能同意讓我探視公主，那就再好不過了。」

「怎麼會呢？」諾帝斯轉向異瑟：「異瑟，這是怎麼回事？」

異瑟的臉色不是很好，但還是掛著笑容回答：「我並沒有傳達甚至聽說過這件事情，應該是有什麼地方誤會了。」

「太不像話了，怎麼能這樣對待遠道而來的貴客？」諾帝斯隨便數落了他幾句：「就算你再忙，這也是不應該疏忽的事情。」

「實在抱歉。」異瑟急忙向卡特維賠罪：「卡特維大人，這都是我的疏忽，還請您千萬不要放在心上。」

「沒什麼。」卡特維冷眼看著他們一唱一和：「我只是希望下次求見公主的時候，不會再遇到阻攔就可以了。」

「那是當然的。」諾帝斯回頭看了看身後的晨輝：「只要公主不反對，你隨時都可以見到她。」

晨輝聽出了他的言外之意，神情複雜地看了他一眼。

「不知道天帝大人特意把我找來，是為了什麼事情呢？」卡特維也注意到了不同尋常的氣氛，「如果是為了婚禮……」

「婚禮的事當然是由我來籌備，卡特維大人就不用操心了。」諾帝斯打斷了他：「我把你找來，是想當著公主的面要求你為我辦一件事情。」

「與婚禮無關？」卡特維疑惑地看著他。

「也不能說是與婚禮無關。」諾帝斯轉身從桌上拿起了那張殘破的卷軸：「我知道這可能有些強人所難，但希望卡特維大人能夠答應。」

「您不必這麼客氣。」卡特維皺了下眉頭：「如果能夠接受，我當然是不會拒絕的。」

「這幾天我發現了一份古老的記載。」諾帝斯把手裡的卷軸遞給了他：「按照上面的記載，創始神留下了一件擁有強大法力的寶物，最終落到了精靈族手裡，不知道這件事是不是真的。」

「這……」卡特維從看到那張卷軸上畫著的精靈族標記開始，神情就變得十分嚴肅：「這是從哪裡……」

「你不需要知道。」諾帝斯冷笑著說：「你只要回答我有或沒有就可以了。」

Lies and Love
【第十六章】

卡特維抿緊嘴唇，死死地盯著那張殘破的卷軸。

「那就是有囉？」諾帝斯看他沒有否認，嘴角的笑意更加深了幾分：「據說這件寶物的神奇之處，就在於它能尋找出存在這個世上的每一個靈魂。」

「是誰說的？」卡特維驚訝地問：「是誰說它有這樣的用途？」

「難道不是嗎？」

「當然不是，那件寶物……」卡特維明顯猶豫了一下，然後才接著說：「據我所知，它並沒有您說的這種能力。」

「也有可能是你們並不知道如何使用。」諾帝斯很有把握地說：「雖然把這件事情透露給我的人也不是多麼可信，但只要我能向精靈族借到那件寶物，就能證實他的話到底是真是假了。」

「我很抱歉，那是不可能的。」卡特維的態度十分堅決，「您做出的這個要求，我既沒有權力也不可能答應。」

「我說了這是很過分的要求。」

「那是我們一族最神聖的寶物，這件事恐怕沒什麼轉圜的餘地。」卡特維把卷軸雙手遞了回來：「雖然每一個精靈都知道，在最古老的神殿裡保存著這樣一件寶物，但除了我們一族的王，任何人都不知道那究竟是什麼。」

「這樣啊。」諾帝斯也沒有特別意外，似乎卡特維的拒絕早就在他的意料之中：「既然這樣，我也不能強迫精靈族把寶物交出來了。」

「還請您體諒我們的難處。」

「不過……」諾帝斯笑容滿面地問：「只要精靈王決定把寶物借給我，那你們也就沒有反對的理由了吧？」

「您別開玩笑了。」卡特維抽動了一下嘴角：「我們的王是不可能做出這種決定的。」

「卡特維大人，別把話說得太滿了。」諾帝斯把卷軸丟回桌上：「如果是藍缇雅站在我面前這麼說，那我或許會更相信精靈族的決心。」

「你是什麼意思？」

「你們的精靈王殿下，其實早就已經不知所蹤了吧？」諾帝斯臉色一變：「我不想浪費時間和你爭論這是不是真的，你我心裡應該都很清楚，假如他真的還留在精靈族，是不可能同意把自己女兒嫁給我的。」

他這麼直接地說了出來，擺明是不惜和精靈族公開反目，卡特維絲毫沒有準備，頓時亂了陣腳。

「既然精靈之王已經失蹤，那麼現在你們族裡有權力來決定這件事的，應該是他唯一的女兒吧？」

晨輝聽到他把事情牽扯到自己身上，想到他剛才讓自己配合的那些話，這才明白他早就有利用自己的打算。

「雖然是這樣沒錯，但公主……」

「她是精靈公主吧？」諾帝斯等卡特維點頭，又問：「除了精靈王之外，她就是精靈族地位最高的人吧？」

卡特維只能又一次點頭同意。

「那麼比起你或其他精靈族，她更有權力決定寶物的歸屬不是嗎？」諾帝斯看卡特維的反應，就知道自己已經主導了局勢：「只要她答應借給我，那麼你也沒有權力阻止或者反對吧？」

卡特維把頭轉向晨輝。

「公主，現在決定權在妳的手上。」諾帝斯也看著她：「只要妳一句話，就能決定我是否可以借到那件寶物。」

晨輝在卡特維的眼睛裡看到了焦急和懇求，她意識到卡特維是在要求她拒絕諾帝斯。

「這種事我沒辦法答應。」雖然知道諾帝斯這麼做一定有所倚仗，但卡特維的目光同樣讓她感到不安：「就算我是精靈王的女兒，也不能代替他做出這麼重要的決定。」

卡特維剛剛放下的心，卻因為諾帝斯接下去的一句話又懸了起來。

「我知道妳會這麼說。」諾帝斯說：「妳不答應也沒關係，不過要是我告訴妳，風暮音會為此而無法復活，妳還是不會改變主意嗎？」

晨輝一下子愣住了。

「暮音……」她呆呆地重複一遍：「復活？」

「妳以為我帶回來的真的只是屍體？」諾帝斯很滿意她的反應：「她還活著，但我找不到她的靈魂，所以我必須要借助那件寶物的力量。」

「她還活著？你是說她還有機會復活嗎？」晨輝驚訝地追問：「那是真的嗎？你不會是騙我吧？」

「妳想不到的事情總是很多。」

「她還活著，暮音還活著，她還活著……」晨輝反反覆覆地說著，表情又是開心又是不敢相信。

「公主！」卡特維看到她的樣子，擔心地提醒她：「這件事不論多麼重要，都請您冷靜下來！」

晨輝胡亂地點點頭，勉強把雀躍的心情壓抑下去。

「你說你這麼做是為了讓暮音復活？」她問了諾帝斯一個她認為十分重要的問題：「能告訴我是為了什麼嗎？」

「妳不是說我愛她嗎？」諾帝斯知道她一定會問這個問題，所以早就已經想好答案：「妳就把這看成挽回愛人生命的舉動好了。」

如果諾帝斯很真誠地這麼說，晨輝可能還會懷疑事情的真實性，但就是因為諾帝斯一看就是別有用心，她反而開始動搖了。

「你說那個寶物可以讓暮音復活？」晨輝一再確認諾帝斯的意思：「而我能夠決定要不要把東西給你，所以我是那個決定暮音能不能復活的人？」

「就是這麼簡單。」諾帝斯點了點頭：「我不能保證一定能讓她復活，但是我可以保證，如果沒有那件寶物，就永遠沒有人知道她的靈魂究竟在什麼地方。」

「公主，那件寶物對於我們精靈族十分重要，您一定要慎重考慮才行。」卡特維看出她的動搖，加重了語氣：「要是出了什麼意外，就算您是公主也未必能夠承擔後果。」

晨輝來回看著他們兩個，心裡亂成了一團。

「這就是妳對她報答嗎？」諾帝斯不冷不熱地問：「她為妳付出了多少代價？現在妳有能力救她，又為什麼還在這裡猶豫不決？妳到底在猶豫什麼？」

「我不知道天帝大人到底要做什麼，但如果是救人，我們當然不應該拒絕。」卡特維知道如果不設法制止諾帝斯，晨輝遲早會同意出借寶物的事情。「如果可以，我們願意把需要治療的人帶回精靈族神殿，相信不會有人比我們精靈族的長老更加瞭解寶物的使用方法。」

「必須是你嗎？」被卡特維提醒，晨輝也想到了這一點。「如果只是為了救暮音，你為什麼不把她交給精靈族呢？還是你又想利用她來得到那件寶物？」

「精靈族？」諾帝斯瞥了卡特維一眼：「如果他們之中能有比我更強大的人，怎麼會到現在還是一盤散沙、不成氣候？」

「天帝，你這麼說太過分了！」就算卡特維涵養再好，聽到這種話也不能繼續心平氣和下去了。「我們精靈族是崇尚和平自由的種族，和你們這些好戰的神族完全不同，請不要用你們的標準來評斷我們的天性。」

「在把我當成罪魁禍首來責怪之前，你們有沒有想過，這一切混亂的源頭到底是什麼呢？」諾帝斯客氣地向他提問：「什麼神聖公主傳說也好，什麼新世界的預言也好，難道說，把這些也許會造成不可挽回局面的說辭散布得到處都是，就是你們精靈族所謂『捍衛和平自由的天性』？」

晨輝看著卡特維義憤填膺卻又啞口無言的樣子，只能默默在心裡嘆息。諾帝斯太擅於洞悉和掌握他人的弱點，在他面前，任何人都只有屈居下風的分。

「或許你並不清楚，藍緹雅的這個預言對於整個神界的影響有多麼深遠。而我為了扭轉這個對安定不利的預言努力了許多年，到現在已經讓我覺得很不耐煩了。」雖然他的態度始終高高在上，但諾帝斯沒有表露出任何不屑或輕蔑：「卡特維，和平自由是需要付出代價的。如果你沒有資格代替精靈族做出決定，我勸你不要輕易試探我的耐心。」

卡特維瞪著他，臉色一陣青一陣白。

「天帝大人，到此為止吧！」晨輝最終還是站了出來。「不論你也好，精靈族也好，我們都已經失去了很多東西。既然大家都已經付出了代價，又何必在這裡討論究竟是誰的責任？」

「沒想到妳忽然變聰明了，這真是不錯的變化。」諾帝斯用一種不同的目光看著她：「我不是想要追究責任，而是希望精靈族拿出誠意，畢竟我娶了他們的公主之後，精靈族和神族的關係會更加密切，所以大家要有相互合作的默契才行。」

「和默契沒有關係，我也沒有想和你合作任何事情。」晨輝沒好氣地對他說：「我只是想要救暮音，僅此而已。」

「那麼妳答應了？」

卡特維看到晨輝舉手示意他不要出聲，不管心裡多麼著急，他也只能忍了下來。

「我不相信你，但就算只有一點希望，我也不會放棄暮音。」晨輝堅定地告訴他：「就算這次被騙了，我也只能認了。」

「這句話聽起來真是刺耳。」諾帝斯對於她的狂妄感到不滿。

「基於我每次提到她你都很生氣，我願意相信這次你是真的想要為她做些什麼。」晨輝無視他不強烈但很明顯的怒氣：「這很公平，她因為你而死，也應該由你把她救活。」

「我是要救她。」諾帝斯綠色的眼睛暗沉深邃：「但我不覺得她屈服於命運是我的錯。」

「總有一天你會明白的。」晨輝低著頭：「你會知道她為什麼那麼做，還有她是為了誰才那麼做的。」

諾帝斯皺了下眉頭，決定不理會她毫無新意的危言聳聽，轉向卡特維問道：「卡特維大人，公主的話你聽清楚了吧？」

卡特維和晨輝目光相對，過了好一會，他才無奈地點了點頭。

「那麼你不會違背公主的意思吧？」諾帝斯的嘴角浮現出一抹笑容。

「當然，公主是我王唯一的繼承人，她當然有權力決定。」卡特維表情沉重地說：「但這件事情已經超出了我能夠決定的範圍，我必須和族中的長老們商量過後才能給您最終的答覆。」

「時間不會等人，我希望答覆不會來得太慢。」諾帝斯坐回了他的椅子上：「那麼，我就在這裡等你的好消息了。」

「告退。」卡特維看起來不太高興，甚至都沒有和晨輝道別就急急忙忙走了出去。

「能讓我見她嗎？」晨輝最後問諾帝斯。

「可以。」對著晨輝臉上剛剛露出的欣喜，諾帝斯笑容可掬地接了下去：「在我拿到那件寶物把她復活之後，想怎麼看都隨便妳。」

「異瑟，派人盯著卡特維。」在他們相繼離開之後，諾帝斯臉色陰沉地吩咐。

異瑟聽到這個命令有些吃驚，不過礙於之前的經驗也不敢再貿然質疑。

「他答應得也太容易了，這不尋常。」諾帝斯深吸了一口氣：「就算再怎麼清楚局勢，卡特維始終是個精靈。精靈都是單純又死腦筋的傢伙，一旦打定了主意怎麼也不會改變。他如果不是想要拖延時間就是另有原因，總之這裡面一定有古怪。」

異瑟行完禮跟了出去，奇怪的是他經過某一根柱子的時候，還對著那裡點了點頭。等到他走出去之後，整個房間裡只剩下諾帝斯一個人，立刻就變得安靜下來。

這時，從雕刻著精美圖案的柱子後面晃出了一道身影。

「我開始明白為什麼一說到你，那位席狄斯殿下會既頭痛又興奮了。」這個人在人人敬畏的天帝面前，一點都沒有緊張拘束的樣子：「一個這樣強大對手，換成是我也會既高興又不安的。」

「謝謝你，神司大人。」諾帝斯靠在椅背上看著他，「我不會忘記你給予的幫助。」

「這樣應該不算過河拆橋。」夢神司用手指敲了敲臉上的面具：「可是為什麼聽到你這麼說，我反而覺得不安呢？」

「請放心吧。」諾帝斯假裝沒有聽懂他的言外之意：「既然神司大人說了不想要求報答，恐怕不論我做什麼都報答不了你。但反過來說，如果你想從我身上得到什麼，就算再怎麼回避，我也遲早要做出回報的。」

「不愧是天帝大人，把一切都看得這麼透徹。」夢神司嘆了口氣：「也許我和席狄斯殿下往來太頻繁，才染上了什麼事情都往壞處想的毛病。」

「那東西……」

「就和我說的一樣有用，這一點我絕對能夠擔保。不過天帝大人，你剛才的質疑真是讓我很傷心啊！」夢神司誇張地捂著胸口：「說什麼『不可信』，我的信譽真的有那麼差嗎？」

「不敢恭維。」

「還真是簡單直接啊！」夢神司倒是大聲笑了：「不過有趣的是，其實連我自己都不怎麼相信自己，卻總要不斷遊說別人來相信我，這真是個虛偽的毛病。」

「如果是那樣的話……」諾帝斯也跟著微笑：「神司大人，我真不希望會是那樣。」

「我們第一次合作，任何的懷疑都不過分。」

「都是因為我受寵若驚的緣故，我沒想到你會主動找我，還把這麼重要隱祕的事情告訴我。」諾帝斯問他：「但我現在還是想不通，你這麼做的目的到底是什麼？」

「你怎麼想都可以，當然我是不會回答你的。」夢神司轉動著鑲嵌寶石的手杖：「總有一天所有祕密都會無所遁形，只希望到了那個時候，時間已經證明了一切……」

晨輝滿腹心事地走出大門，才走了幾步就被人攔住了。

「卡特維大人……」她愣了一下。

「有個人想見您。」卡特維的表情帶著奇怪的興奮。

晨輝對著他邊搖頭邊說：「對不起，我現在什麼人都不想見。」

「公主！」卡特維看到她轉身就走，連忙追了上去。

「你們讓我安靜一會好不好？」晨輝真不知道該用什麼表情面對這個「同族」。

「不行！」卡特維著急地抓住了她的手臂：「這個人您一定要見。」

晨輝被他嚇了一跳。

「公主。」卡特維的表情又焦急又激動：「請相信我，您必須跟我去見一見那個人。」

「是誰？」晨輝的心跳突然加快：「你想讓我去見什麼人？」

「跟我來您就會知道了。」看她像是同意了，卡特維急忙拉著她：「請相信我，您一定會非常高興的。」

她知道那是誰，在第一眼看到的時候就知道了。也許，這就是所謂無法割斷的紐帶。

「為什麼不過來呢？」那個笑容顯得美麗而憂傷：「晨輝，我的女兒。」

晨輝靠在門上，感覺像是要被無形的力量給壓垮了。那種壓力來自她的內心，來自這個人的給予。

「父親嗎？」這就是給予自己生命的人，一個無法用語言來形容的人：「精靈之王，藍．緹雅？」

「晨輝。」

「不，這不是我想要的見面。」晨輝對著他搖頭：「我不想見你，不管你是我的父親或是其他的什麼人，我都不想見到你。」

緹雅走向她的腳步停了下來。

「也許我是你的孩子，卻只是因為你而來到這個世界的孩子，我感激你給予我生命，但除此之外，我們之間什麼關係也沒有。」晨輝伸出雙手，像是想要阻止他繼續靠近：「所以，我們最好不要見面，相互之間離得越遠越好。」

「晨輝，妳是我的女兒，這是無法否認的事實。」

「我沒有否認，事實上，我連否認的機會都沒有。」晨輝開始覺得和精靈溝通是一件辛苦的事情：「你沒有給我機會，也沒有任何人機會，所以我現在也不能給你機會。」

「為什麼？」

「你為什麼一定要我說出來呢？」晨輝閉上眼睛：「你怎麼可以把暮音完全忘記了呢？」

「暮音？」緹雅沉默片刻：「她並不是我的女兒。」

「她的身體裡是不是流著你的血，難道真的那麼重要嗎？」晨輝的手在身側握緊成拳頭：「既然你把她當成自己的孩子一樣寵愛，那為什麼不一直對她那麼好，為什麼一轉身就變得如此冷酷呢？」

「我很清楚，她不是我的女兒。」她的指責似乎令緹雅很難受：「從一開始我就知道。」

「那為什麼要說謊？既然你恨她的父親，既然你恨她，為什麼對她說謊又對她那麼好呢？」淚水從她的眼睛裡流淌出來：「難道是為了讓她知道真相的時候更加難過嗎？」

「晨輝。」看到她的眼淚，緹雅終於不再無動於衷：「雖然謊言被拆穿的那一刻無法避免，但我不希望那孩子的心裡只有冰冷的黑暗和仇恨。至少在我能給予的範圍之內，我希望她有快樂而溫暖的回憶。」

「不，你錯了。」晨輝難過地看著他：「這比什麼都不曾擁有要殘忍無數倍。」

「我知道，當我把一切都告訴她的時候，我就已經知道自己錯了。」緹雅往後退了一步：「我以為她會恨我，就算她恨我也沒關係，可是……我真的沒想過事情會變成今天這樣。」

他表情灰暗地坐倒在椅子上。

「如果我不幸，那都是因為你，我的父親。」晨輝轉過身去：「因為你做了錯事，所以我要受到懲罰，這很公平。」

「這不公平，那個時候我根本沒有選擇！」溫柔的精靈之王反應激烈：「我一樣很痛苦，但我沒有其他的選擇，我要守護自己的女兒，我不能讓我所愛的人受到傷害！」

「我不是你的女兒。」晨輝用一種冷漠的語氣對他說：「暮音才是，不論她身體裡流著誰的血，但她才是你唯一的女兒。」

「晨輝！」

「說什麼都太晚了，我希望自己有一個父親，但如果那個人是你，我寧可不要。」晨輝低著頭笑了：「在我不知道該怎麼面對暮音，也不知道該怎麼面對自己的時候，你卻忽然出現在我面前，好像什麼事情都沒發生過一樣……這不是很好笑嗎？」

「我沒辦法改變已經發生的事情，妳怨恨我也是應該的。」緹雅沉默了一會才說：「但我希望妳不要把東西交給諾帝斯，也不要讓他找到暮音。」

【第十七章】
Lies and Love

晨輝愣住了，她轉過身看著坐在那裡的藍緹雅。精靈之王的臉上平和安靜，似乎片刻之前的激動只是一場幻覺。

「你說什麼？」她懷疑自己是不是聽錯了。

「暮音不應該再醒過來。」緹雅對著她搖頭：「就讓一切跟隨著她沉睡，不要讓她再次甦醒過來了。」

「你怎麼……你……」晨輝的腦袋一片混亂：「你怎麼能這麼說？」

「因為妳根本就不知道自己在做什麼！」

「那你知不知道自己在說什麼？」

「我知道自己在說什麼，不知道的人是妳。」緹雅走到她的面前：「晨輝，我們為了扭轉命運已經付出太大的代價，不要再冒這種可能讓一切努力白費的風險了。」

「你說清楚一點好不好？」晨輝背靠在牆上，心裡覺得一陣恐慌：「這又和救暮音有什麼關係？」

「都是我的錯。」緹雅伸出手想觸碰她的頭髮，卻在她的瞪視下退縮了回來：「這和妳一點關係也沒有，只是我一個人的過錯……」

「那不是我的本意，但我沒有其他選擇。」看著晨輝疑惑的表情，緹雅輕聲地嘆了口氣：「晨輝，暮音她……她根本不是席狄斯的女兒。」

暮音不是席狄斯的女兒？

「你說謊！」晨輝覺得十分荒謬：「暮音怎麼會不是他的女兒？」

「確切來說，暮音不是我們任何人的孩子。」緹雅不能直視她的眼睛：「暮音和這個世界上的任何一個人都不同，她是被製造出來而非自然產生的生命。」

「怎麼可能……」

「那是真的，暮音既不是我和妳母親、更不是席狄斯的孩子。」緹雅走回窗前：「那是在許多年前，在妳就快要降臨到這個世界上之前所發生的事。」

精靈之王緹雅愛上了人類的女子，非但願意為她留在人類的世界，甚至不惜和魔界的帝王成為敵人。

因為有太多顧慮，他不得不隱瞞自己的身分，就算面對著自己最愛的妻子，他也從來沒有透露過自己的來歷。直到有一天，他的妻子懷孕了。那真是個令人震驚的消息，他原以為自己和妻子是不可能有孩子的。因為精靈族雖然擁有比其他種族更長的生命，但繁育的能力並不是很強，哪怕同族之間也未必會有後代，更不用說是和其他種族混血了。

雖然傳說曾有和神族混血的後裔，可是精靈族和神族本來就是本質非常接近的種族，多少還說得過去，但和人類的孩子卻是從來都沒有過的。

而就在緹雅滿懷希望地等待這個孩子到來的時候，他卻被告知，這個孩子無法出生就會死去。

精靈對於所愛之人總是充滿眷戀，這對緹雅來說，簡直是個殘酷萬分的消息。為此他返回精靈族的神殿，動用了被封存在那裡千萬年的寶物，就是想要知道那是不是真的會在未來發生。

未來，就是還沒有到來的時間，是沒有任何法術可以逾越觸碰的禁忌。但在傳說之中，神殿深處的寶物卻有著預見未來的力量。

他看到了將要發生的事情，看到了自己將會夭折的女兒。他不想失去這個孩子，不論付出什麼代價他都願意。於是他去請求黃泉之城裡無所不能的魔神，但魔神告訴他，那是註定會發生的事情。不論中間的過程怎麼改變，結局始終不會更改。

當魔神告訴他自己會幫助孩子順利出生之後，果然顯現出了不同的未來。這一次，孩子活到了成年，可最終還是死去了。而那個殺死她的，是所有神族的統治者。

命運是無法更改的，除非……

魔神帶著詭異的笑容告訴他，除非他願意為了這個孩子不惜任何代價，那麼就還有一個機會也許能夠改變這一切。

唯一的方法，是用一種古老禁忌的法術製造一個承受命運的傀儡。把原本屬於這個孩子的命運，讓另一個人來承擔。不論痛苦、絕望還有死亡，只要有其他人來承受，那就和改變命運沒有什麼區別了。

當然，首先需要一個沒有命運的靈魂，一個原本不存在這個世界上的靈魂，一個被法術或其他辦法製造出來的靈魂。

身為精靈之王，緹雅知道違背自然的代價有多麼可怕，他更不願意讓一個無辜的靈魂承受不屬於自己的殘酷命運。他拒絕了魔神的提議，希望能靠自己的力量保護脆弱的女兒。

但當女兒出生之後，當他束手無策地看著死亡一天一天奪走自己心愛的孩子，可怕的念頭慢慢占據了他的理智，他最終還是接受了這個殘酷的提議。

他們成功了。

用黑暗中最強者的鮮血，加上黃泉和幻惑之花的果實，最終成功地製造出了一個不屬於這個世界的生命。

「你說暮音……」晨輝腳一軟，坐倒在地上：「她不是我的姐姐，暮音她根本就不是……」

「事實上，我從來沒有和她一起生活過。給她那樣的回憶，只是希望她能夠過得快樂一點。」緹雅垂著頭，藍色的眼睛就像一片憂鬱的大海：「她並不是以嬰兒的模樣被製造出來，為了讓一切變得順理成章，我們混淆了所有人的記憶，然後把她交給風雪……」

「住嘴住嘴！你給我住嘴！」晨輝捂住了自己的耳朵，大聲地打斷他：「我不相信，這不是真的！你根本是在騙我！」

「我沒有騙妳。」緹雅彎下腰，用手指拭去她眼中的淚水：「我本來不想告訴妳這些，但是妳有權利知道真相。」

「我不相信……」她把自己蜷成一團：「你們怎麼能做這樣的事情？你們怎麼可以……這樣對待暮音是不對的！」

「在妳母親死去的那一刻開始，我就已經開始承擔違背命運的代價。」緹雅輕輕撫摸著她的頭髮，「我失去了在這個世上最愛的妻子，不能再失去唯一的女兒了。」

「那你就能傷害暮音了嗎？」晨輝抬起被淚水浸濕的雙眼：「她一直把你看成最愛的父親，難道這對你來說沒有任何意義嗎？」

「當然有。可是如果要我在妳和她之間選擇的話，我選擇的一定是妳。」緹雅站了起來，轉過身背對著她：「晨輝，妳是我的女兒，有資格統領整個精靈族，但並不包括妳有權力把自己和同族一起捲進危險之中。」

「但那樣可以把暮音……」

「諾帝斯暫且不說，告訴他這件事的人目的也絕對不單純。」緹雅抬起頭看著窗外的天空：「擅自開啟封印，後果是無法預料的。對於妄想操縱命運的人，命運之神會射出復仇的利箭。」

「創始神的封印？」夢神司點了點頭：「說起來的確是有那種東西。」

「要怎麼解開？」

「在考慮到這個問題之前，我覺得還有其他的事更值得你擔心。」

「你指的是聖城裡的那些不速之客？」諾帝斯不動聲色地問：「你覺得我該怎麼處理？」

「我知道天帝大人自有打算。」夢神司瞟了他一眼，聲音裡帶著低低的笑意：「我只是想提醒你，這一次的阻力可能會超乎你的想像。」

「席狄斯的手再長，還能在這裡掀起什麼風浪嗎？」諾帝斯垂下眼簾，嘴角露出一抹冰冷的微笑：「我倒想看看，他到底在打什麼主意。」

「你恐怕是誤會了，魔王殿下這次應該沒有直接參與進來才對。」夢神司伸出食指對他搖了搖：「那一位和我的作風完全不同，就算逼不得已要借助外力，他也不會喜歡和席狄斯那樣的人合作。」

「哦？原來除了你之外，還有一位高明的幕後操縱者。」諾帝斯抬起眉毛：「難道說，是那位創始神殿的前任大祭司夜那羅嗎？」

「你這樣敏銳，會令我很有壓力的。」夢神司也沒有否認，只是對他說：「雖然我很高興有這樣聰明的伙伴，但一想到我們脆弱的合作關係，就覺得有些危險。」

「沒想到神司大人居然這麼看得起我。」

「不如我們在對方身上留個記號什麼的，作為相互信任的憑證。」夢神司撩起他垂落到地面的長髮：「像你這樣美麗的人，一定很適合綠色的四葉草……」

「神司大人，這玩笑開得過分了。」諾帝斯面色一沉，從他手中扯回了自己的頭髮。

「啊，真抱歉！」夢神司拍了一下手掌：「你看我這糟糕的記憶力。」

「如果沒什麼事，那我就不送了。」諾帝斯拿起桌上的公文，下了逐客令。

「真是冷淡。」夢神司笑了幾聲：「我只是看場面太沉悶，想要調節一下氣氛而已。」

諾帝斯面無表情地看著公文，一點反應也沒有。

「算了，我這個討厭的人還是自覺一點，等到一切準備就緒了再來吧。」夢神司轉動著手杖，往外面走了出去：「我還有最後的忠告，天帝大人，你最好不要輕視那些意外的力量，一旦破土而出，那種力量會是極其令人震驚的。」

「什麼意思？」

「這種事通常難以控制，所以我都稱之為『意外』。」夢神司抬起手往後做了個再見的動作：「小心一點，我似乎感覺到有一顆意外的種子，正在你看不見的地方生根發芽。」

諾帝斯目送他的背影消失不見，慢慢靠在了椅背上，失神地看向窗外。

到底是給還是不給？

要是把寶物給了諾帝斯，他也許會救暮音，也許不會，但要是不給他，暮音就不可能醒過來了。

「我到底在猶豫什麼？」晨輝用力抓著自己的頭髮：「我一定要救暮音，可是……」

可是，她沒辦法不去在意藍緹雅的那些話。好像只要她答應把寶物交給諾帝斯，就會有很糟糕的事情發生，她就會成為千古罪人一樣。

「為什麼要這樣，到底讓我怎麼辦啊！」她整個人倒在柔軟的躺椅裡面，「該怎麼辦啊……金……」

要是金在這裡的話，他一定知道該怎麼辦的。

「晨輝……」

是金的聲音，果然太想一個人是會產生幻聽的。

「晨輝！」

這幻聽好逼真啊！

「金晨輝！」

晨輝一個激靈，朝窗戶那裡看去。

「金……」她走過去呆呆地問：「你來幹嘛？」

「參加妳的婚禮。」金先生很清楚她的遲鈍程度，知道等她反應過來可能還需要一段時間，只能試著自己從窗臺上翻了進來。

晨輝還是傻傻地看著他。

「真是要命……」金先生一邊搖頭一邊嘆氣：「為什麼諾帝斯能把那麼聰明的暮音騙到手，而我卻只找到妳這個遲鈍的傢伙呢？」

晨輝眨了眨眼睛。

「回神了嗎？」金先生拍了拍她的頭：「我們時間不多，妳再繼續發呆的話，就什麼事都做不了了。」

他這樣一說，晨輝立刻動了起來，不過卻是一下子撲到了他的身上。

「晨輝，怎麼了？」金先生摟住她，笑著問：「難道我不在的時候，諾帝斯那個壞蛋偷偷欺負妳了嗎？他是說了什麼難聽的話，或是不許別人給妳吃飯？」

「說了難聽的話……」

「他說話本來就很惡毒，而且妳越是生氣他越是高興。妳又說不過他，最好當作什麼都沒聽到，畢竟他最討厭被別人無視。」金先生摸著她的頭髮：「別生氣了，有機會我們好好欺負他，一定要讓他哭著說對不起。」

晨輝看到他，原本是眼眶發熱，但聽到這裡，一想到那個壞蛋諾帝斯哭著跟自己求饒的樣子，她忍不住就想大笑。

金先生十分瞭解她，在她剛咧開嘴的時候就伸手捂住了她的笑聲。

「現在是半夜，吵到別人休息就不好了，盡量小聲一點。」

看她終於恢復清醒，金先生拉著她走到離門最遠的那扇窗邊。

「你怎麼來了？」晨輝拉住他的袖子，壓低聲音問他：「這裡很危險，你來做什麼？」

「不會以為我真的把妳丟下不管了吧？」

「我知道……」晨輝頓了一下：「不論你做什麼，都是在為我著想。」

「風暮音說得對，妳是個喜歡鑽牛角尖的傻瓜。」金先生的臉上寫著「我就知道事情會變成這樣」。

「什麼啊！」晨輝小聲地反駁著：「明明是你……」

「諾帝斯一定對妳說，我是為了救妳才把妳交給他的。哪怕必須親眼看著妳嫁給他，我也只要妳能活著就好了。」

「難道不是嗎？」晨輝咬著嘴唇：「你明知道他一定會要我嫁給他的。」

「當然不是。」金先生臉上的表情變成了「妳是笨蛋嗎」，「妳不是總是說我自私？你覺得像我這樣自私的人，能忍受自己的東西公然被別人占有嗎？」

「可是在婚典結束前，他是不會幫我解開禁咒的。何況就算我嫁給他，他也未必會那麼做。」

「我讓妳離開，並不是指望諾帝斯會解開禁咒，而是要讓他把妳帶回聖城。」金先生朝外面看去：「本來只要等到婚典結束，一切也就跟著結束了。可是事情完全失去了控制，我們的計畫也已經被打亂，需要做出調整才行。」

「到底是怎麼回事？」晨輝聽得一頭霧水：「什麼計畫？」

「現在說那些沒什麼意義了。」金先生嘆了口氣：「總之諾帝斯開始動搖，我們就不能繼續等下去了。」

「可是諾帝斯說……」

「晨輝，妳聽我說。」金先生兩隻手搭在她的肩膀上，神情嚴肅而認真：「別想著讓風暮音醒過來，這一點妳一定要答應我。」

「為……為什麼？」

「藍緹雅已經告訴過妳了不是嗎？」金先生用力握住她的肩膀：「晨輝，一旦她醒過來，命運就會再度交換。妳和她之中，只有一個人能活在這世界上，她醒了，就代表妳會死去。」

晨輝像是沒聽懂他在說什麼，眼睛裡一片茫然失措。

「晨輝，這對每個人來說都是很痛苦的選擇。這不是什麼風涼話，但事實上沒有人像妳以為的那樣殘忍，沒有人真正地傷害過風暮音，其中也包括了妳的父親。否則在風暮音還是個孩子的時候，一切就應該徹底結束了。」金先生知道，這個時候自己絕對不能心軟：「第一個做出選擇的是風暮音自己，她比我們之中任何一個人都更早地做出了決定，她把機會留給了妳。」

晨輝的臉色比預料的還要難看，金先生只能慢慢地放開了她。

「暮音她……是知道的，她是知道的……所以才會自殺嗎？」晨輝低著頭：「是為了我嗎？」

「和妳沒有關係！那是藍緹雅的、是我的、也是諾帝斯的錯！」

「是我的錯！」晨輝蹲在地上：「不論你們說什麼，這其實還是我的錯！」

「妳一定要那麼想，我也沒有辦法。接受命運總是比想改變它更加困難，如果妳想讓風暮音的苦心白費，那就儘管試著救她好了。」金先生早就猜到了她的反應：「但我可以向妳保證，她不會願意看到自己高尚無私的舉動，變成一場無聊可笑的鬧劇。」

「這不是理由……這怎麼能是不去救她的理由呢？」晨輝拚命搖頭：「明明有辦法救她的，我怎麼可以無動於衷呢？」

「沒有人需要妳的拯救！說到拯救者，只有風暮音才有那樣的資格！她已經拯救了我們所有的人，現在妳就讓她安靜地休息吧！」

晨輝蹲在那裡，什麼話都不說。

「我要走了，但不會離得太遠。」金先生知道她現在需要一個人靜一靜：「沒有人會逼妳做出選擇，可是希望妳能夠仔細考慮，確定自己不會後悔再作出決定。」

他翻出窗戶的時候，聽到晨輝像是自言自語的聲音。

「我討厭你，也討厭自己，討厭每一個人，是我們一起把暮音殺死了……」

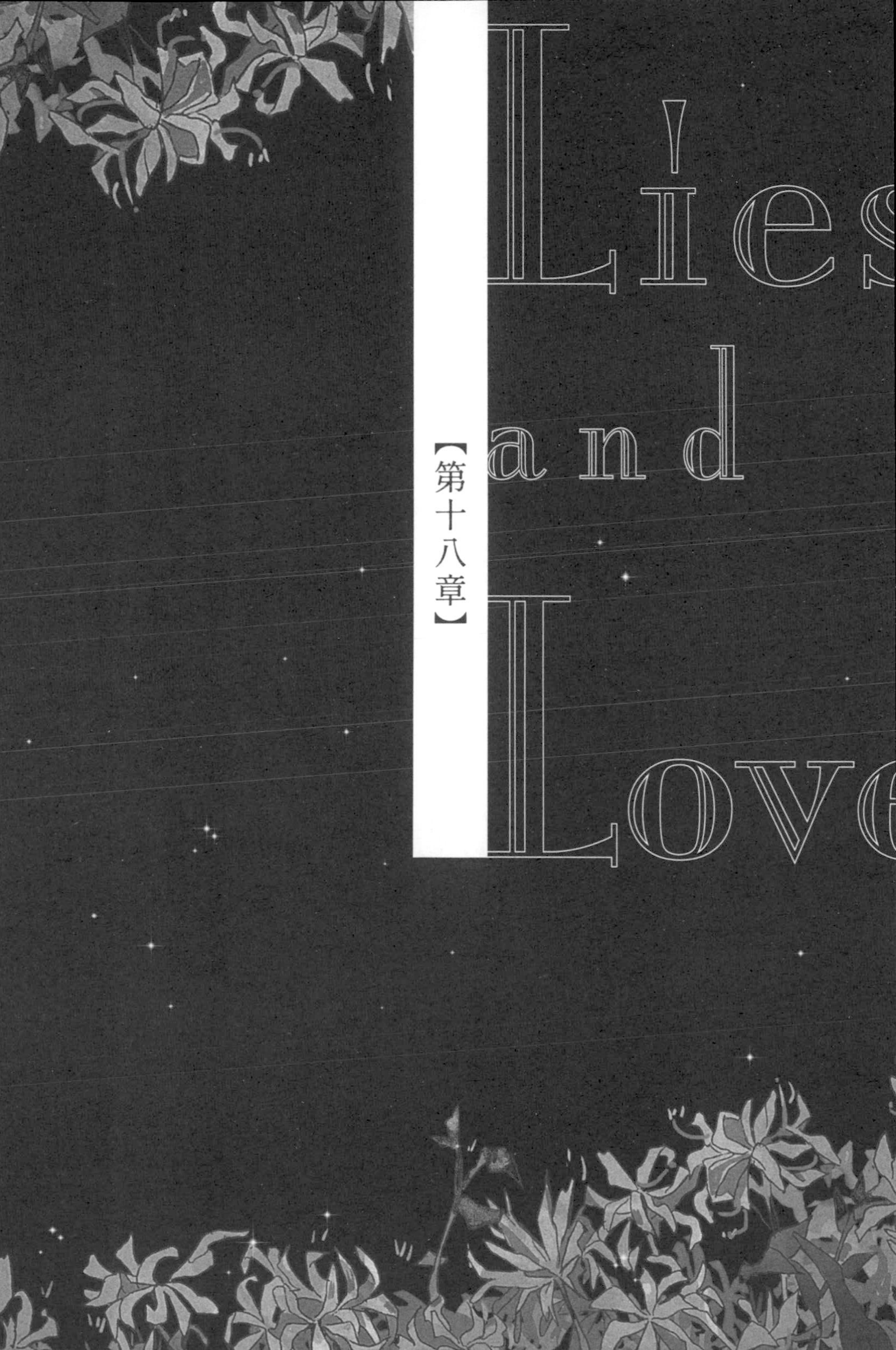

Lies and Love
【第十八章】

天還沒有完全亮的時候，晨輝就要求見諾帝斯。

「妳看起來很可怕。」諾帝斯在和前一天相同的地方見了她：「是睡得不好嗎？」

「我拒絕。」

諾帝斯挑起眉毛。

「什麼寶物的，我不想借！」

「是嗎？」諾帝斯慢吞吞地點頭：「說得那麼快，是怕自己會反悔？」

「是！」晨輝響亮地承認了：「我很怕自己會後悔，所以才現在過來拒絕你！」

「太可惜了。」諾帝斯確信自己很討厭金晨輝，但表面上也不便表露出來：「妳說不借……那就不借吧。」

「啊？」

「還有其他事情嗎？」諾帝斯做了個打哈欠的動作：「沒事別浪費我的時間了。」

「我說我不借！」晨輝覺得他一定是沒聽清楚：「我不會把精靈族的寶物借給你的！」

「我聽得很清楚。」諾帝斯瞇起眼睛：「我說那樣很好。」

「好？」晨輝狐疑地盯著他：「你的腦袋壞掉了嗎？」

「這不用妳來關心。」諾帝斯動了動手指：「出去吧。」

他居然是這種反應？有問題，這裡面一定有問題！

「那……我現在拒絕你了，你準備怎麼辦？」

「是啊。」諾帝斯想了想：「的確有點難辦，我本來以為妳會答應的。」

「你到底在想什麼啊……」晨輝垂下了肩膀。

「妳好像很失望，是在等我的嚴刑拷打嗎？」諾帝斯好笑地看著她：「那不如改變主意吧？」

「不行！」晨輝的臉上果然出現了掙扎的表情：「我還不想改變主意！」

「那麼等妳改變主意了再來找我吧。」

「我不要改變主意！」晨輝惡狠狠地瞪著他。

「我會等著。」諾帝斯點點頭：「不要讓我等太久就可以了。」

「你到底聽不聽別人說話啊！」

「妳在和我說話嗎？」諾帝斯反問她：「我還以為妳是在和自己說話呢。」

晨輝的嘴張得很大，最後還是洩了氣。

「決定好了再來找我。」諾帝斯冷笑著說：「別浪費我的時間。」

等晨輝一跑出去，諾帝斯悠閒的表情立刻變了，他站起來一步步地走著，在大廳裡慢慢繞著圈子。

「意外的力量……指的是這個？」他停了下來，隨即又搖了搖頭否定自己的猜測：「應該不是。」

他看著自己的腳，走得越來越慢。

「藍緹雅不應該有這麼大的影響力。」他再次停了下來：「要是她真的動搖了，會很麻煩的……」

一旦金晨輝真的倒向了藍緹雅，那自己盡快得到東西的設想就未必能夠實現。

「不行。」他越想越不對勁：「不能再拖下去了。」

不能再有什麼變化，那個東西他一定要盡早拿到手。

「公主，您很久都沒有休息過了。」女官在旁邊提醒她：「還是先休息一下，不然會撐不住的。」

「要是能見到暮音就好了。」她完全沒有聽進去。「暮音她……諾帝斯把她藏在什麼地方呢？」

「在天帝大人房間裡……」

她原本以為是自己在說話，直到聽見有人重複了第二遍。

「暮大人她在天帝大人的房間裡面。」

晨輝張大嘴看著那個跟著自己有一段時間女官。

因為一直以來難以溝通，她認為這些女官就是擺設和監視器，沒想到她們之中的一個會忽然會說出這種話來。

那個女官看起來有些緊張，但還是再次重複了一遍。

「等一下！」在對方準備重複第四遍的時候，晨輝阻止了她：「妳是……」

「我叫薇拉，以前是服侍暮大人的侍女。」那個女官有些遲疑地告訴她：「因為暮大人她對我很好，所以……」

「妳想要報答她嗎？」晨輝順勢猜了下去：「妳希望我能夠救她？」

那個女官點了點頭。

「可是我不能救她！」晨輝拉著自己的頭髮：「我不可以救她！」

「為什麼？」

「救她會出事的，很多人……說不定很多人都會出事！」

「不會的。」

晨輝停下了殘害自己的舉動，吃驚地看著那個女官，不明白她為什麼能夠這麼肯定。

「我相信暮大人。」理由簡單得有些荒唐：「只要她能醒過來，就什麼都不需要我們擔心了。」

對付單純的人，分析輕重利害一千遍往往比不上一句簡單的謊言來得有效。

在諾帝斯看來，對方所犯的最大的錯誤，就是把金晨輝當成了風暮音。

也許金晨輝在風暮音死了之後有很大的改變，甚至看起來沉著成熟得像另一個人，但她畢竟不是風暮音。

風暮音心思縝密，再完美的謊言被她看破也只是時間問題，更別說是相信這種幼稚到極點的傻話了。可是直接單純的金晨輝不同，那些複雜的勸說和迂迴的理由已經超出了她的接受範圍。所以就算她表面動搖了，心裡仍然不會輕易放棄救人的念頭。因為太迫切地想尋找兩全其美的辦法，所以只要給她一個藉口，不論那個藉口有多麼荒謬，她也會讓自己相信那是真的。

諾帝斯給她的理由是：沒有什麼能夠難倒風暮音，只要她能醒過來，一切擔心都會是多餘的。

這是金晨輝過去相信、現在相信、未來也不會懷疑的理由。她會忘記風暮音是為什麼而沉睡不醒，也會把那些使她動搖的理由徹底拋到腦後，不論那些理由是什麼。

風暮音醒過來之後，也許她所有的煩惱真的就會迎刃而解。不過很可惜，如果她真的能夠醒過來的話……

想到這裡，諾帝斯閉上眼睛，嘴角浮起微笑：「如果妳現在就醒過來，準備對她說些什麼呢？嗯……想必不會是感謝的話吧。」

那些黑色的頭髮纏繞在他的指尖，絲絲縷縷，糾糾纏纏。

「那麼我們說好了，今天晚上我想辦法幫您潛入天帝大人的房間。」那個叫薇拉的女官問她：「可是您究竟想做什麼呢？」

「我也不知道。」她茫然地搖了搖頭：「我只是覺得應該去見暮音一面，等到了那個時候，也許我就知道自己該怎麼做了。」

「這樣啊……」聽到這種不負責任的話，薇拉真想一腳用力踹過去。可是她最終還是忍耐了下來，溫順地說：「也許這是某種啟示呢！」

英明神武的暮大人居然會有這樣少根筋的妹妹，上天果然是不公平的。

「薇拉！」晨輝拉著這個勇敢的女官：「加油！」

加個頭啦！妳這個沒腦子的傻瓜！

「喔！」薇拉傻傻地點頭。

「嗯！」晨輝也跟著點頭，但她隨即又愣了一下：「薇拉，妳……」

「那我先走了，晚一點再過來。」薇拉四處張望了一下：「妳自己小心點，別太引人注意了。」

晨輝傳染到了她的緊張，也不想想這是間一眼就能看到盡頭的房間，就跟著薇拉神經兮兮地東張西望。

「那個……」一轉身就看不見了那個女官，晨輝歪著頭開始發呆。

「帥哥！下面的帥哥！下面黑衣服繡紅花的帥哥！」她一邊喊一邊把拖鞋丟了過去。

雖然沒有打中目標，但成功吸引了對方的注意力。

「就是你就是你！」看見對方指著自己，她忙不迭地點頭。

那個男人先左右看了看，然後慢吞吞地走了過來。

「小美人。」他走到窗戶下面，笑咪咪地抬著頭問：「叫我過來做什麼？」

「我不叫小美人，我是晨輝。」雖然這個好像色狼的帥哥看起來不可靠，但她也沒有其他選擇了：「我說這位大叔，幫個忙好嗎？」

「大叔？妳真是一位頑皮的小姐啊！」忽然從帥哥變成大叔，在他聽來有點刺耳：「不過沒關係，晨輝小美人，妳叫我埃斯蘭哥哥就可以了。」

「埃斯蘭大……哥……」因為有求於人，晨輝只能忍住反胃：「你幫幫我好嗎？」

「幫忙啊！」埃斯蘭做出思考的表情：「我很高興能幫上忙，不過是我做不到的事情，那就有點不好說了。」

「能做到能做到！」晨輝點頭之後，突然想到重要的關鍵：「不過……你識不識字啊？」

「識不識字？」堂堂烈焰之王被質疑缺乏教養，埃斯蘭非常洩氣。「第一次有人問我這樣的問題呢。」

「那是因為你的長相……」

「因為長相？」埃斯蘭摸了摸自己還算滿意的臉：「和長相有什麼關係？」

難道他臉上寫了「我不識字」嗎？

「因為你長得……太帥了！所以那個……」晨輝含含糊糊地蒙混過去：「嗯！就是這樣的！」

埃斯蘭疑惑地問：「什麼樣的？」

「就是這個，接住啊！」晨輝連忙把手裡的東西扔了下去：「你告訴我這上面寫的是什麼就可以了。」

「這是什麼？」埃斯蘭接住了那張飄落的紙片。

「那上面寫了什麼？」晨輝伸長脖子盯著他。

埃斯蘭把目光從紙片上移到了晨輝臉上。

「難道不是字嗎？」晨輝自言自語地說：「我就說是圖畫了！那奇奇怪怪地畫了什麼東西啊？」

「為什麼要問我？」

「什麼？」晨輝無力地趴在欄杆上，眼睛依然盯著那張皺巴巴的紙片。

「妳為什麼要在這裡喊我過來幫忙？」埃斯蘭一臉好奇地問她：「按照您的身分，不是有很多人供您差遣嗎？」

「咦？你認識我？」她那姍姍來遲的警覺心終於出現了：「可是我不認識你啊！」

「天帝大人的新娘，精靈族的晨輝公主，我怎麼可能不認識呢。」想到這裡，他就想到了暮那個無情無義的傢伙：「我們還沒有正式見過面，您當然不認識我。」

自己當初可是冒著很大風險幫她把人從聖城裡偷了出去，雖說事情後來似乎出現了巨大的變化，但自己怎麼說也是幫過她忙的吧？但現在連和她打招呼也是愛理不理的，看起來是打算翻臉不認人了。

「因為你沒有穿侍官的衣服，應該是從外面進來的，找你幫忙會比較保險。」晨輝重新打量了他一下：「你不是侍官，對不對？」

「的確不是。」他只是出來散散步，然後不小心走到了內城這裡。「我是埃斯蘭。」

「那就好了！」對這個名字完全沒印象的晨輝鬆了口氣，警覺心再次消失：「那我找你幫忙的事，你可不以告訴別人喔！」

「您放心吧，」埃斯蘭笑著點頭：「我一個字都不會說的。」

「謝謝了！再見！」晨輝轉身就要離開窗戶。

「請等一下。」埃斯蘭喊住了她：「您不是想要知道這上面寫了什麼嗎？」

「你是說，你知道這是什麼意思？」晨輝幾乎整個人探出了窗戶。

埃斯蘭被她嚇了一跳：「小心別摔下來了！」

「你快點說，那上面寫了什麼？」

「聽說您不是在神界長大的，當然不認識這種文字。」埃斯蘭朝她揚了揚手裡的紙片：「上面寫了『請相信我』。」

「請相信我？」晨輝重複了一遍。

「是這樣沒錯。」埃斯蘭點了點頭：「就是這四個字。」

「那是什麼意思啊？」晨輝滿腦子問號：「她幹嘛塞這個給我？我當然相信她啦！」

「是有什麼事情嗎？」

「沒什麼。」她還知道對陌生人不能說太多這個道理。

「那這個是……」

「情書！」她很肯定地說。

「情書？」埃斯蘭吃驚地看著那張紙條：「難道說……」

「是諾帝……就是天帝大人給我的情書！」她覺得自己這個謊話非常完美：「用來表達他對我的愛慕之心。」

「是嗎？」因為那種表情太認真了，埃斯蘭覺得自己什麼話都說不出來，只能說：「真是讓人羨慕……」

「羨慕？」晨輝捂住了自己的嘴：「你羨慕我收到他的情書？」

「當然是羨慕他能娶到您這麼出色的公主。」埃斯蘭的眼角猛烈抽搐了幾下：「他實在是太偉大了！」

「那是當然……有人敲門！」晨輝匆忙地說完再見就關上窗戶。

窗簾被拉上之後，窗戶內外的兩個人同時打了個寒顫。

「愛慕之心……噁！」晨輝乾嘔了一下，接著不停搓著自己的手臂，想要撫平上面的雞皮疙瘩：「肉麻死了！」

「情書嗎？」埃斯蘭把紙條揉成一條團，在手裡拋上拋下：「沒想到他這麼有幽默感。」

看起來天帝大人很討厭這個公主，不然也不會在情書上寫「別相信我」這種話了。無論哪個女人收到這樣的情書，都會覺得很可悲吧？這樣說起來，自己隨口騙騙她，倒是變成在幫助這對似乎是在賭氣的冤家了？

「最近怎麼好像總是在做好事。」埃斯蘭離開之前嘆了口氣：「做好人的感覺真是無聊……」

「公主？」薇拉吃驚地看著她：「您真的決定了嗎？」

「我當然是相信妳的！」晨輝理所當然地說：「所以妳放心吧！」

這句話聽在薇拉的耳裡，卻是另一種解釋。似乎她已經明白了自己的警告，也已經想好了應付的方法。

「那就好了。」薇拉也笑了起來，心裡的石頭跟著落地。「正好天帝大人不在，我這就把您帶到天帝大人的房間，請跟我來吧。」

「這裡這麼冷，誰受得了啊！」晨輝躡手躡腳地走進了諾帝斯的房間，覺得全身汗毛都豎了起來，「那傢伙根本就不是人！」

但她隨即想到，那傢伙也真的不是人，不免有些沮喪。

「您怎麼了？」薇拉小心地觀察著她千變萬化的表情。

「沒事！」晨輝握緊了拳頭：「諾帝斯，我不會屈服的！」

薇拉被她過於大聲的宣言嚇了一跳。

就算大家都明白這是在假裝潛入，但也不可以忘形到這個地步啊！難道說精靈公主這麼做，其中還有什麼特別的用意？

「就這麼辦！」她已經決定了，等一下把暮音救走之後，她要在牆上寫「諾帝斯你是大白痴」，那個自大狂看到了以後一定會氣得半死！

薇拉看到她陰鬱的笑容，忍不住在心裡感嘆，精靈果然是神祕又奇特的種族呢。

風暮音躺在白色的大床上，整個人被輕柔的白色絲綢覆蓋著。

「暮音，妳醒醒啊！」晨輝把她從床上拉起來，用力搖晃著：「不要睡了！」動作之粗魯讓在旁邊的薇拉心驚肉跳，又不知道該不該阻止。

「到底是怎麼回事？」終於搖晃累了，晨輝喘著氣停了下來：「她怎麼還不醒啊！」

薇拉的臉色有些發白，開始覺得有什麼地方不對。

「公主，您有什麼想法嗎？」她婉轉地提醒：「我們總不能一直留在這裡吧？」

「還是把她帶回去給長老看看吧。」晨輝對自己點頭：「留在這裡也不是辦法，就這麼辦吧！」

「怎麼辦？」

「諾帝斯才不會那麼好心要救暮音，我不能讓暮音留在這麼危險的地方。就算……」晨輝咬著自己的嘴唇：「就算我們不是真正的姐妹，我也不可能放著暮音不管！」

「您是說，您想要把暮大人就這麼帶走？」這不是在開玩笑嗎？薇拉的臉色徹底變了。

「不可以嗎？」晨輝才不管那麼多，她向來是想到就做，說著就架起暮音的手臂想把她抱起來：「好重，妳也過來幫忙吧！」

「這就是妳的計畫嗎？」薇拉只覺得眼前發黑：「妳別鬧了，這根本行不通的！」

「妳怎麼確定行不通呢？」

「那個……」看到晨輝懷疑的目光，薇拉意識到自己表現得太激動了，連忙解釋說：「我是說，您有什麼辦法能把暮大人從聖城帶出去呢？」

「啊！」晨輝愣了一下：「也是……」

「您的計畫……」

「妳一直在說計畫計畫的，到底是什麼計畫啊？」晨輝一臉懵懂。

「當然是指怎麼把暮大人救醒……」

「我不是說過了嗎？」因為支撐不住沒有意識的暮音，晨輝只能先把她放回床上：「等見到暮音之後，我就會知道該怎麼做了。」

「可是那個……」薇拉心裡著急又不便明說，一下變得支支吾吾起來：「難道說妳的決定就是這樣嗎？」

「看到她的時候我就知道了。」晨輝的目光變得哀傷：「她讓我把她帶走，她不願意留在諾帝斯的身邊……離開聖城……我聽到她這麼對我說……」

「這也太輕率了吧！」在薇拉看來，這個公主完全瘋了：「不說離開聖城，哪怕是帶著她離開這個房間，那也是不可能的！」

晨輝有些不理解，為什麼之前還很有默契的薇拉，轉眼間變得好像很難溝通。

「跟妳說不清楚啦！」看到躺在床上的暮音，她就好像聽到有個聲音在她腦海中說：暮音會醒過來的，但不是在這裡……那個聲音不停催促她帶著暮音一起離開，「總之，為了讓暮音醒過來，我一定要把她從這裡帶走。」

薇拉終於知道，她非但不明白自己的苦心，甚至根本搞不清楚狀況。

「薇拉，想辦法讓她帶著人順利離開。」就在薇拉想不出怎麼暗示更好的時候，諾帝斯冰冷的聲音在她腦海中響起。「不用太顧慮細節，只要盡可能快就可以了。」

「妳願意相信我嗎？」晨輝見薇拉忽然沉默下來，以為自己說服了她：「既然諾帝斯能夠救她，那麼一定還有其他人可以的。」

「為什麼不相信天帝大人？」雖然天帝的警告言猶在耳，但薇拉仍然忍不住問：「為什麼不願意讓他來救暮大人呢？」

「薇拉，我問妳。」晨輝很認真地問她：「如果是妳，妳能夠用暮音的性命來當賭注，賭這千分之一的機會嗎？」

「我不知道……」

「是的，因為除了諾帝斯，沒有人知道他心裡的想法。也許他會救，但可能性甚至遠遠不到千萬分之一。」晨輝搖了搖頭：「我不是沒有想過，諾帝斯真的會救暮音。但每當這麼想的時候，我就會非常地不安。因為我曾經看過，他對暮音有多麼冷酷，那種冷酷，是讓妳連一絲希望都無法產生的……」

薇拉沉默了很久。

「好吧。」最後，她閉上眼睛：「我來想辦法，幫妳把暮大人送出去。」

「謝謝妳，薇拉。」晨輝握住了她的手：「要妳冒著這麼大的危險很對不起，可是我真的沒有其他辦法了，沒有人可以幫我……」

薇拉張開嘴，卻始終沒能說出話來。因為她很清楚，在那種強大的力量面前，任何掙扎都是徒勞的。她不知不覺把視線移到一旁的暮音臉上，一雙泛著妖異光芒的紫色眼睛正看著她……

薇拉猛地往後退一步，臉色變得慘白。

「怎麼了？」

「好像是我太緊張了，一時眼花……」薇拉再仔細一看，暮音還是閉著眼睛躺在那裡，「怎麼可能，那是不可能的……」

「什麼可能不可能的？」晨輝跟隨著薇拉的目光看過去，看到一動不動躺著的暮音：「是……」

話還沒說完，她猛地捂住了自己胸口，一縷縷光芒從她指縫間流瀉而出。

「好燙！」她用另一隻手撐在床上，臉上露出了痛苦的表情。

站在一旁的薇拉只看到她和暮音胸前同時湧出了強烈的金光，接著她就什麼都看不到了。

精靈之王緹雅站在高處的平臺上遠遠眺望，看著如同水紋漾開的金色光芒正把聖城慢慢吞噬。

「緹雅殿下，那是什麼？」他身邊的卡特維驚呼：「那個方向不是天帝大人居住的宮殿嗎？」

「也許，這就是早已註定的命運……」緹雅沒有半點驚慌的表情，似乎早就已經預見了一切。

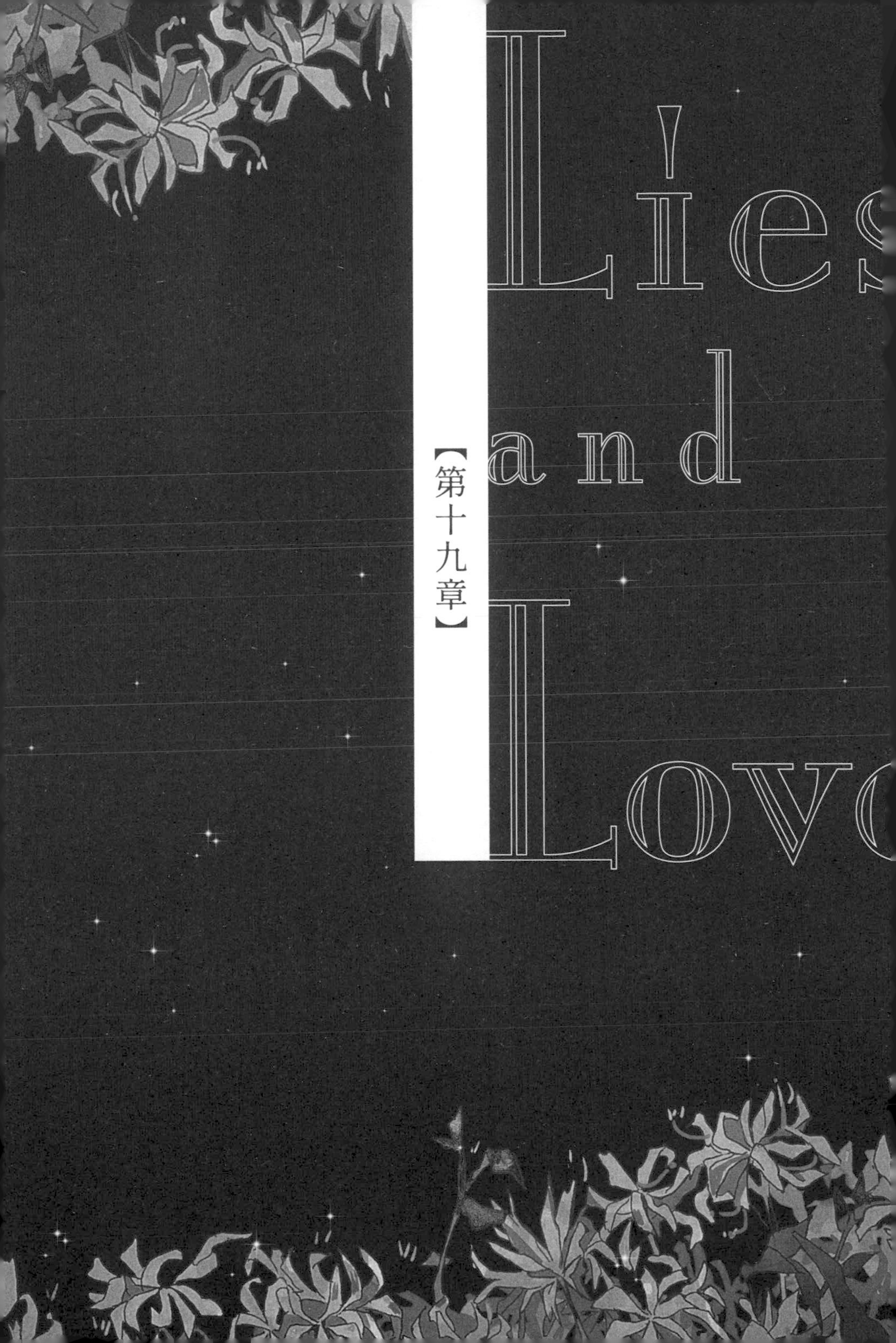
【第十九章】
Lies
and
Love

在晨輝昏倒在床上，薇拉被劇烈的光影響看不到任何東西的時候，諾帝斯的身影出現在了房間之中。

「神聖者水晶?」

看清楚是什麼引發這陣怪異光芒之後，他幾乎立刻就明白了。

原來，一直在風族之中代代傳承的族長信物，竟然和精靈族的「寶物」是相同的。怪不得金當初會願意繼任風神的位子，而且在離開神界的時候，要把這塊水晶一起帶走。

「我太大意了……」諾帝斯皺起眉頭，有些懊惱自己沒有早點想到這一切。

他低頭看了看，發現光芒已經一層層地把自己纏繞在中間。他抬起手，看著在自己指間如水流動的金色，同時注意到在晨輝和風暮音之間，隱約出現了一個模糊的影子。

因為不清楚那是什麼，諾帝斯並沒有採取行動。而隨著時間過去，那影子在他眼中慢慢變得清晰起來，也漸漸顯露出身體的曲線。

原本往外擴散的金色光芒開始慢慢地往回收攏，不久就完全聚集到了那個女人身上，變成層層疊疊的金色輕紗包裹住她的身體。

當她放下遮在臉上的長長袖子，露出了一張無比美麗的臉蛋。那是諾帝斯從未見過、也無法用言語來形容的美麗容貌。

可是對於諾帝斯來說，不論怎樣美麗的外表都無關緊要。他只是用一種打量的目光盯著那個閉著眼睛的女人，用緩慢的語氣詢問：「妳是誰？」

「重逢總是突然而倉促，讓人感覺措手不及。」一個飄忽的聲音迴盪在他四周：「我們又見面了，萬神之王。」

「創始神？」諾帝斯記得這個聲音。

「你可以叫我費彌迦。」那雙閉著的眼睛緩緩張開：「確切來說，我並不是是創造者，而是這個時間的制約……」

那是紫色的眼睛，卻和魔界王族陰鬱晦暗的紫色完全不同，是一種流光閃爍的璀璨顏色。

「一切都已經準備好了。」她微笑著對諾帝斯伸出手：「時間不多，請跟我來吧。」

諾帝斯因為看到自己在她眼中的倒影，流露出一絲迷惑。

「去什麼地方？」那迷惑一閃而過，他用冷靜的目光和神情反問：「妳的目的又是什麼？」

「只是一次旅行，在結束之前，最終的結果並不明確。」費彌迦回答他：「至於目的，是因為必須修正不應該發生的錯誤，而只有你能幫我做到。」

「什麼是不應該發生的錯誤？」

費彌迦沒有回答，只是看著他，臉上還帶著淡淡的笑容。

「好吧。」諾帝斯低下頭笑了起來：「這場旅行似乎很有意思，我沒有理由拒絕這樣的邀請。」

費彌迦朝他點了點頭，然後側身讓開。

周圍變得一片漆黑，只是在腳下有一條蜿蜒著深入黑暗的金色道路。

「這裡是……時間？」他第一次表現出了驚訝。

「如果沒有我的允許，沒有人能夠踏足這裡。時間是不可逾越的，在很久以前就一直是最基本的秩序和規則。但就像任何事物都是相對而言，這個看似難以打破的規則，最終還是出現了漏洞。」費彌迦嘆了口氣：「最大的問題就出在我的身上，如果現在還不進行修正，我怕會來不及了。」

「那麼妳準備怎麼修正？」

「在這個時間之外有一座永恆神殿，你知道那是什麼地方嗎？」費彌迦沿著道路開始行走，說起了完全不相干的話題：「那是存在於真正永恆的地方，一切都永恆存在而沒有盡頭。長久以來，我一直獨自待在那裡。」

「真是無趣。」

「並不是那樣。」費彌迦看著他：「我不懂什麼是孤獨和寂寞，對我來說獨自存在是理所當然的事情，哪怕是在永恆的時間之中。」

「妳說的這些，和我有什麼關係？」諾帝斯打斷她：「有的話妳就直接說出來吧。」

費彌迦把目光收了回來，似乎不想再和他說話，直到他們走過很長一段距離，來到一扇接著一扇並列的門前。

「結束了嗎？」諾帝斯問：「這就是妳要帶我來的地方？」

「現在，我們已經站在起點了。」費彌迦背對著站在他的面前，輕聲說：「在最後，請仔細聆聽……」

她打開了那些門中的某一扇，光芒從門後穿透出來，把他們包圍在中央。

那一瞬間，諾帝斯看到在她金色的冠冕下，露出了漆黑的頭髮。

「天帝大人，天帝大人！」有人用小心的語調對他說：「時間已經到了。」

他睜開眼睛，並沒有看到費彌迦，而是看到了異瑟的臉。

「什麼時間到了？」也許是剛才刺眼的白光讓他有些不太舒服。

「當然是進行祭祀的時間啊！」異瑟有些吃驚：「您怎麼了？」

「沒事。」

他想甩一下頭，卻發現自己身上穿著異常華麗的祭服。

「天帝大人？」異瑟見他發呆，不免有些緊張起來。

「你說什麼祭祀？」他緩慢地問：「你是說創始神祭嗎？」

「這是您成為天帝以來舉行的第一次神祭，必須由您親自主持……」

「當然，我怎麼忘記呢？」他仰頭看著面前雄偉的創始神殿。

「還記得這裡嗎？」

身邊有人對他說話，這次卻不是異瑟。

「創始神殿。」他呼了口氣：「第一次也是最後一次的創始神祭。」

「是的，就是這裡，就是這個時間……」

「我遭遇了成為天帝之後最嚴重的背叛。」他接下去說：「按照祭祀的步驟，我必須讓靈魂暫時離開身體，而那也是我力量最弱的時刻。某個宣誓效忠於我的人和席狄斯合謀，趁著這個機會想要置我於死地。」

「但他們還是低估了你，讓你在緊要關頭打開靜默之門，逃到了人類的世界。」

「然後我遇到了你。」他將臉轉過去：「蘭斯洛．赫敏特。」

「我至今仍無法確定，遇上你是不是一件壞事。」蘭斯洛嘆了口氣：「雖然是因為你需要一個身體，但也確實把我從必須死亡的命運中拯救出來。」

「那要感謝你有一個不錯的身體。」

「要感謝殺我的那些人才對，他們找的地方相當不錯。」蘭斯洛面對著他，居然還有心情開玩笑，「先是讓我遇到你，接著讓你遇到暮音。」

諾帝斯覺得這個玩笑一點也不好笑。

「抱歉，我好像說遠了，還是回歸正題吧。」蘭斯洛收起笑容：「假設祭祀那天情況有變，你早就有所防備，只要靈魂和肉體沒有分開，就沒有人能夠動得了你。那麼一切……」

「當然不會發生了。」諾帝斯皺了下眉頭：「但那是不可能的。」

「你忘了，我們在什麼地方？」蘭斯洛朝他眨了一下眼睛：「這就是需要修正的第一個錯誤。」

「如果那樣，你不就死了？」

「你以為我會因為你的拯救慶幸多久？」蘭斯洛在他面前變成了一個年輕陌生的祭司，走到異瑟身邊輕聲說了幾句話。

異瑟的表情頓時變了，他飛快地往神殿衝去。

「你看，這並不困難。」蘭斯洛慢慢地朝他走來，周圍景象也隨之淡去：「只需要一個簡單的動作，我們所有人的命運就會隨之改變。」

「是嗎？」不論諾帝斯再怎麼鎮定，這時也開始不太自在：「改變的結果是什麼？」

「現在還不知道。」蘭斯洛走到他身邊，把手伸到半空，像是想要和他握手。「當一切被修正之後，我們才能看到結果。」

話音剛落，他的手邊出現了一扇關著的大門，他的動作也就變成了把門打開。

諾帝斯還沒睜開眼睛，就聽到有人在說話。他張開眼睛，見到風雪站在那裡望著自己。

她就站在床邊，那張鐵床和這個白色的房間是一樣的顏色。他只遲疑了半秒，就慢慢走到床邊，看向那個沉睡在一片潔白之中的小小身影。

那是個很小的孩子，眼睛上纏繞著一層又一層的紗布。她醒了過來，像是想用手去揉被紗布包裹著的眼睛。

「妳醒了嗎？」風雪問那個孩子。

「媽媽！」那個孩子的手立刻抓了過來，卻是抓住了他的衣服。

那雙手抖得厲害，像是受了很大的驚嚇，他愣了一下，也不知道該怎麼說出否認的話，只能任由那個孩子撲到了自己懷裡。

脆弱的生命，好像稍微用力就能粉碎。

「不要哭。」風雪在他身邊對那孩子說。

「媽媽！」她帶著哭音撒嬌：「暮音的眼睛好痛！」

風雪冷漠的聲音沒有任何起伏：「不要哭，也不要去碰眼睛。」

「好痛啊！」

「很快就會好的，很快就不痛了。」風雪對著他說。

他用手指碰了碰白色的紗布，感覺到了下面空洞的凹陷。

「媽媽，暮音好害怕……」摟著他的手變得更加用力，似乎想要鑽進他的身體裡。

等他慢慢回過神，卻聽到風雪在說：「暮音，就是這個人挖了妳的眼睛，這一點妳永遠都不要忘記。」

摟著他的那種力量忽然消失，諾帝斯抬起頭，和風雪四目相對。

風雪對著他笑了，為他打開了出現在面前的第三扇門。

那是一條陰暗的巷子，也是一個不錯的結界。

有一個人在他面前蜷縮成一團，似乎非常痛苦。

他並沒有立刻走過去，而是站在了原地。

「這是一個不錯的機會。」他身邊出現了一個乾淨整潔的孩子，手裡還抱著一只雪白的玩具。

諾帝斯看了那個孩子一眼，但沒有理會她。

「這是最後一個改變命運的機會，你還在猶豫什麼？」那孩子繼續在他耳邊說著：「應該做出選擇，把一切徹底修正過來。」

他慢慢走過去，把人從地上拖了起來，然後把手放到那纖細的脖子上。沒用多少力氣，他就感覺到手中的生命開始流逝。

在最後，請仔細聆聽——

不要死……不要！我不要死……天青……

諾帝斯猛然鬆開手掌，任由她摔倒在地上。

「怎麼了天青？」

童年模樣的風暮音扯著他的衣服：「你不是一直想殺了我嗎？為什麼現在又下不了手了？」

「我不管妳是什麼，都給我滾開！」他毫不猶豫地甩開那個孩子。

那個孩子也不哭鬧，反而對他露出微笑：「一切都會改變的。」

「變成什麼樣子？」諾帝斯不動聲色地問：「什麼都沒有發生過嗎？」

「你的時間裡沒有她，她的世界裡沒有你，你們的命運永遠不會有所交集。難道你不覺得那樣更好嗎？」

「誰決定的？妳嗎？」諾帝斯冷笑著問：「妳覺得我是為了逃避麻煩，而祈求過去有所改變的人嗎？」

「當然不是，我只是想要修正錯誤，而你則是一個旁觀者。」

什麼都不復存在，他站在金色的道路上，面前站著金色的費彌迦。

「我並不是在為你做這些事情。」費彌迦笑著說：「請不要誤會，我並不是想要為你改變命運，只因為這是我的職責。」

「那為什麼要讓我看那些，為什麼需要我這個旁觀者。」

「有人希望我這麼做，我不能拒絕她。」

「風暮音。」

費彌迦看著他，紫色的眼睛裡映出他的臉。

「我知道是她。」他忽然笑了起來：「她就在這裡，對不對？」

「我以為，你沒有想過要來救她。」

「我是沒想過救不救的。」諾帝斯垂下眼睫：「我只是要把她找出來，然後帶回去就可以了。」

費彌迦閉上眼睛，過了好一會才問：「你從什麼時候開始這麼想的？」

「我什麼都沒想，也沒必要去想。」諾帝斯的回答很奇怪：「我不完全是諾帝斯，也不完全是其他什麼人，就只是這樣而已。」

「你的信念就那麼重要，哪怕犧牲了愛情也無所謂嗎？」

這一次，諾帝斯沉默不語。

「越是難以達成的目標，便需要越大的代價。」費彌迦代替他說了出來：「你的確愛著她，但還是把她當作可以犧牲的代價。」

「如果不是對她有特別的感情，我不會在她身上花費這麼多的時間。」諾帝斯的聲音不大，更像是對自己說：「雖然我不懂怎麼愛一個人……但她對我的影響已經難以控制，所以她死了，我反而覺得更好。」

「天青可以愛著風暮音，但諾帝斯不可以。」

聽到費彌迦這麼說，諾帝斯冷笑起來：「也許不是什麼愛情，只是因為太過投入，因為太認真扮演愛慕者，才會無法忘記，無法捨棄，無法遠離，無法徹底把她毀滅掉。」

「是嗎？」費彌迦點了點頭：「果然是這樣啊。」

「既然我已經把妳想聽的都說給妳聽了，接下來妳該把一切告訴我了吧。」諾帝斯的眼睛早就變得異常暗沉，他一個字一個字地念著：「風、暮、音。」

「我們很輕易就能把對方辨別出來。」費彌迦平靜地承認了諾帝斯的猜測：「不論何時，不論是在什麼地方，一直都是這樣的。」

「妳只是要對我說這些嗎？或者妳想證明什麼？」諾帝斯深吸一口氣：「難道妳真的以為這種小花招能騙得過我嗎？」

「這不是什麼花招，我也沒有欺騙你。」她很瞭解諾帝斯，知道他一定會是這樣的反應，「這和你是天青還是諾帝斯有些相似，風暮音也許是費彌迦，但費彌迦卻不只是風暮音。在夜那羅把我帶到這裡之後，我就清楚地知道了一切。」

「知道了……什麼？」

夜那羅把她帶到這裡，不，事實上是她把夜那羅帶來了這個地方，因為沒有她的許可，任何人都無法踏足此處。

夜那羅臉上沉重的表情，讓她的心情也跟著沉重起來，但她同樣清楚，夜那羅接下去所要說的，會是非常重要的事情。

「你說吧，把所有一切告訴我，我會認真聆聽。」

「就像我之前說過的那樣，妳不是任何人的孩子。妳真正的名字應該是費彌迦，意思就是『時間的制約』。」

「制約」獨立在一切之外，沒有形體也沒有感覺，只有在時間終結之前才會醒來。就好比夜那羅所要做的，是讓這個時間在應該終結時終結，而夢神司的職責是要守護著這個時間一樣。在時間有可能失去控制之前，決定是否需要終結的卻是「制約」。

「但是這一任的夢神司，在妳就要醒來之前，把妳從永恆神殿中帶走了。」

在那之後，「制約」擁有了人類的形態，第一次被放到了真實的世界之中。

「我明白了。」過了很久，她才能發出聲音：「不論重不重要，說來說去，我始終還是任人擺布的傀儡。」

「其實不是……」

「不用再說了，我不想聽。」她疲憊地低下頭。

「妳至少該把最後的這些聽完再下結論，因為這對妳來說，是非常的重要的。」

「還能有什麼呢？」

「因為夢神司清楚地知道，真正能夠決定一切的那個人不是他也不是我，而是遠離一切存在的妳。所以，他想利用妳來影響這個世界的命運。當我意識到的時候，這場由他提前挑起的戰爭已經無法避免。」

「利用我來影響世界的命運？這真是我所聽過最動人的恭維了。」她不由自主地搖了搖頭：「我知道自己不是任何人的孩子，更知道我一點都不重要，因為我最初就是作為代替別人死亡的傀儡而被製造出來的。」

夜那羅一臉不贊同地看著她，眉宇之中隱約帶著憂傷。

「難道不是這樣嗎？」她不願意看到這樣的夜那羅，於是轉過了頭：「我不是一直就是替身和工具嗎？」

「當然不是。」夜那羅神情慎重地對她說：「暮音，妳絕對不是被製造出來代替別人死亡或者成為某種被利用的工具。」

「那是為了什麼？我究竟為了什麼而存在？到底為什麼要這麼做？」她的表情有些呆滯：「如果我真的是那個什麼重要的制約，夢神司為什麼要這麼做？他為什麼要讓我變成風暮音呢？」

「為了讓妳捨不得。」

「捨不得？」

「他希望妳對這個時間產生感情，從而影響妳的判斷，不論愛或者恨，他想讓妳捨不得把這個時間終結。」夜那羅停了下來，隔了一會才說：「現在看來，他似乎非常成功。」

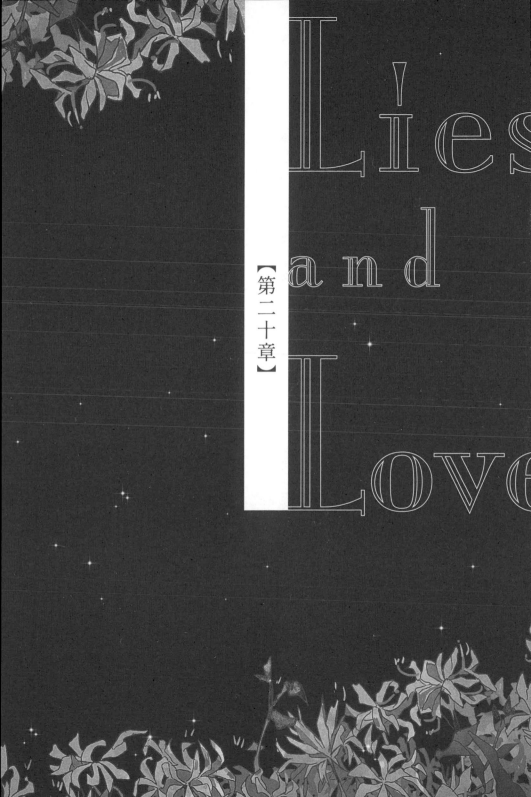
【第二十章】
Lies and Love

最初從夢想開始，最後死亡終結一切。

從夢想開始直到死亡，然後下一個夢想開始。這是永遠都不會改變的定律，區別只是過程的長短而已。

和在永恆神殿等待最終的「夜那羅」不同，「夢神司」從時間開始就活在自己和他人編織出的夢裡，久而久之就會被那些夢所迷惑。他對這個時間充滿了眷戀，希望終結的時刻永遠不會到來。

但有開始就有結束，所以漸漸地，最終和最初即將交替的時刻，就演變成夢神司和夜那羅戰爭的開始。戰爭一直在不停地進行，他們也總是輪流交換著身分，但這一任的夢神司似乎不願再接受註定的失敗，竟然把目光放到了在永恆神殿沉睡的費彌迦身上。

「制約」在應該醒來時醒來，等待時間交替完成之後再繼續沉睡。那是一個保障，是他們兩個不可以碰觸的底線。而一旦把不屬於時間之內的「制約」捲進戰爭，原本註定的結果就將變得無法預測。

「就連我的死亡都沒辦法改變這一切嗎？」

「妳已經嘗試過了，不是嗎？」夜那羅把頭轉過去，對著那些緊閉的大門說：「雖然死亡也無法改變，卻不代表沒有其他辦法。」

「什麼辦法？」她模糊地猜到了夜那羅的想法，可是那種異想天開的念頭又讓她無法相信。

「如果說從來沒有發生，那麼一切也就會隨之改變。」夜那羅說得緩慢而有力，好像這是一件非常有道理也非常正確的事情。

「你是想……改變過去？」也許是被夜那羅所影響，她變得不是十分肯定：「但是……」

「只要得到妳的同意，我就能夠打開這些時間的裂縫。」

「不，這個想法實在太荒唐了。」她幾乎是直覺地反對：「我知道你是因為夢神司……」

「這和他無關，我更沒有因為他違反規則而失去理智。」夜那羅否認了她的說法：「雖然早就沒有什麼公平存在，但我還是希望妳能夠完全出於自我的意願做出選擇。」

「完全自我的意願？」

「雖然沒辦法抹去妳的記憶，但改變過去能讓妳更加冷靜地做出選擇。」夜那羅對著她點了點頭：「從改變的那一刻開始，再也沒有人能夠直接影響妳的決定。毀滅之後重生，又或者再給這個世界一次機會，都由妳自己決定。」

「為什麼不說下去？」諾帝斯遲遲等不到她的回答，終於開口追問：「妳和夜那羅有什麼協議？所謂的費彌迦，又和穿越時間的能力有什麼關係？」

「我很高興你能把我認出來，其實這樣已經足夠了。」這對於她來說，已經是超乎想像的驚喜：「我喜歡這麼想，不論我們變成什麼樣子，都能一眼認出對方。」

「我不知道夢神司和夜那羅到底在搞什麼鬼，可是妳不應該被牽連進去。」諾帝斯的態度終於有了一絲軟化：「就算他們是能夠在時間中自由往來的創始神，那也沒有什麼值得害怕的。」

「天青，其實我早就已經知道了。」

天青看著她平和的微笑，心裡的浮躁越來越強烈。

「是因為帕拉塞斯的記憶。」身邊那扇門自動打開的時候，她已經褪去了費彌迦的外表，變成了風暮音的樣子：「雖然你讓我遺忘過去，但也把自己的記憶給了我。那個時候我就已經知道了，我們之間並不是什麼都不存在。」

周圍的黑暗漸漸轉亮，漸漸真實的身影在他們身邊來來往往。周圍是高大的樓宇，熟悉的街道……諾帝斯認得，這是自己特意與她相遇的地方。

站在他對面的風暮音穿著淺色風衣，頭髮也短得和那個時候一樣。

「雖然知道，可是聽到你親口告訴我，我還是很高興。」就算那聽起來根本不像表白，但是對於諾帝斯來說，卻已經是他所能做到的極限了。「讓你陪我走完最後的旅程，果然是個不錯的決定。」

「妳要去哪裡？」

風暮音低頭笑了。

「在最初的地方結束，這是規則。」微風吹過她的頭髮，遮住了她漆黑的眼睛：「我已經選了，就不可以後悔。」

蔓延到天地盡頭的綠色草原，被微風帶起一陣又一陣波浪。

那些柔嫩青翠的綠色葉子就在她的腳邊，她就踩踏在沒有邊際的幸福之上。

「真好。」她忍不住自言自語：「這是最好不過的地方了。」

「非常感謝。」夢神司突兀地出現在她身後：「我可是花了不少心思布置這個地方，就是希望妳能感到高興。」

「雖然不能算是陌生人，但我們還是第一次有這樣密切的往來吧？」

「的確見過很多次，可是對我或者夜那羅來說，妳就像真正的命運之神一樣令人憧憬。」夢神司彎下腰，從地面上採了一片葉子：「妳才是那個能夠決定一切的人，在妳面前，我們是那樣地軟弱無力。」

「這和你所做的不太一樣啊。」風暮音抬起頭：「你幫我做出選擇，我甚至沒有拒絕的餘地。」

「我很抱歉。」夢神司摘下了自己的面具，隨手扔到一邊：「但除了這麼做，我想不到其他辦法。」

「你把我拖下水的時候，有沒有想過時間的裂縫一旦無限擴大，最終包括你和我，也許都無法避免消失的命運。」風暮音對著藍色的天空伸了個懶腰：「需要冒這麼大的危險，你都沒有猶豫過嗎？」

「我已經猶豫了太長的時間，再猶豫下去就會失去勇氣了。」夢神司單膝跪在她的身後：「請原諒我的自作主張。」

「真是個狡猾的傢伙。」風暮音始終沒有回頭看他一眼：「聽起來冠冕堂皇，其實不過就是想要讓這個世界存在更久而已。」

「我們都有私心，這也不是什麼見不得人的事情。」夢神司笑了起來：「我喜歡這個世界，想讓它存在更久有什麼好奇怪的？」

「就算毀了規則也沒關係嗎？」

「為什麼要有規則？」夢神司反問她：「有開始就一定有結束，但卻存在著『永恆』這種東西？既然妳能夠決定一切，為什麼也要受到規則的限制？難道妳從來都不覺得，這是非常矛盾可笑的事情嗎？」

「所以你下定決心，如果不能成功就算毀滅一切也無所謂嗎？」

「這樣的規則沒有存在的必要，毀滅是遲早都會發生的。」

「看起來，我似乎沒有立場指責你們。」風暮音回過頭，嘴角帶著無奈的微笑：「哪怕你們兩個已經為這個世界和我做好了選擇，但一切被安排得如此巧妙，我除了俯首認輸也沒有別的路能走了。」

夢神司一愣。

「我一直沒有想到這一點，直到剛才你提醒了我。」看到他的表情，風暮音終於能夠確定自己的想法：「不然我怎麼會猜到，夜那羅竟然是你的同伙。」

「妳也覺得很好笑吧。」風裡飄來輕輕的嘆息：「連我自己也覺得這十分可笑。」

「你們畢竟曾經是同一個人，會有相同的想法也不奇怪。何況心是再複雜不過的東西，比其他任何事物、甚至是時間都更難以控制。」風暮音只是好奇：「但我不明白，夢神司的想法我可以理解，夜那羅你呢？你為什麼會做出這樣的決定？」

「我已經厭倦了，不論作為夜那羅或是夢神司，我都不願意繼續在漫長的時間裡孤獨地存在。」夜那羅從另一個方向走了過來：「雖然直到現在我都不贊同他的做法，但我也沒有盡力阻止他，所以說是同伙也不為過。」

「如果沒有你的默許，他當然不可能做到這種程度。」風暮音垂下頭看著地面：「但就像他說過的那樣，當改變的意念超過了限度，改變就一定會發生。」

「費彌迦。」夜那羅看了夢神司一眼，後者對他挑起眉毛。

「就像你們所想的那樣，我不會宣布時間終結。現在錯誤被修正，一切都已經過去了。」

她抬起手，按住了自己的胸口：「我也應該回到永恆神殿，直到下一個預言開始的時候，再一次地……」

夜那羅往前走了一步：「既然規則已經被打破，為什麼不試試其他的辦法？」

「或許我們可以為妳安排一次偶遇，那麼一切就可以有一個新的開始。」夢神司半真半假地附和著。

「你們兩個不要得寸進尺。」風暮音的目光變得冰冷：「你們的規則已經被破壞了，會有什麼後果還很難說，現在還有心思管別人的閒事？」

「為什麼是『你們的』？」她刻意強調了「你們的」，其中似乎有著不同的意義。

她還沒回答，風忽然變得劇烈起來。

他們抬起頭，看著天空出現裂痕，然後越擴越大。綠色的草葉被狂風吹得粉碎，四處飛散著。

夜那羅對身邊神情茫然的風暮音說：「在妳下一個難以挽回的決定之前，為什麼不多給自己一次機會？」

他剛說完，半空中突然出現了一個白色的身影，用無法形容的速度往風暮音飛來。但就在要碰到風暮音之前，卻被一道無形的牆壁擋住，只能從半空中落了下來。

「天帝大人，誰惹您生氣了？」夢神司如同鬼魅般來到那人面前。

「滾開！」諾帝斯的眼睛裡燃燒著冰冷的怒火。

「在時間中撕開裂縫，真是了不起的力量。只要時間夠長，你一定會超越我的。」夢神司笑著對他搖了搖手指：「但現在還不行。」

「諾帝斯。」夜那羅也走到了他和風暮音之間：「你不該來這裡的。」

諾帝斯沒有理會他們，他的目光只放在風暮音身上。不知道過了多久的時間，風暮音慢慢地閉上眼睛。

「天青，和我說再見吧。」她輕聲請求著。

割裂時間花費了他太多的力量，他只有力氣勉強站著，還有……輕輕搖頭。

「我們都太驕傲固執，所以並不適合……」她勉強地笑了一笑：「還是這樣最好，不是嗎？」

「暮……」

「再見了。」

最後他眼中看到的，是那個淺色的背影，消失在一片綠色之中。

夜那羅的表情仍然十分平靜。

「這不是我們一直期望看到的結局嗎？」夢神司歪著頭問他：「你不會告訴我，你現在已經開始後悔了吧？」

「你說呢？」夜那羅不承認也不否認。

「就算你後悔，一切也已經沒辦法改變了。」時光之路被制約關閉，一切已經成了既定的結局。

「的確。」

「我說你，是不是受的刺激太大了？」夢神司看他就這麼走了，急忙追了上去，「只是連輸兩次而已，別那麼小氣……」

萬神之王睜開了眼睛。

在他面前，是澄澈的藍色天空，而在這片天空和他腳下，是一望無際的白色城池。這是屬於他的國度，雖然還沒有達到最終的預期……想到這裡，他的嘴角浮起一絲隱約的微笑。

有什麼東西擦過他的臉頰落下，最終停在了他的衣袖上，被衣服的褶皺卡在那裡。

他一眼掃過，發現那是一片草葉，在翠綠纖細的葉面上還纏繞著一黑一白的兩根絲線。等他拿起那片葉子，才知道那不是絲線，而是兩根纏在一起的頭髮。

頭髮很輕易地就被解開，不再纏繞的髮絲從他指尖滑落，隨著微風往不同的方向分散。

那片沒有重量的葉子，也從他的手心旋轉著飛往天上。

他的目光跟隨著那抹翠綠，飄向遙遠天際。

很久之後的某一天，風雪打掃書房的時候，在書架頂端發現了一本有著紅色封面的殘破書籍。她把書拿了下來，放在手裡就要翻開，突然一隻手蓋在了書的封面上。她抬起頭，看到了夢神司微笑的臉龐。

「這個不能念。」夢神司朝她搖頭。

「為什麼？」

「這是世界滅亡的預言。」

風雪看看他的手，然後再看看他的臉。

「你把我當成白痴嗎？」她冷冷地揚起眉毛。

「這個表情真是令人懷念啊！」夢神司眼睛裡閃爍著刻意的光芒：「就是這個表情，讓我對妳一見鍾情了呢！」

「那個時候我才五歲。」風雪往後退了一步。

「真的很可愛呢！我就是照著妳小時候的樣子，造出了暮音的模樣，果然一下子就把那個麻煩的諾帝斯給迷住了！雖然我也不是很願意和別人分享……妳要去哪裡？」

臉色難看的風雪已經走到了門口，她頭也不回地說：「我那時候一點都沒看錯，你果然是個變態！」

夢神司笑著看她走了出去，然後低下頭看著自己手裡的那本書。

「不知道下一個預言會是……」他把手放在封面上，輕輕撫摸著那些殘破的邊角。

「夢神司，你又做什麼了？」風雪的聲音從房間外面傳了進來。

「妳什麼時候才不會連名帶姓地喊我？」他隨手把書塞回書架上，快步走了出去。

風吹動白色的窗簾，火紅的花瓣還在飛舞。

不用看也知道，書留在書架上的時間，一定還有很長很長……

Lies and Love
【終曲】

賀瑞靠在黑色的燈柱上，看著一片樹葉在自己面前經過，然後翩然輕巧地落到了地面上。

他閉上眼睛，享受著難得的悠閒時光。

這是一條很安靜的街道，兩旁都是高大的落葉梧桐。春夏是綠色，秋天是金黃，也有人覺得一直飄落的葉子很麻煩，但是賀瑞卻很喜歡。

「沒關係，只是澆了太多的水。」後面有人在說：「照顧植物就好像對待妳所愛的人，水就好比妳付出的愛。愛是必須的，有些人需要許多的愛來支撐他們生活的信心，可是對於另一些人來說，過多的愛卻會讓他們窒息死去。」

賀瑞站直了身體，往自己身後看去。

「還好不是很嚴重，它很快就會好起來的。」那是一個高䠷纖細的背影，正站在街邊的花店前和別人說話：「那我今天就先回去了。」

「是，路上請小心。」另一個女孩像是花店的員工，她恭敬地朝那人彎下腰：「我以後一定會注意的。」

「妳很快就會學會的。」那人伸手摸了摸女孩的頭：「覺得累了的話，妳也早點回去吧。」

「謝謝。」女孩子低著頭，聲音有些哽咽。

那人轉過身，賀瑞看到她手裡拿著一盆翠綠的植物，那種植物雖然顏色鮮嫩可愛，但怎麼看都只是普通的雜草。

當她走過賀瑞身旁，賀瑞卻驚訝地發現了那些草奇怪的地方。

「都是四葉……」賀瑞忍不住說了一聲。

「四葉草。」那人停下腳步，

賀瑞這才看清楚她的樣子，與那種柔和的語氣不同，她的外表給人一種淡漠疏離的感覺。賀瑞很快就發現了，那種冷漠其實是來自於她毫無神采的眼睛。

「妳……看不見嗎？」賀瑞注意到她的眼珠並不怎麼靈活。

「是的。」她微微一笑：「已經有一段時間了。」

「喔……」在街頭和陌生人搭訕，已經超出了賀瑞一貫的作風，他想不通自己今天是怎麼了，也為此感到納悶。

「四葉草是幸福的咒語。」她把花盆捧到了賀瑞的面前：「既然找到了，你不想要一根嗎？」

「這種事……其實我不太相信。」賀瑞看著那盆草，有些猶豫地說：「不過我的母親倒是很相信這個。」

「那就拿一根回去送給她，她一定會很高興吧！」她鼓勵著賀瑞。

賀瑞聳了聳肩，最終還是從花盆裡折了一片四葉草，小心地夾進書裡。

「小姐，」在她笑著轉身離開的時候，賀瑞終於問了一句：「我們是不是在哪裡見過？」

「是嗎？」她又笑了：「我就住在附近，常常會在這裡散步，或許是你哪天曾經看過我吧！」

「不過我……」

「你是在等公車嗎？」她打斷了賀瑞：「我想它已經來了。」

她剛說完，公車就出現在了路的盡頭。

「再見。」

賀瑞上車的時候，似乎聽到她和自己道別的聲音。但上了車之後，透過車窗卻看到她已經往另一個方向離開。

因為這個奇怪的女人，賀瑞困擾了一路。他總覺得自己真的在哪裡見過那個女人，不像是擦肩而過，好像是在更早更早的時候……

她站在十字路口，等著綠燈的燈號。

已經過去許多年，看起來大家似乎過得不錯，這令她覺得十分開心。

綠燈的燈號亮起，她沿著斑馬線往對街走去。有種奇異的感覺讓她停下腳步，下一刻，刹車聲在離她很近的地方響起。

她本能地往後退了一步，卻一不留神摔倒在地上。

「小姐，妳沒事吧？」

有車門打開的聲音，然後有兩個人從車裡走下來，其中一個把她從地上扶了起來。

「沒事，是我自己不小心。」那個人的手溫暖有力，讓她愣了一下。但只是一瞬間，接著她開始往四周摸索：「我的……」

「這個嗎？」花盆被放到了她的手裡：「很可愛的花。」

「這是四葉草。」她摸索著花盆的邊緣，輕輕折下了其中一根，遞到了那個人面前：「帶來幸福的咒語，請你好好留著。」

「這個……」那人先是愣了一下，然後笑了出來：「真是我收到最特別的禮物。」

「先生，我們要遲到了。」另一個人出聲提醒。

「那麼我收下了。」那人從她掌心取走了四葉草，笑著說：「謝謝妳。」

等到那人上車之後，她才輕聲地說：「是我該說感謝……謝謝你，蘭斯洛。」

他坐在後座，目光無意識地盯著車窗外面。

「赫敏特先生，有什麼不對嗎？」司機注意到他的反常。

「沒什麼，我可能是太累了。」他取下眼鏡，揉了揉痠痛的鼻梁：「走吧，不過開慢一點，遲到一會也沒關係。」

司機第一次聽到工作狂雇主說這樣的話，訝異地看了他一眼。

蘭斯洛．赫敏特從後視鏡裡看著那個纖細的身影，心裡有一絲遺憾的感覺。那個女孩子還真是可惜，這麼年輕就……年輕，想到了這個詞語的蘭斯洛．赫敏特摸上了自己的鬢角。繁重的事務讓他耗費了巨大的精力，四十歲不到鬢角卻已經夾雜了許多白髮。

他也不知道自己為什麼只想工作，絲毫沒有停下來休息的欲望。也許是一旦清閒下來，他就渾身不對勁，好像少了什麼……

見到那個纖細的背影最終融進一片綠色之中，他覺得有個念頭在腦中掙扎盤旋，仔細一想卻又什麼都沒有了。

也許是時候休個長假了。他靠在車座上，長長地呼了口氣。

車門上大大的金色L在陽光裡閃閃發光，越行越遠。她站在那裡，抬起頭深深地吸了口氣，微笑悄悄爬上了她的嘴角。

走到了大路上，行人多了起來。她特意放慢速度，但還是有個冒失鬼撞到了她的肩膀，讓她差點再次摔倒。

「哎呀！對不起！」一個很耳熟的聲音慌慌張張地向她道歉：「妳沒事吧？」

如同淡淡的花香，好熟悉的味道。

「快走。」她還在發呆，另一個人已經拖著那人離開，用很快的速度融進了人群之中。

她慢慢回過神，告訴自己那是不可能的。那些人怎麼可能出現在這裡……

她轉過頭，恰巧有幾縷髮絲撫過她的臉頰，她直覺地抬起手，卻只在空氣裡碰觸到一絲冰冷的氣息。

雖然無法看到，但她的腦海裡卻清晰地浮現了那銀白色的、美麗得有如月光的長髮。

「放手。」

那個聲音就和記憶中一模一樣，高傲到令人生厭。她慌張地鬆開手指，感覺髮絲從自己掌心滑開。

可以想像，他也許會皺一下眉頭，心裡或許會有「人類真是麻煩」之類的想法。她站在原地，耳裡都是那個人遠去的腳步，滿腦子都是「他要走了」的聲音。

他要走了……

她張開嘴想喊，最後卻只能慢慢地閉上。

閉上了嘴，也閉上了眼睛，閉上了能夠感知他存在的一切感官。什麼也不能說，這是必須遵守的規則，她什麼都不能說。

曾經想過無數次的相遇，就像是這樣擦肩而過的相遇，說一聲「你好」然後彼此遠離的相遇，她相信自己一定能夠做到，那樣淡然而不留戀。可是時間不夠長，相遇也太過突然，她的心還是那麼尖銳地刺痛著，根本無法淡然灑脫。

不知道要忘記他、要擺脫這種痛，還要用多久的時間？一千年？一萬年？還是……永遠？

「現在的人真是沒禮貌，看不見就不用道歉了嗎？」

她剛想拔腿逃跑的時候聽到了這句話，頓時臉色慘白地僵在原地。

這是怎麼了？為什麼要和自己說話？他不是什麼都忘記了嗎？為什麼會和一個人類……

「怎麼了？也聽不見嗎？」

他真的不記得了……

她鬆了一口氣，但心裡還是有些失望。

「對不起。」她低下頭，用力握著手裡的花盆：「真的對不起……」

為什麼差點就能逮到那個在大典前逃跑的新娘，他卻為了和一個瞎了眼睛的人類說話，白白錯過了難得的機會。他哼了一聲，往兩人離開的方向追去。

眼前閃過那黑色的長髮、消瘦的臉龐和蒼白的嘴唇……他覺得胸口像是壓上了什麼東西，越來越重。身體好像難以控制，他的腳步越來越慢，最終不得不停了下來。

他把手慢慢地按在心臟的位置，臉上充滿疑惑。那裡，像是有什麼聲音叫囂著要衝出來。雖然他認為這種錯覺絲毫沒有理會的必要，可是最後還是慢慢回過頭，看到那個消瘦的身影快要被人群淹沒的樣子，他的心裡忽然慌張起來。

慢著，為什麼會有這種奇怪的感覺？慌張？這不是很可笑嗎？他搖了搖頭轉過身，準備繼續往前，然後離開……

天青……

好似聽見風裡傳來的細微聲音，他驀地轉身，和一雙黯淡的眼睛撞得正著。

再見。

他看到那個女人嘴唇開合，感覺是在對自己說這兩個字。

奇怪的人類。

感覺如果就這樣走了的話，可能就再也見不到了。諾帝斯第三次轉過身，卻已經看不見那個女人。只是在她剛才站立的地方，放著她原本拿在手裡的植物。

腳像不受控制一般走了過去，他彎腰撿起那盆雜草一樣的植物。

四葉草，是幸福的咒語……

他往前看去，隱約看到了那纖細的背影正漸漸走遠。他不再猶豫，加快腳步追了上去。

「妳給我等一下！」

這一刻，天空蔚藍，陽光璀璨。

——《暮音04》完

——《暮音》全系列完

高寶書版集團
gobooks.com.tw

輕世代 FW347
暮音04（完）

作　　者　墨竹
繪　　者　瀨川あをじ
編　　輯　任芸慧
校　　對　林雨欣
美術編輯　彭裕芳
排　　版　彭立瑋

發 行 人　朱凱蕾
出　　版　英屬維京群島商高寶國際有限公司臺灣分公司
　　　　　Global Group Holdings, Ltd.
地　　址　臺北市內湖區洲子街88號3樓
網　　址　www.gobooks.com.tw
電　　話　(02) 27992788
電　　郵　readers@gobooks.com.tw（讀者服務部）
　　　　　pr@gobooks.com.tw（公關諮詢部）
傳　　真　出版部　(02) 27990909　行銷部 (02) 27993088
郵政劃撥　50404557
戶　　名　三日月書版股份有限公司
發　　行　三日月書版股份有限公司/Printed in Taiwan
初版日期　2020年12月

國家圖書館出版品預行編目(CIP)資料

暮音 /墨竹著.-- 初版. -- 臺北市：高寶國際,
2020.12-
　冊；　公分. --

ISBN 978-986-361-945-1(第4冊：平裝)

857.7　　　109014445

三日月書版

三日月書版

GOBOOKS
& SITAK
GROUP©

GOBOOKS
& SITAK
GROUP©